Pierre et Jean

*Du même auteur
dans la même collection*

MAUPASSANT

———

Pierre et Jean

●

PRÉSENTATION
ÉTABLISSEMENT DU TEXTE
NOTES
VARIANTES
DOSSIER
CHRONOLOGIE
BIBLIOGRAPHIE

par Antonia Fonyi

GF Flammarion

ISBN : 978-2-0807-1311-7.
© Éditions Flammarion, Paris, 2008.

$$\boxed{Pr\acute{e}sentation}$$

Au début de l'été de 1887, Maupassant apprend
l'étrange histoire d'héritage dont il fera la donnée centrale
de *Pierre et Jean*. Il aurait été mis sur la piste de l'anecdote par Hermine Lecomte Du Noüy [1], sa belle voisine
d'Étretat, auteur et héroïne de cette *Amitié amoureuse*
dont lui-même est le héros [2], et, fin juin, c'est avec elle
qu'il visite Le Havre où il placera l'action [3]. Il compose le
récit en deux mois et demi − « temps relativement très
court », note François, son valet de chambre −, tout en
se promenant dans l'allée des jeunes frênes de son jardin,
dont l'ombre, dira-t-il, lui aura été « propice [4] ». Des
frênes pas bien hauts, puisque le romancier René Maizeroy laisse un jour dans leurs branches son beau chapeau
mou gris perle, et l'anatomiste Georges Pouchet son béret
bleu marine... [5]. Tout ce que nous savons des circonstances de la création de *Pierre et Jean* est plaisant, vif,
sain : à l'ombre des jeunes arbres espiègles, l'œuvre de
Maupassant se renouvelle, elle est en pleine mutation.

Pierre et Jean presque terminé, Maupassant confie à
François : « Il me reste encore à faire une sorte de préface
[...] où je vais dire un peu ce que je pense de la critique,
et aussi ma manière de comprendre le roman [6]. » Aussitôt

---

1. François Tassart, *Nouveaux souvenirs intimes sur Guy de
Maupassant (inédits)*, éd. Pierre Cogny, Nizet, 1962, p. 180.

2. Calmann Lévy, 1897.

3. *En regardant passer la vie*, par l'auteur d'*Amitié amoureuse* [Her-
mine Lecomte Du Noüy] et Henri Amic, Ollendorff, 1903, note du
22 juin 1887, p. 46.

4. [François Tassart,] *Souvenirs sur Maupassant*, par François son
valet de chambre (1883-1893), Plon, 1911, p. 94.

5. François Tassart, *Nouveaux souvenirs intimes sur Guy de
Maupassant (inédits)*, *op. cit.*, p. 180.

6. [François Tassart,] *Souvenirs sur Maupassant*, *op. cit.*, p. 94.

fait : « Le roman » est daté de septembre 1887. Par la suite, Maupassant dira que cette étude est « si peu une préface » à *Pierre et Jean* qu'il a empêché l'éditeur d'employer ce mot. S'il a fait paraître les deux écrits ensemble, c'est que *Pierre et Jean* à lui seul aurait formé un volume trop mince, mais ils n'ont « aucun rapport » entre eux, pire, ils sont « contradictoires [1] », l'étude sur le roman impliquant la « critique » (p. 41) [2] et même la « condamnation [3] » du roman qui la suit. D'évidence, cette contradiction importe à Maupassant. Il revendique l'inconséquence de publier sous la même couverture deux écrits présumés incompatibles parce qu'elle manifeste un changement en cours dans sa création : le passage du roman de mœurs réaliste au roman psychologique, ou, dans les termes que lui-même utilise, du « roman objectif » au « roman d'analyse [4] ».

Contradictoires, les deux écrits qui composent le livre le sont dans le sens où « Le roman », malgré son apparente neutralité, plaide pour le roman réaliste [5], tandis que dans

---

1. Lettre à Émile Straus [janvier 1888], *Correspondance*, éd. Jacques Suffel, Évreux, Le Cercle du Bibliophile, 1973 (édition désormais désignée par l'abréviation *Corr.*), t. III, p. 14 et 15.

2. Les numéros de pages entre parenthèses renvoient à la présente édition.

3. Dans le manuscrit du « Roman », Maupassant écrit d'abord que les idées qu'il exposera pourront entraîner la « condamnation du genre d'étude » entreprise dans *Pierre et Jean*, puis il biffe ces mots et leur substitue « critique du genre d'étude psychologique » (cf. p. 207, variante des lignes 3-5). Selon certains commentateurs il n'y a pas de contradiction entre les deux écrits ; cf. en particulier Robert Lethbridge, *Maupassant, Pierre et Jean*, Londres, Grant & Cutler, « Critical Guides to French Texts », 1984.

4. Cf. « Le roman », *passim*. Dans « Une préface », article paru le 22 janvier 1888 dans *L'Art moderne* (Bruxelles) et attribué à Émile Verhaeren par Robert Willard Artinian (*Maupassant Criticism. A Centennial Bibliography 1880-1979*, Jefferson et Londres, Mac Farland, 1982), on lit cette remarque au sujet du « Roman » : « Somme toute, préface inutile à bien des titres et peu neuve d'idées. / À moins que M. Guy de Maupassant, qui nous semble quitter le roman documentaire et objectif, ne veuille expliquer sa bonne volonté vers le roman analytique et subjectif. *Pierre et Jean* est un effort dans cette voie » (p. 26).

5. Le double discours, neutre et engagé, du « Roman » est analysé dans le Dossier qui figure en fin de volume, p. 223 *sq*.

Pierre et Jean la part de l'analyse psychologique prend une importance accrue. Accrue, mais non disproportionnée : *Pierre et Jean* est un moment d'équilibre, une synthèse où se concilient les deux types de roman. De là cet air de santé qui se communique à l'image de l'auteur lui-même, pourtant gravement atteint déjà par la syphilis [1]. Moment d'équilibre : moment de grâce. Après, la santé physique et mentale de Maupassant déclinera rapidement ; le 1er janvier 1892, il sombrera dans la folie, et en 1893, il mourra.

C'est sous son double aspect qu'on présentera ici *Pierre et Jean*, comme roman de mœurs réaliste où le conflit entre être et avoir joue un rôle déterminant, et comme roman psychologique fin de siècle, où l'auto-analyse du héros nous facilite l'accès aux racines inconscientes de son histoire. D'entrée de jeu, notons que deux facteurs principaux infléchissent l'écriture de Maupassant vers la psychologie. L'un relève de l'évolution littéraire de l'époque et de la biographie de l'écrivain, de faits connus que nous évoquerons dès le début de notre étude. L'autre, d'ordre psychique, lié à un problème d'identité, ne se laissera expliciter qu'à l'issue d'une analyse de *Pierre et Jean*. Toutefois, une parabole profane nous permet de l'annoncer dès maintenant. Décapotés par les jeunes frênes du jardin de Maupassant, René Maizeroy et Georges Pouchet, personnages réels, ont dû bientôt reprendre qui son beau chapeau mou gris perle, qui son béret bleu marine. Personnages de *Pierre et Jean*, Léon Maréchal et Gérôme Roland, père naturel et père putatif de Jean, assistent à la naissance de l'enfant. Le premier court chercher le médecin et, dans sa hâte, prend le chapeau, de couleur et de forme non déterminées – dépourvu de tout signe identificatoire –, du second. Benêt, celui-ci rappellera l'incident dans l'oraison funèbre du géniteur de son fils : « Il est

---

1. Durant la création de *Pierre et Jean*, même les plaintes, habituelles dans la correspondance de Maupassant, de migraines, maux d'estomac, ophtalmies, semblent absentes, mais ce n'est qu'apparence, due au fait que nous ne connaissons pas de lettres intimes de cette époque.

même probable qu'il s'est souvenu de ce détail au moment de mourir » (p. 80)... L'idée serait loufoque, n'était l'importance du chapeau pour l'identité d'un homme.

PIERRE ET JEAN, ENTRE ROMAN DE MŒURS ET ROMAN PSYCHOLOGIQUE

Quelques faits, pour mémoire. Pendant sa brève carrière, entre 1880 et 1891, Maupassant publie un volume de vers, six romans, plus de trois cents nouvelles et plus de deux cents chroniques et essais. Bien qu'il ait fait son entrée sur la scène littéraire avec la publication de *Boule de suif* dans *Les Soirées de Médan*, recueil considéré comme « le manifeste naturaliste »[1], il a toujours refusé d'adhérer à une école : « Je ne crois pas plus au naturalisme et au réalisme qu'au romantisme », déclara-t-il dès 1877[2]. Ses premiers romans, *Une vie* (1883) et *Bel-Ami* (1885), se laissent pourtant définir comme des romans de mœurs réalistes et objectifs, au sens que leur auteur donne à ce dernier terme dans « Le roman » : la motivation psychologique des personnages, vus de l'extérieur, n'est pas exposée, mais s'exprime à travers leurs actes. De la part de Maupassant, cette méthode implique une attitude impassible que nombre de ses lecteurs qualifieront d'indifférence morale. *Mont-Oriol* (composé en 1886, publié en 1887), en revanche, est un roman de mœurs où le récit d'une crise amoureuse donne lieu à des analyses détaillées de processus psychologiques. *Pierre et Jean*, on l'a dit, est le moment de conciliation des deux types de roman. *Fort comme la mort* (1889) et *Notre cœur* (1890) seront des romans d'analyse[3].

---

1. Sur le rapport de Maupassant au groupe de Médan, voir notre introduction à *Boule de suif et autres histoires de guerre*, GF-Flammarion, 1991.
2. Lettre adressée probablement à Paul Alexis, 17 janvier 1877, *Corr.*, t. I, p. 112.
3. Cette ligne évolutive des romans de Maupassant est illustrée par des extraits dans le Dossier, « 2. Du roman de mœurs au roman psychologique », p. 237 *sq*.

Ce changement d'orientation s'accompagne d'un renouvellement spectaculaire de la thématique sociale : l'accroissement de la part psychologique va de pair avec le choix des protagonistes dans les classes supérieures. En 1882, Taine écrit à Maupassant : « Vous peignez des paysans, des petits bourgeois, des ouvriers, des étudiants et des filles. Vous peindrez sans doute un jour la classe cultivée [...]. Un homme né dans l'aisance, héritier de trois ou quatre générations honnêtes, laborieuses et rangées, a plus de chances d'être probe, délicat et instruit[1]. » Délicat et instruit : personnalité riche en nuances psychologiques. Réponse de Maupassant : le romancier moderne cherche à « surprendre l'humanité sur le fait », à dégager « les impulsions instinctives » ; or, les gens du monde ne diffèrent des gens simples que par « un badigeonnage d'hypocrisie compliquée » dont la représentation irait au détriment de la « vérité[2] ». Deux ans plus tard, Maupassant est sommé par son ami Paul Bourget, chef de file de la jeune littérature psychologique, d'abandonner les personnages issus des classes inférieures pour étudier des « espèces sociales » situées au sommet de la « hiérarchie » des âmes[3]. Il répond apparemment à côté : après l'éloge de la délicatesse de cet « effarouché devant les brutalités de la vie » qu'est Bourget, il lui reproche de laisser apparaître ses propres pensées dans son récit et d'empêcher ainsi le lecteur de conclure comme il l'entend[4]. Autrement dit, trop de finesse − trop de psychologie − est incompatible avec l'objectivité et, partant, avec la vérité.

Deux ans se passent encore, et Maupassant fléchit. Dans *Mont-Oriol*, il analyse des personnages issus de l'élite sociale. Les analyses s'égrènent, il est vrai, sur fond de Bourse et de marché immobilier : le roman de mœurs

---

1. Lettre citée par Maupassant dans « Chronique », *Le Gaulois*, 9 juillet 1882.
   2. « Chronique », *ibid.*
   3. « Guy de Maupassant, I. Premières œuvres » (*Le Temps*, 2 mai 1884), dans *Études et portraits. Sociologie et littérature*, Plon, 1905, p. 303.
   4. « Les subtils », *Gil Blas*, 3 juin 1884.

se développe parallèlement au roman psychologique. Ferdinand Brunetière salue en *Mont-Oriol* une œuvre enfin « convenable », avec des personnages pris « dans un monde où nous les pouvons suivre [...] sans répugnance [1] ». Maupassant remercie : « j'attache à votre jugement un très grand prix [2] ». Ce n'est pas une formule de politesse. Par la suite, il formera le souhait de publier dans la *Revue des Deux Mondes*, périodique conservateur dont Brunetière est le secrétaire et sera bientôt le directeur.

Le 18 août 1887 se termine la publication en feuilleton de *La Terre* de Zola, dans le *Gil Blas*. Le même jour, *Le Figaro* fait paraître une attaque virulente contre Zola et le naturalisme. Signée par cinq jeunes écrivains, Paul Bonnetain, J.-H. Rosny, Lucien Descaves, Paul Margueritte, Gustave Guiches — on l'appellera le « Manifeste des Cinq [3] » —, elle est une protestation de la génération montante contre toute « assimilation possible » de ses œuvres « aux aberrations du Maître », descendu « au fond de l'immondice ». C'est le signal de l'offensive générale. Le 1er septembre, Brunetière publie dans la *Revue des Deux Mondes* « La banqueroute du naturalisme ». L'auteur de *Pierre et Jean*, dirait-on, suit le mouvement, il s'éloigne de la tendance décriée en s'orientant vers le roman d'analyse. Seulement, lui, dès le succès éclatant de *Boule de suif*, s'est distingué du groupe de « Messieurs Zola [4] ». Mais aussi le « Manifeste des Cinq » ne l'empêchera-t-il pas de considérer *La Terre* comme une œuvre « belle et haute [5] ». Le changement de son projet créateur,

1. « Trois romans », *Revue des Deux Mondes*, 1er mars 1887, p. 210 et 212.

2. Lettre à Ferdinand Brunetière [mars 1887], *Corr.*, t. III, p. 250.

3. Le titre original est « *La Terre*. À Émile Zola ».

4. Titre d'un article consacré aux jeunes naturalistes par Montjoyeux dans *Le Gaulois* du 27 décembre 1878.

5. Lettre à Zola [janvier 1888], *Corr.*, t. III, p. 7. Les rapports de Maupassant avec Zola resteront toujours bons. En 1888, c'est Maupassant qui est chargé par le ministre de l'Instruction publique de s'informer des éventuelles réactions de Zola à l'offre de la Légion d'honneur (cf. deux lettres à Zola [juillet 1888], *Corr.*, t. III, p. 46-49), et en 1889, lorsque son confrère prépare *La Bête humaine*, il s'entremet pour lui obtenir l'autorisation de « violer les règlements » en visitant les lieux

en harmonie, certes, avec l'évolution littéraire, tient à des raisons profondes, personnelles, il s'inscrit dans un projet existentiel.

Sous la pression d'ennuis de santé qui vont en s'aggravant, mais conduit aussi par le désir de se consacrer au nouveau type de roman qu'il cherche à élaborer, Maupassant veut changer de mode de travail. En septembre 1887, il pense essayer de gagner sa vie avec ce « trafic pseudo-littéraire » qu'est le théâtre, « afin d'écrire [s]es livres absolument à [s]a guise sans [s]e préoccuper le moins du monde de ce qu'ils deviendront [1] ». Des livres longuement travaillés, faits « de nuances, de choses suggérées et non dites [2] ». De là aussi l'intention de « ne plus faire de contes ni de nouvelles [3] » − en effet, la production du conteur diminue sensiblement −, afin de ne plus se laisser distraire de ses romans. S'il souhaite une collaboration régulière à la *Revue des Deux Mondes*, c'est qu'elle lui permettrait « d'écrire très peu, [...] très lentement et de gagner autant avec ce travail concentré qu'avec toute la besogne hâtive du journal [4] ». Quitte à se plier à la discipline conservatrice de la revue.

Autre changement d'ordre existentiel : même dans la vie privée de Maupassant, des personnages issus de l'élite sociale occupent désormais le devant de la scène. Hermine Lecomte Du Noüy, la muse de *Pierre et Jean*, s'y trouve déjà depuis plusieurs années. De 1886 datent les premières lettres de Maupassant à Geneviève Bizet, la veuve du compositeur, qui épousera bientôt Émile Straus [5], brillant et riche avocat, et ouvrira un salon destiné à devenir un

---

fermés au public des chemins de fer (cf. lettre à Zola [printemps 1889], *Corr.*, t. III, p. 74).

1. Lettre à sa mère, fin septembre 1887, *Corr.*, t. II, p. 261.
2. Lettre à sa mère [janvier 1888], *Corr.*, t. III, p. 21.
3. Lettre à un directeur de revue (?) [octobre 1891], *Corr.*, t. III, p. 249.
4. Lettre à Ferdinand Brunetière [août 1889], *Corr.*, t. III, p. 94.
5. Maupassant lui confiera ses intérêts lors du procès contre *Le Figaro*, au sujet des coupures pratiquées dans « Le roman » (voir le Dossier, « 1. Maupassant : écrits sur le roman », p. 223-224).

des hauts lieux de la vie culturelle de Paris. Elle servira de modèle à la duchesse de Guermantes. Autres amies du même milieu : la comtesse Potocka, l'un des modèles de Michèle de Burne, l'héroïne de *Notre cœur*, Marie Kann et sa sœur, Mme Cahen d'Anvers, cultivées, élégantes, riches, célèbres. Ce sont elles, les destinataires des romans d'analyse. Elles valent la messe, semble-t-il, où le romancier mondain abjure ses affections pour les prostituées et les filles de ferme.

Pierre et Jean, toutefois, diffère sensiblement des romans psychologiques qui suivront. Sur le plan thématique, par le statut social des personnages : certes, ils n'appartiennent pas au peuple, mais à l'élite non plus – bijoutier, médecin, avocat, capitaine de navire, ils représentent la classe moyenne ; sur le plan de la méthode, par la nature des analyses, qu'André Vial a cernée de près [1]. Cédons-lui la parole. À la différence d'un Paul Bourget, d'un Edmond de Goncourt vieillissant, écrit-il, chez Maupassant, dans ce roman, « l'analyste n'est point l'auteur, mais le personnage lui-même », et l'analyse, employée comme moteur de l'action, est à l'opposé des analyses explicatives de Bourget dont la fonction principale est d'offrir « une satisfaction gratuite pour l'intelligence ou la subtilité chercheuse du lecteur ». Dans *Mont-Oriol*, le recours aux généralités psychologiques en guise d'explication – « détestable méthode » – va de pair avec l'« analyse directe » et le « lyrisme déclamatoire ». *Pierre et Jean*, au contraire, roman de mœurs qui se mue tout naturellement en roman psychologique, est d'une sobriété classique.

Accueil très favorable, par conséquent. Même pour J.-H. Rosny, l'un des signataires du « Manifeste des Cinq », Maupassant, « tourmenté de psychologie, [...] aura évolué dans *Pierre et Jean* vers des analyses plus abstraites, des caractéristiques plus immatérielles que dans ses premières

---

1. *Guy de Maupassant et l'art du roman*, Nizet, 1954, p. 405-406, 434 et 566.

œuvres [1] ». De plus, grâce à l'accroissement de la part psychologique, l'impassibilité de l'auteur, qui heurtait souvent ses lecteurs, paraît atténuée. Selon Jules Lemaitre, dans ce roman de crise, le cœur de Maupassant « s'est amolli », « la source des larmes a commencé d'y jaillir [2] ». Psychologie, crise, émotion : l'œuvre se renouvelle.

ÊTRE ET AVOIR : *PIERRE ET JEAN*, ROMAN DE MŒURS RÉALISTE

Selon Hermine Lecomte Du Noüy, la source de *Pierre et Jean* est l'anecdote suivante :

> [Un jeune homme] vient de faire un héritage de huit millions. Cet héritage lui a été laissé par un commensal de la famille. Il paraît que le père du jeune homme était vieux, la mère, jeune et jolie [3].

Si Maupassant donne un frère à l'heureux héritier, c'est que celui-ci, de toute évidence, n'aurait pas enquêté sur l'origine de son héritage, au risque d'apprendre que lui-même est un enfant adultérin. De plus, l'introduction d'un second protagoniste en conflit avec l'héritier permet de développer une importante thématique économique.

Pierre, qui avait trois ans en 1858 (p. 115), a trente ans à présent : nous sommes en 1885. Cela se passe au Havre, en pleine expansion à cette époque : le nombre d'habitants a triplé en trente ans, de nouveaux quartiers s'élèvent, et, grâce au port et aux dépôts de marchandises, la ville fait à elle seule le sixième du chiffre d'affaires de la France entière [4]. Cette effervescence économique est

---

1. « Ceux de Médan. – III. Guy de Maupassant », *Supplément littéraire* du *Figaro*, 12 mai 1888.
2. « Guy de Maupassant », *Revue bleue*, 29 juin 1889, p. 802-803.
3. *En regardant passer la vie, op. cit.*, p. 46.
4. Cf. Pierre Aubéry, « Images du Havre dans *Pierre et Jean* de Guy de Maupassant », *Le Bel-Ami. Bulletin de l'Association des amis de Guy de Maupassant*, juin 1958, n° 7, p. 14, et le lieutenant-colonel Blanchot, *Le Havre, son origine, son présent, son avenir*, Société de géographie de Tours, 1888, p. 4.

l'avenir qui s'ouvre devant les protagonistes, deux jeunes hommes au seuil de la vie, fraîchement diplômés, Pierre de médecine, Jean de droit. Leur père, un ancien bijoutier parisien retiré au Havre, est un spectateur enthousiaste du dynamisme extraordinaire du port. Toutefois, ses ressources modestes ne lui permettent pas de loger sa famille dans la ville moderne, mais seulement dans une maison étroite d'un vieux quartier. Les fils, eux, veulent de la place.

Pierre et Jean : le brun et le blond, le nerveux et le placide, le dur et le tendre. Radicalement opposés, ils vivent sous la tension d'« une de ces jalousies dormantes » prêtes à se réveiller à l'occasion d'« un bonheur tombant sur l'un » (p. 62). Ce bonheur sera l'héritage, « la fortune tombée sur [Jean] » (p. 111). Auparavant, ils étaient à égalité, aucun n'ayant un sou devant lui, chacun comptant pour s'établir sur l'aide, nécessairement maigre, de ses parents.

Le bonheur, la fortune *tombent* sur Jean − serait-ce pur hasard, comme le suggèrent ces tournures, si c'est lui qui hérite ? le sort aurait-il pu tomber aussi bien sur Pierre ? les deux frères seraient-ils interchangeables ? La suite de l'histoire nous apprendra le contraire : Pierre et Jean sont différents au point d'être prédestinés chacun à son rôle, par son caractère, par le projet existentiel que chacun tient de son père.

Pour définir ces projets, j'aurai recours à deux catégories, *être* et *avoir*, dont l'opposition est une source inépuisable de conflits dans la littérature française du XIXe siècle, sinon dans toute la littérature. Vouloir être et vouloir avoir sont deux projets tellement importants qu'ils semblent innés aux personnages, impliqués par leur caractère. Vouloir être, c'est vouloir s'affirmer, affirmer son identité, et c'est vouloir s'épanouir, devenir plus fort, plus beau, plus estimé, plus aimé. À moins qu'on ne veuille simplement préserver une situation satisfaisante où l'on se trouve beau, fort, aimé. Vouloir avoir, c'est soit vouloir conserver ses possessions, soit vouloir posséder plus et encore plus. Ces deux projets ne sont aucunement incompatibles. Ceux qui veulent être ne s'interdisent pas d'avoir, ils disposent des ressources pour vivre, souvent même de richesses, propriétés, châteaux, trésors, mais, au lieu de tirer une satisfaction immédiate de la possession de leurs biens, ils en usent pour devenir plus forts, plus beaux, plus aimés : pour être. Face à eux, ceux qui se définissent par leur projet de posséder veulent souvent devenir, eux aussi, plus forts, plus beaux, plus aimés, mais leur désir d'avoir prime sur leur désir d'être. En somme, les deux désirs coexistent chez les personnages, mais l'un des deux s'impose comme prioritaire. Emma Bovary veut de l'argent, elle vole son mari, incite son amant à détourner des fonds dans l'étude de notaire où il est employé, mais elle use de son avoir pour se rendre plus belle, plus intéressante, pour se faire aimer plus et encore plus : pour être. De même Renée, dans *La Curée* de Zola, dépense des fortunes pour tromper sa soif d'amour par un luxe effréné : elle jouit de sa richesse pour être. Face à elle, Saccard, son mari, est talonné par un immense désir d'avoir, non sans ressentir, toutefois, la tentation d'employer l'argent comme un levier de pouvoir : pour devenir plus puissant, plus admiré, peut-être même plus aimé.

Encore le désir prioritaire pèse-t-il souvent à peine plus lourd que l'autre, ce qui produit des apparences trompeuses. Jean, avec ses pensées qui ne s'arrêtent qu'« aux choses ayant pour lui un intérêt direct » (p. 146), et le père Roland, « dont l'esprit n'avait jamais franchi l'horizon de sa boutique » (p. 123), semblent tous deux situés du côté de l'avoir, d'où l'impression que Jean serait plus proche de son père légal que de son père naturel. Pierre, au contraire, intelligent, cultivé, rêveur, est proche de l'amant de sa mère, homme instruit et fin avec qui il lui arrive de parler poésie. Pourtant, chacun d'eux est bien le fils de son père.

Jean tient de ses géniteurs chez qui le désir d'avoir prime sur des désirs d'être apparemment très forts. Parmi ces désirs, l'attirance du rêve, de la poésie. Mme Roland, « une économe bourgeoise un peu sentimentale, douée d'une âme tendre de caissière » (p. 62), aime les romans et la poésie pour « ces émotions légères qui troubl[ent] un peu son âme bien tenue comme un livre de comptes » (p. 66). Qui la troublent « un peu, si peu », insiste le manuscrit... [1]. Quant à Maréchal, son amant, chef de bureau au ministère des Finances, cet homme doux et charmant apprécie la poésie en « bourgeois » et non pas en « artiste » (p. 121).

Autre et fondamental désir d'être : l'amour. Si l'on accole le prénom de Mme Roland, Louise, au patronyme de son amant, on obtient Louise Maréchal, nom porté par la mère adultère dans *Henriette Maréchal* des Goncourt (1863), un drame qui se termine dans le sang. Seulement, les amours de Mme Roland n'ont rien de dramatique, on dirait même rien de transgressif. C'est l'adultère toléré par une société hypocrite dont la morale courante tacite − en contradiction avec la morale idéale qu'elle prêche [2] − admet que « [le] mariage et l'amour n'ont rien à voir ensemble [3] » parce que la fonction du mariage est de produire des héritiers afin d'assurer la transmission du nom et des biens à l'intérieur d'une communauté. L'amour, par conséquent, n'existe que dans l'adultère qui, de ce fait, passe pour le complément du mariage. La liaison de Mme Roland et de Maréchal relève de ce type d'adultère, que Maupassant appelle aussi « trois têtes sur le même oreiller [4] », le mari étant d'habitude le meilleur ami de l'amant. Ce n'en est pas moins un amour profond, authentique. Se plaçant, le temps de s'aimer, en dehors des rapports socio-économiques − en dehors de l'avoir −, les amants satisfont leur désir d'être,

---

1. Cf. p. 215, chapitre I, note *f*.
2. J'emprunte ces termes à André Vial, qui considère l'opposition entre la morale courante et la morale idéale comme une structure de base des nouvelles de Maupassant (*Guy de Maupassant et l'art du roman*, *op. cit.*, *passim*).
3. Maupassant, *Jadis*, dans *Les Sœurs Rondoli et autres contes sensuels*, GF-Flammarion, 1995, p. 33.
4. Préface à *L'Amour à trois* de Paul Ginisty, L. Baillière et H. Messager, 1884, p. I.

ils s'aiment l'un l'autre pour ce qu'ils sont, chacun découvre l'autre et se découvre dans le regard de l'autre comme unique. Mme Roland, évoquant Maréchal : « je n'ai aimé que lui, [...] il a été toute ma vie, toute ma joie, tout mon espoir, toute ma consolation, tout, tout, tout pour moi, pendant si longtemps ! » (p. 173). C'est un amour exclusif, unique, fondateur d'identité. Seulement, à l'instar de ces émotions suscitées par la poésie qui ne doivent troubler qu'« un peu » le livre de comptes qu'est l'âme de Mme Roland, l'amour, le désir d'être, ne doit pas mettre en cause son mariage solidement ancré dans l'avoir. Donc pas de vagues, pas de drame, pas de conflit.

Pour Mme Roland, c'est évident, l'avoir l'emporte sur l'être. Lorsque, après l'annonce de l'héritage de Jean, la famille discute du genre de vie qu'il devrait mener désormais, sa mère lui recommande de travailler pour « ne pas perdre le fruit de [s]es études » (p. 94). Ne pas perdre, garder ce qu'on a, c'est la grande affaire de Mme Roland. Dans le nouvel appartement de Jean, on la verra souffler les bougies après le départ des invités et serrer le sucre et les gâteaux dans un meuble qui ferme à clé (p. 163). Mieux, un long passage du manuscrit – il ne figurera pas dans la version imprimée – la montre en « femme d'ordre et de chiffres », qui, dans la crainte que Jean refuse l'héritage de son père naturel, s'ingénie à régler cette « question d'intérêt commercial [1] ».

Mais Maréchal, objectera-t-on, le galant qui se ruine en fleurs, doit se situer du côté de l'être. Rappelons ici le fait étrange qu'il institue Jean son unique héritier au risque de compromettre la réputation de Mme Roland – la morale idéale pourrait la juger sévèrement – et au mépris de son amitié pour Pierre. Une seule explication à ce comportement : à l'heure de la mort – l'heure de la vérité –, l'avoir l'emporte chez lui aussi sur l'être, lui inspirant le vœu ultime de transmettre sa fortune à son descendant.

Jean est la digne progéniture de ce couple. Il aime l'ordre, la sagesse, la régularité. Enrichi, il loue un bel

---

1. Cf. p. 218, chapitre VII, note *h*.

appartement choisi par sa mère et le meuble avec cet amour de l'ordre qu'il a en commun avec elle[1]. Il aime parler des « planches posées dans le placard de sa chambre pour serrer le linge » (p. 147), sa mère se plaît à « vérifier les piles de linge, le nombre des mouchoirs et des chaussettes », à « align[er] les serviettes, les caleçons et les chemises », plaisir d'autant plus vif qu'elle le partage avec son fils : « Jean, viens donc voir comme c'est joli » (p. 189).

D'un côté, donc, Mme Roland, Maréchal et Jean : chez tous les trois, l'avoir prime sur l'être. De l'autre côté, M. Roland et Pierre.

Au premier abord, on dirait que chez le père Roland, un commerçant « pour qui le mot "poésie" signifi[e] sottise » (p. 121), l'avoir l'emporte sur l'être. Déduction hâtive, puisque Roland, ayant amassé une fortune modeste, ferme sa boutique pour s'adonner à sa passion du bateau. Sa femme voudrait continuer le commerce, mais lui, refusant de s'« esquinter » plus longtemps au travail, veut se « refaire [une] santé » au bord de la mer (p. 81). Vouloir préserver sa santé, sa personne, et vouloir s'adonner à une passion quitte à renoncer à augmenter ses possessions, c'est opter pour l'être, au détriment de l'avoir.

Pour confirmer cette thèse, il convient de rappeler les sources des revenus. Mieux, *la* source, parce que aussi bien les Roland que l'héritier de Maréchal vivent de leurs rentes, c'est-à-dire des intérêts de capitaux investis en obligations à trois pour cent (p. 76). À l'époque, la grande majorité des Français qui possédaient des valeurs monétaires choisissaient ce type d'investissement puisqu'il garantissait, dans ces temps où l'inflation était inexistante, que le capital serait sauvegardé et resterait éternellement égal à lui-même. En somme, tous, le père Roland, Mme Roland, Maréchal, Jean, tiennent à garder leur avoir.

---

1. Sur l'importance de l'amour de l'ordre dans *Pierre et Jean*, cf. la préface de Mireille Sacotte à son édition de ce roman (Pocket, « Pocket Classiques », 1989, rééd. 1998).

Seulement, Jean disposera de vingt mille francs par an, tandis que ses parents n'ont que huit mille francs [1]. Dans ces conditions, quand il refuse d'augmenter son capital afin de vivre sa « manie nautique » (p. 103), le père Roland opte, avec intransigeance, pour l'être.

Pierre ne ressemble guère à son père. Il est « exalté, intelligent, [...] plein d'utopies et d'idées philosophiques » (p. 61). Il a « des désirs fous de partir », d'aller voir « des pays aux grandes fleurs et aux belles filles pâles ou cuivrées, des pays aux oiseaux-mouches, aux éléphants, aux lions libres, aux rois nègres » – « mais voilà, il faudrait de l'argent, beaucoup... » (p. 86-87). Lui, s'il avait de l'argent, il le dépenserait pour le plaisir de ses yeux, de ses sens, de son esprit, pour élargir ses connaissances et se procurer des jouissances nouvelles : contrairement au principe maternel qui commande de tout garder, il ferait des investissements à fonds perdu. S'il rêve d'avoir de l'argent, calculant même au franc près la somme qu'il gagnerait dans l'année avec tant de patients par jour, ce n'est là qu'une rêverie à la Perrette, sans prise aucune sur la réalité.

La différence entre Pierre et son père provoque même une vive altercation lorsque la famille discute de l'avenir de Jean. Selon Pierre, maintenant qu'il est à l'abri du besoin, Jean devrait s'efforcer de devenir « un jurisconsulte éminent, une lumière du droit » ; selon le père Roland, il devrait « se la couler douce », éviter tout effort, pour ne pas « s'esquinter le tempérament ». Pierre répond à son père, avec hauteur : « Nos tendances ne sont pas les mêmes ! » (p. 95). Seulement, le père Roland ajoute que lui, s'il était Jean, il s'achèterait un joli bateau et irait « jusqu'au Sénégal » (p. 94)... jusqu'au pays des rois nègres où Pierre, lui aussi, rêve d'aller. Dans le manuscrit,

---

1. Revenu relativement modeste : dans *Les Bijoux* de Maupassant, un employé de ministère ne peut pas vivre confortablement avec ses 3 500 francs d'appointements.

le père, Gérôme Roland, s'appelle d'abord Simon [1], premier nom de celui qui fut l'apôtre Pierre : le père et le fils sont moins loin l'un de l'autre qu'ils le paraissent. Le père Roland tient à garder son capital investi en obligations pour subvenir au nécessaire ; s'il était riche, il dépenserait, tout comme Pierre, à fonds perdu. Jean, au contraire, au lieu de désirer partir pour les lointains exotiques, fait venir dans son appartement magots, potiches et autres japoneries, il thésaurise et préserve ses possessions au moyen de sonneries électriques installées « pour prévenir toute pénétration clandestine » (p. 147).

Une différence générale entre les représentants de l'être et ceux de l'avoir qu'il convient de relever chez Maupassant a trait à la consommation. Claudine Giacchetti a analysé les déficiences métaboliques de Pierre, éternel assoiffé [2]. Les autres buveurs du roman sont le père Roland et le capitaine Beausire, lui aussi amoureux des lointains. Au dîner où la famille célèbre l'héritage de Jean, on voit défiler les plats, mais on ne voit personne y toucher. Il nous est dit que Mme Rosémilly refuse le deuxième verre et que Mme Roland n'a pas vidé le premier : ceux qui veulent avoir ne consomment pas. Pierre, en revanche, boit à tout instant, et le père Roland boit trop. De Jean il espère, avant tout, qu'il lui payera des « dîners extra » (p. 139). Chez Maupassant, consommer, boire, manger et métaboliser la nourriture, l'assimiler, relève de l'être. Paroles d'un gourmet : « Dans l'œuf, comme dans la chair du poulet, du bœuf ou du mouton, dans le lait, dans tout, on retrouve [...] la quintessence des nourritures antérieures de la bête [3] » − on est ce qu'on mange. On mange et on boit pour être.

Pierre est le fils de Roland, Jean est le fils de Maréchal. La suite de l'histoire découle de ces prémisses. Jean, qui

1. Cf. p. 215, chapitre I, note *a*.

2. « Déficits métaboliques. Sommeil et nutrition dans *Pierre et Jean* de Maupassant », *French Review*, avril 1994, p. 767-775.

3. *Le Rosier de Madame Husson*, dans *Le Rosier de Madame Husson*, Quantin, 1888, p. 10.

descend des tenants de l'avoir et se trouve lui-même du côté de l'avoir, hérite. Désormais « tout est pour Jean » (p. 104), l'espace, le plaisir, l'amour. Il prendra l'appartement que Pierre aussi a convoité et épousera la femme à qui Pierre aussi a cherché à plaire. Il est vrai que cette femme, Mme Rosémilly, ordonnée, propre, pratique, avec « un esprit sain, étroit et bienveillant » (p. 63), a été faite pour Jean et apporte dans le mariage autant que lui. Mais Jean trouve en elle plus forte que lui pour l'ancrage dans l'avoir. À peine sa déclaration prononcée dans la poésie d'un paysage marin, Mme Rosémilly, au lieu d'y répondre par des « gentillesses galantes », se met à « parler d'affaires », et c'est vite réglé, Jean est « lié, marié, en vingt paroles » (p. 155-156). Mme Roland, on l'a vu, aime les émotions qui troublent « un peu » son âme. Jean et sa fiancée, pour parler d'amour, grimpent sur le roc « un peu haut », Mme Rosémilly se dit « un peu troublée », tous les deux sont « un peu embarrassés », « un peu confus », (p. 155-156), et, plus tard, lorsque Jean montre à sa fiancée la chambre à coucher de son nouvel appartement, elle devient « un peu sérieuse », puis « gênée un peu » et « un peu confuse » (p. 161-162). « Un peu » : jamais trop, jamais le désir amoureux, un désir d'être, ne prendra le pas sur le désir d'avoir.

Tout ce qui est à avoir autour de lui, Jean l'aura. Pierre, au contraire, non seulement n'aura rien, mais il perdra le peu dont il comptait disposer, l'aide de ses parents pour s'établir, sa chambre dans la maison familiale. La faute n'en est pas à Jean. Seulement, l'idée ne lui vient à aucun moment de donner ou de prêter à son frère. Il garde ce qu'il a et y ajoute.

Différence inébranlable, lignes de conduite tracées d'avance : tels pères, tels fils. Mais qu'en est-il alors du chapeau, appartenant à Roland, que Maréchal a pris pour le sien, le jour de la naissance de Jean ?

PIERRE ET JEAN, ROMAN D'ANALYSE
ET DE PSYCHANALYSE

Quelques jours après la publication de *Pierre et Jean*, Édouard Estaunié[1] annonce à Maupassant qu'il traite d'un sujet semblable dans son premier roman, en chantier. Maupassant le rassure : il arrive souvent que deux auteurs « enfantent deux livres tellement pareils qu'ils semblent s'être communiqué leurs pensées et leurs sujets[2] ». Les commentateurs notent que Maupassant indique dans cette lettre un « fait divers de journal » comme source de son roman, alors qu'Hermine Lecomte Du Noüy et François Tassart parlent d'une conversation en société, à Étretat. La discrétion veut peut-être que l'écrivain masque sa source. Il est plus intéressant d'observer que dans le roman d'Édouard Estaunié, *Un simple,* qui paraîtra en 1891, il n'y a ni héritage, ni deux frères, mais un fils unique et sa mère veuve. L'auteur n'a certainement pas envoyé à Maupassant le manuscrit de son roman, mais a dû en indiquer le sujet dans une lettre. Celle-ci ne nous étant pas parvenue, nous en resterons à une hypothèse : pour Édouard Estaunié, son roman ressemblait tellement à *Pierre et Jean* qu'une accusation de plagiat n'était pas à exclure. Or le seul thème commun aux deux œuvres est l'enquête du fils sur la vie amoureuse de sa mère. Si aux yeux d'Édouard Estaunié ce thème est si important qu'il occulte le reste, c'est qu'il est, en effet, le centre névralgique de son roman : la sexualité de la mère devrait rester taboue pour le fils. Pour avoir transgressé cet interdit, le jeune héros d'*Un simple* se condamne au suicide. Dans *André Cornélis* de Paul Bourget (1887), duquel la critique contemporaine rapproche *Pierre et Jean*, on retrouve le

---

1. Édouard Estaunié (1862-1942), polytechnicien, a été ingénieur, puis inspecteur général aux Postes et Télégraphes. Auteur d'ouvrages scientifiques sur l'électricité, il était aussi un romancier fécond. En 1923, il fut élu à l'Académie française, et en 1926 à la présidence de la Société des gens de lettres.

2. Lettre du 2 février 1888, *Corr.*, t. III, p. 26. Le roman paraîtra en 1891, portant la dédicace « À Guy de Maupassant ».

même thème : le fils, un Hamlet moderne, enquête avec hésitations et remords sur le passé de sa mère ; s'il reste impuni, c'est qu'il a pour excuse de la savoir innocente et d'agir pour découvrir l'assassin de son père. Le châtiment de Pierre Roland sera l'exil, pire, la déréliction, « l'affolement d'une bête sans abri, une angoisse matérielle d'être errant » (p. 192). L'amour adultère de la mère, « une chose abominable » (p. 102), « horrible » (p. 130), « monstrueuse » (p. 117), est la source dont procède le malheur du fils [1].

Remonter à cette source est le but de l'enquête de Pierre, des analyses qu'il pratique sur lui-même et son entourage. Le terme « analyse » se laisse utiliser ici non seulement dans son sens classique d'examen des processus psychologiques, mais aussi dans le sens que lui donnera la psychanalyse : tenter d'accéder à des idées qui, n'étant pas tolérées par la conscience, sont refoulées dans l'inconscient. De là le discours intérieur répétitif, « ressassant » de Pierre, qu'a observé Jean-Louis Cabanès [2] : la démarche psychanalytique ne progresse qu'à coups de répétitions. Pierre Bayard évoque *Pierre et Jean* pour illustrer le processus de prise de conscience qu'il nomme « idéation », composante d'une psychanalyse dont Maupassant aurait pu être l'inventeur [3]. Ajoutons qu'une telle invention était déjà en cours : *De l'intelligence* de Taine, où il est question de mémoire inconsciente, date de 1870 ; *La Philosophie de l'inconscient* d'Eduard von Hartmann, parue en allemand en 1869, a été traduite en français en 1877 ; Zola pensait d'abord intituler *L'Inconscient* le roman qui allait porter le titre *La Bête humaine* (1890) ; enfin, tout près de Maupassant, son ami Paul Bourget, en 1883, crée un personnage auquel il attribue un ouvrage intitulé *De la dissociation des idées*, soustendu par cette théorie :

---

1. Voir le Dossier, « 3. Mère et fils », p. 250.
2. « Ressassement et progression narrative dans *Pierre et Jean* », dans *Maupassant et l'écriture*, Nathan, 1993, p. 187-196.
3. *Maupassant, juste avant Freud*, Minuit, 1994, chapitre VIII.

Par-dessous l'existence intellectuelle et sentimentale dont nous avons conscience, et dont nous endossons la responsabilité, peut-être illusoire, tout un domaine s'étend, obscur et changeant, qui est celui de notre vie inconsciente. Il se cache en nous une créature que nous ne connaissons pas, et dont nous ne savons jamais si elle n'est pas précisément le contraire de la créature que nous croyons être [1].

Maupassant relève ce passage dans « Les subtils », article consacré au roman psychologique [2]. Chez lui, déjà dans le manuscrit d'*En canot*, nouvelle publiée en 1876, la personnalité apparaît comme divisée en deux « *moi* », deux sphères, « les sens et la volonté, la nature et la raison [3] ». Cette division se retrouvera à plusieurs reprises dans son œuvre, notamment dans *Le Horla* dont elle est un élément moteur. Dans *Pierre et Jean*, elle est chargée d'une fonction précise : de la sphère qu'on appellerait aujourd'hui *l'inconscient*, une idée s'efforce de se faire jour à travers les obstacles qui lui barrent le chemin du *conscient*. Autrement dit, Pierre tente une auto-analyse. Tentative pionnière, qui mérite qu'on en rappelle les moments cruciaux.

Cela commence « quelque part » entre âme et corps : Pierre ressent « une de ces presque insensibles meurtrissures dont on ne trouve pas la place », « quelque chose comme une graine de chagrin » (p. 82). Chez lui, « l'homme sensitif domin[e] [...] l'homme intelligent », « l'être instinctif » conçoit des idées contraires à celles « que juge bonnes et saines l'être pensant » (p. 83). C'est en écoutant ses réactions instinctives que Pierre – son être pensant – découvre qu'il est jaloux de la fortune de son frère. Cette découverte le soulage, il est « content d'avoir compris, de s'être surpris lui-même, d'avoir dévoilé l'autre qui est en nous » (p. 84). Pourtant, il ressent toujours « une piqûre de guêpe » (p. 98), alors que le malaise

---

1. *L'Irréparable* [1883], Plon-Nourrit et Cie, 1900, p. 4.
2. *Gil Blas*, 3 juin 1884.
3. *Le Horla et autres contes d'angoisse*, GF-Flammarion, 1984, rééd. 2006, p. 216.

devrait se dissiper avec la prise de conscience de sa cause. La jalousie, doit-on conclure, n'en est pas la cause véritable, il faut chercher ailleurs. Pierre cherche, sans même le vouloir : il parle de l'héritage de Jean à son ami le pharmacien Marowsko « presque malgré lui » (p. 91), puis à une fille de brasserie, poussé « tout à coup » par « un étrange besoin » (p. 100). Les deux répondent par le même soupçon concernant sa mère, mieux, ils lui répercutent un soupçon que son « être instinctif » a depuis longtemps conçu, mais que son « être pensant » s'obstinait à ignorer. À présent, il ne peut plus éviter de sonder son inconscient, cet « autre qui est en nous », que Maupassant présente avec une étonnante clarté :

> Il se pouvait que son imagination seule, cette imagination qu'il ne gouvernait point, qui échappait sans cesse à sa volonté, s'en allait libre, hardie, aventureuse et sournoise dans l'univers infini des idées, et en rapportait parfois d'inavouables, de honteuses, qu'elle cachait en lui, au fond de son âme, dans les replis insondables, comme des choses volées ; il se pouvait que cette imagination seule eût créé, inventé cet affreux doute. Son cœur, assurément, son propre cœur avait des secrets pour lui [...]. Il se suspectait lui-même, à présent, interrogeant, comme les dévots leur conscience, tous les mystères de sa pensée (p. 110-111).

Le résultat est la découverte du « germe secret d'un nouveau mal » (p. 116) qui n'est plus « la jalousie [...], mais la terreur d'une chose épouvantable, la terreur de croire lui-même que Jean, que son frère était le fils de cet homme » (p. 117-118). Alors Pierre engage une enquête minutieuse dans ses souvenirs. Il répète le nom de Maréchal, comme pour « évoquer et provoquer son ombre » − son « fantôme », écrit d'abord Maupassant, puis il raye ce terme appartenant à Hamlet [1]. « Et dans le noir de ses paupières baissées, il le vit tout à coup tel qu'il l'avait connu » (p. 119). « [Il] se mit à rechercher les paroles, les gestes, les intonations, les regards de cet homme disparu de la terre. Il le retrouvait peu à peu, tout entier » (p. 119-120).

---

1. Cf. p. 216, chapitre IV, note *c*.

« Et soudain l'intonation de sa mère »... « Et soudain un souvenir précis, terrible » (p. 121 et 122)...

Ici s'arrête l'auto-analyse du docteur Pierre Roland. La suite est de l'instruction judiciaire ; le fils établit, sur preuves, la culpabilité de la mère adultère. À nous de continuer l'analyse : pourquoi la faute de la mère a-t-elle une résonance si terrible ? Le jeune héros d'Édouard Estaunié vient de découvrir la sexualité, la sienne propre en même temps que celle de sa mère qu'il surprend dans les bras d'un amant – le dénouement sera un suicide d'adolescent. Pierre Roland est adulte. Aussi sa réaction étonne-t-elle, en 1888, le critique perspicace qu'est Paul Hervieu : « beaucoup de fils de la bonne bourgeoisie ne sont pas rués hors d'eux-mêmes par la présomption que leur mère aurait pu, longtemps auparavant et sans scandale, vivre dans quelque reproche [1] ». Telle sera, en effet, l'attitude de Jean. Pierre, au contraire, est rué hors de tout, il « arrach[e] de son cœur les racines de toutes ses tendresses », se voit condamné à la déréliction « parce que sa mère s'était livrée aux caresses d'un homme » (p. 192).

Dans une étude qui fait date dans la réception critique de *Pierre et Jean*, Bernard Pingaud [2] dégage une thématique œdipienne importante : l'amour de Pierre pour sa mère expliquerait aussi bien sa jalousie à l'égard de Jean que sa souffrance de « fils trompé » (p. 138). Seulement, dans *Pierre et Jean*, comme dans le reste de l'œuvre de Maupassant, il manque un personnage sans lequel il n'y a pas de complexe d'Œdipe : le père qui interdit l'inceste sous peine de castration [3]. Les situations triangulaires abondent, il est vrai, chez Maupassant, mais elles ne font

---

1. « Héros littéraires. – Le docteur Pierre Roland », *Supplément littéraire* du *Figaro*, 28 janvier 1888.

2. « Pierre e(s)t Jean », dans Maupassant, *Pierre et Jean*, Gallimard, « Folio », 1982.

3. Pour une présentation plus détaillée de la problématique psychique au cœur de l'œuvre de Maupassant, cf. Antonia Fonyi, *Maupassant 1993*, Kimé, 1993, ainsi que les introductions aux volumes *Le Horla et autres contes d'angoisse* et *Apparition et autres contes d'angoisse* dans la collection GF-Flammarion.

qu'occulter l'absence du complexe d'Œdipe et l'angoisse qui s'ensuit. Ainsi, dans *L'Héritage* (1884), le mari, la femme et l'amant sont inséparables ; pas de jalousie, bien au contraire, c'est le mari stérile qui invite l'amant à féconder sa femme, la naissance d'un enfant étant la condition pour le couple d'hériter le million d'une tante. Dans *Un sage* (1883) aussi, c'est le mari qui introduit l'amant au domicile conjugal pour préserver sa santé compromise par le désir insatiable de sa femme. Dans *Hautot père et fils* (1889), après la mort du père, le fils prend sa place au lit de sa maîtresse tout naturellement, sans un soupçon de sentiment de culpabilité. Pas de père castrateur : pas de complexe d'Œdipe. Son absence s'explique par l'arrêt de l'évolution psychique de l'enfant à un moment où l'œdipe est déjà entrevu – d'où les situations triangulaires –, mais n'est pas encore engagé. Faute de cet engagement, la personnalité reste fragile : l'affrontement avec le père castrateur l'aurait consolidée, et la différence des sexes, telle qu'elle se stabilise dans les rapports avec le couple parental œdipien, aurait pu servir de base à sa propre différence, à son identité. Cette fragilité suscite une angoisse permanente de l'effondrement psychique, de perte d'identité par régression dans un état de la petite enfance où le moi n'existe pas encore.

Cette angoisse inconsciente est un moteur de la création de Maupassant, c'est elle que véhicule le schéma narratif qu'il répète à son insu, d'œuvre en œuvre. Voici ce schéma, tel qu'il sert de fondement à *Pierre et Jean*.

On vit dans un espace clos, tolérable, auquel on est habitué : Pierre et Jean vivent dans un espace familial étroit, en état de dépendance. On désire en sortir. C'est autorisé : Pierre et Jean sont sur le point de commencer leur vie professionnelle, une vie indépendante. Dans l'espace ouvert survient un incident qui change la situation : l'héritage bouleverse les rapports dans la famille Roland. À la fin de l'histoire, on se retrouve dans la clôture, celle du début ou une autre, plus serrée qu'auparavant, souvent définitive, même mortelle : Pierre, enfermé dans sa cabine de bateau, ne dispose en propre que de l'espace de « son petit lit marin, étroit et long comme un cercueil » (p. 198). Plus rares sont les clôtures heureuses : Jean finit dans celle du mariage, pris dans le filet de cette pêcheuse « adroite et rusée » qu'est Mme Rosémilly (p. 154).

Histoire de piège – Micheline Besnard-Coursodon a montré l'omniprésence du piège dans l'œuvre de Maupassant [1] –, ce schéma représente le fantasme inconscient d'un corps maternel maléfique. Dans un premier temps, il est « normal », supportable, d'y être enfermé. Puis l'enfant veut en sortir : naître, se séparer de la mère, vivre dehors. C'est autorisé : tout un chacun est autorisé à naître. Mais l'autorisation a été trompeuse : dans l'espace ouvert, une, plusieurs, beaucoup de brèves aventures surviennent, et, à la fin, on sera repris dans le clos – dans le piège maternel –, pour toujours, pour mourir. Ce fantasme archaïque, lié aux tout premiers temps de la vie, est irreprésentable tel qu'en lui-même parce que pour l'embryon le corps maternel n'est qu'un milieu biologique, sans limites, sans structures, sans identité, qu'une matière qui l'entoure, avec laquelle il se confond. Mais ce corps-milieu se laisse représenter aisément comme Mère Nature : dans *Pierre et Jean*, comme océan – eaux maternelles infinies –, cieux, brumes, rivages, ports...

L'homophonie de *mer* et de *mère* aidant, de nombreux critiques ont rapproché les paysages marins et la figure de la mère dans *Pierre et Jean*. Mais il y a plus. Dès le début du récit, l'environnement maritime est évoqué comme un composé de ventres. Les bateaux glissent sur « le ventre plat de l'Océan » (p. 70), ils sont alignés dans le port « ventre à ventre » (p. 72). À la fin du récit, la sortie du transatlantique du port du Havre est comparée à un « enfantement » (p. 203), et le bâtiment lui-même, mieux, *elle-même* parce qu'il s'appelle la *Lorraine* et sera désigné ensuite par le pronom *Elle*, avec majuscule, a un

---

1. *Étude thématique et structurale de l'œuvre de Maupassant : le piège*, Nizet, 1973.

« ventre énorme » (p. 201) et court sur l'eau comme un « énorme monstre » (p. 203). Énorme, comme le corps maternel gigantesque, disproportionné par rapport au corps de l'enfant. Pierre, désormais, est logé dans le ventre d'un monstre.

Et il y a d'autres ventres maléfiques dans *Pierre et Jean*. Le port du Havre est représenté comme un « ogre dévorant » qui « avalait » les bateaux comme une « bouche », puis, lorsqu'il était « repu », les « rejetait » (p. 69), ou, mot raturé dans le manuscrit, les « vomissait [1] ». Autour du port, « toutes les mauvaises odeurs semblaient sortir du ventre des maisons, puanteurs des caves, des fosses, des égouts, des cuisines pauvres », pour se mêler à la brume « nauséabonde » et « pestilentielle » sous laquelle les rues étaient « ensevelies » (p. 116). L'ogre qui avale, dévore, puis rejette, vomit, pour dévorer et vomir encore de petites choses mouvantes, c'est l'image d'une mère orale géante qui, par la bouche, expulse l'enfant de son ventre pour l'y reprendre encore. L'autre ventre, celui des égouts, des intestins, d'où émanent des puanteurs excrémentielles, est l'image anale de la mère : un ventre qui tantôt expulse, tantôt retient, enclot.

Réabsorption du corps du sujet par le corps maternel, effacement des frontières de soi, perte d'identité, c'est cette angoisse, omniprésente dans l'œuvre de Maupassant, que les paysages véhiculent dans *Pierre et Jean*. Certes, il y a aussi des paysages heureux : Mme Roland « s'abandonnait tout entière, tout son esprit et toute sa chair, à ce doux glissement sur l'eau » (p. 67) ; Pierre, « calme et content », vagabonde sur l'eau avec son bateau qui le porte comme « une bête ailée », il y rêvasse comme « sur le dos d'un cheval » (p. 113). C'est le bonheur d'être dehors, libre de ses mouvements dans l'espace ouvert infini, et d'être porté en même temps, par l'eau, par un bateau, par un cheval : l'enfant est sorti du corps maternel, mais celui-ci est encore tout proche, il le sou-

---

1. Cf. p. 215, chapitre I, note *g*.

tient, le porte, le berce. Bonheur trop court : le temps se gâte, il faut rentrer au clos.

Ces images, qui datent d'une époque où la mère n'est pas encore vue comme une personne ayant ses contours et son visage, semblent sans lien aucun avec Mme Roland, pourvue d'une solide identité sexuelle, familiale, sociale. La figure maternelle qu'elle représente se trouve, en effet, au centre d'un fantasme plus tardif qui tient déjà compte des différences identificatoires. Pierre « n'aimait que sa mère au monde » (p. 118) : elle est unique pour lui, il l'aime d'un amour unique et attend en retour d'être aimé comme unique. C'est pourquoi, lorsqu'il découvre l'adultère de Mme Roland, il est emporté par une violente colère : « S'il avait été le mari de cette femme, lui, son enfant, il l'aurait saisie par les poignets, par les épaules ou par les cheveux, et jetée à terre, frappée, meurtrie, écrasée ! » (p. 138). Fantasme sexuel œdipien – trop évidemment œdipien : selon le manuscrit, Pierre est soulevé par une colère d'« époux trompé [1] », expression que Maupassant supprime pour y substituer « fils trompé » (p. 138). En effet, le fils jaloux ne trouve pas devant lui un adversaire défini : Pierre éprouve une envie de tuer – « Qui ? tout le monde, son père, son frère, le mort, sa mère ! » (p. 124). La faute de la mère n'est pas d'avoir préféré un autre homme à son fils, mais d'avoir substitué « tout le monde » à l'unique. Pierre se promène à Trouville :

> Cette vaste plage n'était [...] qu'une halle d'amour où les unes se vendaient, les autres se donnaient, celles-ci marchandaient leurs caresses et celles-là se promettaient seulement. Toutes ces femmes ne pensaient qu'à la même chose, offrir et faire désirer leur chair déjà donnée, déjà vendue, déjà promise à d'autres hommes. [...]
> Sa mère avait fait comme les autres, voilà tout ! (p. 134-135).

Aussitôt après, Pierre voudrait se raviser : il existe des exceptions, se dit-il, à l'opposé de la galanterie il y a les

---

1. Cf. p. 216, chapitre V, note *b*.

« honnêtes femmes enfermées dans la maison close »
(p. 135). « Maison close » signifie dans ce contexte la clôture puritaine de la vie familiale, mais l'acception courante du terme contredit cette signification : il s'agit bien
d'un lapsus par lequel l'inconscient – de Pierre, de
Maupassant, cela revient ici au même – refuse l'existence
des femmes honnêtes. Mme Roland est comme les autres :
elle n'est pas unique. Par conséquent, le fils qui n'aime
qu'elle au monde et qui se voyait unique dans le miroir
de l'amour maternel cesse, lui aussi, d'être unique : du
moment que la mère est privée de sa différence, de son
identité, c'est l'identité de Pierre lui-même qui s'effondre.

La « chose abominable » (p. 102) est cet effondrement,
provoqué par la découverte de l'adultère maternel. Dans
une importante étude sur *Pierre et Jean*, Marie-Claire
Ropars insiste sur la « perte de différence » qui travaille
ce texte et sur la menace, que cette perte implique, du
« retour à l'indifférenciation originelle [1] ». Éviter ce danger est impossible. Pierre a beau vouloir fuir l'espace
maternel, renoncer à sa place dans la maison familiale,
sur la terre ferme – sur la terre tout court ? –, il se retrouvera « forçat vagabond » (p. 192) : prisonnier de la déréliction, enclos dans un « cloaque de misère », enveloppé
de brumes portant « dans leur épaisseur insaisissable
quelque chose de mystérieux et d'impur comme le souffle
pestilentiel de terres malfaisantes et lointaines » (p. 191).
D'aucuns ont voulu voir une fin libératrice dans l'image
de la sortie de la *Lorraine*, avec Pierre à son bord, du port
du Havre, « enfantement d'une grande ville maritime qui
donn[e] à la mer sa plus belle fille », laquelle, ayant « franchi l'étroit passage enfermé entre deux murs de granit,
se sen[t] libre enfin » sur l'océan (p. 203). On rappellera
toutefois que cette « belle fille » est « un énorme
monstre » (p. 203). L'histoire se termine par la disparition
de Pierre : Mme Roland « se retourna [...] pour jeter un
dernier regard sur la haute mer ; mais elle ne vit plus rien
qu'une petite fumée grise, si lointaine, si légère qu'elle

1. « Lire l'écriture », *Esprit*, décembre 1974, p. 827.

avait l'air d'un peu de brume » (p. 205). Maupassant a écrit d'abord : « qu'elle semblait un nuage [1] ». Mais un nuage a ses couleurs, ses limites, sa forme. Or celui qui a chu de son identité d'unique se dissoudra dans la brume, sera absorbé par l'immensité inconsistante.

C'est ce danger que les faux fantasmes œdipiens seraient censés annuler ou, tout au moins, occulter par l'affirmation de la différence sexuelle et individuelle. Vains efforts, puisque les différences sont instables, à commencer par celle du père : « Il avait un gros ventre de boutiquier, rien qu'un ventre où semblait réfugié le reste de son corps, un de ces ventres mous d'hommes toujours assis, qui n'ont plus ni cuisses, ni poitrine, ni bras, ni cou » (p. 103) − le corps du père est réduit à la composante majeure du corps maternel. Rien d'étonnant à ce que la loi, étant de ressort œdipien – elle prend son origine dans l'interdit de l'inceste signifié par le père −, soit sans valeur dans cette histoire : le fils légitime est exilé, le fils illégitime reste dans la famille. Philippe Bonnefis conclut : « Est débouté, qui peut tenir son rang. Est à sa place, qui ne peut se prévaloir d'aucun droit. Telle est l'inversion qui est la butée du livre, sa fin [2]. »

Resterait alors cette autre différence que Maupassant met au premier plan, celle qui s'établit entre être et avoir. Différence moins nette, moins structurante, parce que désirs d'être et désirs d'avoir se mêlent chez le même personnage au point que Pierre ressemble à première vue plutôt à Maréchal et Jean plutôt à Roland, de sorte que les deux frères eux-mêmes risquent de se confondre : « Pierre e(s)t Jean ». Une seule certitude : l'avoir triomphe nécessairement, fatalement, de l'être. Fatalement, parce que posséder, c'est tenir, retenir, enclore. Mme Roland perd son statut d'unique lorsqu'elle devient marchandise dans une halle d'amour : lorsqu'elle bascule, aux yeux de Pierre, de la sphère de l'être dans la sphère de l'avoir.

---

1. Cf. p. 220, chapitre IX, note *f*.
2. *Comme Maupassant*, Presses universitaires de Lille, 1981, p. 29.

Cette mère marchande, qui vend du déjà vendu, sa chair, son corps, sa personne déjà donnés à son mari, à son fils, cette caissière avec un livre de comptes à la place du cœur, ordonnée, propre, économe, cupide, rusée, malhonnête, c'est la mère telle qu'elle a été perçue par l'enfant à l'époque où il apprenait à devenir propre, à se retenir, attribuant à la mère la volonté de rétention comme trait dominant. On prend les choses dans son ventre et on les y retient... Jean, heureux, restera sous l'emprise de cette mère. Celle qu'il épousera est la propreté faite femme, les « rideaux blancs, immaculés » de ses fenêtres ont des plis « réguliers », et « jamais un grain de poussière » ne ternit le globe de la pendule dans son salon (p. 187). La demande en mariage faite, la mère et la fiancée « se prirent les mains, et restèrent ainsi, se regardant et se souriant, tandis que Jean semblait presque oublié d'elles » (p. 188).

L'histoire est terminée. À l'issue de notre parcours, le facteur occulte, d'ordre psychique, qui infléchit l'écriture de Maupassant vers la méthode analytique, apparaît clairement. Dans ses récits réalistes, les personnages sont des types, individualisés seulement le temps d'un événement, des éléments sortis d'une série pour un instant – c'était *une de ces* petites femmes, *un de ces* vieux paysans –, pour rentrer aussitôt dans le rang : leur identité est instable, éphémère. Cependant, la peur de la perte d'identité, on l'a vu, va en croissant chez Maupassant, et c'est pour s'en protéger, dans son écriture tout au moins, qu'il a recours à l'analyse psychologique, destinée à renforcer l'identité individuelle des personnages. Mais la peur est plus forte que les défenses qu'elle mobilise. Insigne d'identité virile, le chapeau, celui de Roland que Maréchal prend pour le sien et dont la seule fonction est de cacher les cornes de son propriétaire, n'a ni couleur, ni forme, ni texture précises : c'est le chapeau de n'importe qui, il ne signifie aucune différence. Heureusement, une telle image relève du fantasme, de la littérature. Dans la réalité, pas de confusion possible entre le beau chapeau mou gris perle de René Maizeroy et le béret bleu marine de Georges Pouchet. Une réalité que l'état de santé de Maupassant permettra de distinguer du fantasme pendant quatre brèves années encore.

Antonia FONYI.

NOTE SUR L'ÉDITION

NOTRE TEXTE

Nous reproduisons, en modernisant l'orthographe, le texte de *Pierre et Jean*, Paris, Ollendorff, 1888.

Pour « Le roman », notre édition étant la première à tenir compte du manuscrit [1], nous en apportons toutes les variantes. De l'édition préoriginale dans le *Supplément littéraire* du *Figaro* du 7 janvier 1888, qui a failli provoquer un procès, nous avons retenu les variantes importantes.

Le manuscrit de *Pierre et Jean* est conservé au département des Manuscrits de la Bibliothèque nationale de France, sous la cote N.a.Fr. 23282. Comme plusieurs éditions en ont tenu compte, nous apportons seulement un choix de variantes significatives. Nous ne tenons pas compte de la préoriginale, parue dans *La Nouvelle Revue*, numéros des 1er et 15 décembre 1887 et du 1er janvier 1888, ni de l'édition illustrée publiée par Boussod, Valadon et Cie, en 1888.

Du vivant de Maupassant, « Le roman » et *Pierre et Jean* ont paru encore dans *La Vie populaire*, 18 mars-19 avril 1888, puis *Pierre et Jean* dans la *Revue des journaux et des livres*, 24 mai 1891-10 janvier 1892. Nous ne tenons pas compte du texte de ces éditions.

Nous avons repris dans ce volume quelques-unes des gravures sur bois de G. Lemoine (d'après des dessins de Géo-Dupuis) qui accompagnaient le texte de *Pierre et Jean* dans les *Œuvres complètes illustrées* de Maupassant (Ollendorff, 1903).

*
* *

---

1. Voir ci-après, « "Le roman" : du manuscrit au texte imprimé ».

Les variantes sont données à la suite du roman. Pour éviter de surcharger la mise en page, nous avons numéroté les variantes du « Roman » par lignes ; celles de *Pierre et Jean*, moins nombreuses, sont appelées par des lettres en exposant.

Dans les variantes, nous mettons les suppressions entre [ ] et les ajouts entre < >. Nos propres commentaires sont en italiques. Nous utilisons les abréviations *Ms* pour désigner les manuscrits, et *FSL* pour le *Supplément littéraire* du *Figaro*.

La plupart des écrivains du XIXe siècle se souciaient peu de l'accentuation des voyelles et de la ponctuation des phrases dans leurs manuscrits, laissant à l'imprimeur le soin de corriger leurs textes sur ce point. Maupassant ne fait pas exception à cette règle. Dans l'ensemble des variantes que nous apportons, nous reproduisons le texte manuscrit, sans y introduire les accents ou la ponctuation manquants.

« LE ROMAN » : DU MANUSCRIT AU TEXTE IMPRIMÉ

Notre édition est la première à prendre en compte le manuscrit du « Roman » et à faire connaître les différences que les versions imprimées, l'édition préoriginale (*Supplément littéraire* du *Figaro*, 7 janvier 1888) et l'édition originale (Paris, Ollendorff, 1888) montrent par rapport au manuscrit.

Les éditeurs scientifiques qui ont tenu compte du manuscrit de *Pierre et Jean* (Pierre Cogny[1], Bernard Pingaud[2], Louis Forestier[3]) considéraient jusqu'à présent le manuscrit du « Roman » comme inaccessible, détenu par un collectionneur dont on ignorait l'identité. En fait, il a été acquis en 1964, avec d'autres pièces de la collection d'Artine Artinian, par le Harry Ransom Center de l'université d'Austin (Texas).

Le manuscrit comporte 23 feuillets, chacune avec une importante marge de gauche où Maupassant inscrivait des corrections. Il est propre, clair ; seuls quelques mots raturés sont illisibles.

Il a servi pour l'impression : sur le premier feuillet, en haut, à gauche, en biais, une main qui n'est pas celle de Maupassant a écrit « Préface Pierre + Jean », et les noms des imprimeurs successifs figurent sur la marge gauche : folio 1 : « Dénue [?]

---

1. *Pierre et Jean*, Garnier Frères, « Classiques Garnier », 1959, rééd. 1966, p. 212.
2. *Pierre et Jean*, Gallimard, « Folio classique », 1982, p. 250.
3. *Romans*, Gallimard, « Bibliothèque de la Pléiade », 1987, p. 1505.

120 lig. » ; folio 5 : « Henry 129 lignes » ; folio 9 : « Fauvel 106 lignes » ; folio 13 : « Carpentier » ; folio 17 : « Dénue [?] 161 lig. » ; folio 22 : « Fauvel B 44 lignes ».

Toutefois, le texte du manuscrit n'est pas exactement reproduit dans les versions imprimées. Les différences semblent correspondre à des corrections qui ne figurent pas sur le manuscrit parce qu'elles sont intervenues après la remise de celui-ci à l'éditeur. Reste à savoir sous quelle forme et à quel moment.

Reprenons les événements. Le 19 septembre 1887, Maupassant écrit à l'éditeur Victor Havard, chez qui il a fait paraître plusieurs livres : « Je viens de donner à Ollendorff un petit roman [...] [1]. » Il s'agit, de toute évidence, de *Pierre et Jean*. Selon le témoignage de François Tassart, « Le roman » est écrit à cette même époque[2], et il est daté, en effet, de « septembre 1887 » (p. 57). La note « Préface Pierre + Jean », de la main de l'éditeur ou de l'imprimeur, qu'on lit sur le manuscrit, prouve qu'il a servi pour l'impression du volume chez Ollendorff, puisque au *Figaro*, où seul « Le roman » est publié, une telle notation n'était pas nécessaire. Vers la même époque (« trois mois » avant début janvier), Maupassant convient avec le *Supplément littéraire* du *Figaro* d'y publier l'étude sur le roman, et « trois semaines » avant la publication (à la mi-décembre), il « livr[e] [s]on manuscrit[3] ». Le même manuscrit, doit-on supposer, qu'il a donné auparavant à Ollendorff, qui n'en a plus besoin, l'impression étant terminée. Le 7 janvier 1888, « Le roman » paraît dans le journal, et le 9 le volume sort en librairie. À quel moment de ce processus les corrections ont-elles pu intervenir ?

Périvier, le directeur du *Supplément littéraire* du *Figaro*, justifie les coupures pratiquées sans la permission de l'auteur en affirmant que celui-ci n'a « pas demandé à revoir les épreuves[4] », et Maupassant renchérit : « M. Périvier sait que je n'ai jamais corrigé d'épreuves ni au *Figaro* ni à aucun journal. Qu'on s'informe au *Gil Blas* ou au *Gaulois*, où on ne m'a pas vu une seule fois depuis 1880 venir relire un article[5]. » Donc, pas de corrections sur épreuves, dirait-on. Conclusion hâtive, parce que Maupassant ne traite pas de la même façon ses textes publiés dans la presse périodique et en librairie. Ses

1. *Corr.*, t. II, p. 260.
2. *Souvenirs sur Maupassant, op. cit.*, p. 94.
3. Lettre à Arthur Meyer, 8 janvier 1888, *Corr.*, t. III, p. 9.
4. *Supplément littéraire* du *Figaro*, 14 janvier 1888.
5. Lettre à Émile Straus, 15 janvier 1888, *Corr.*, t. III, p. 13.

volumes, il les corrige, le témoignage le plus explicite en est cette dépêche adressée à Mme Brun-Chabas : « Il y a trop d'erreurs dans *L'Héritage*. [...] Voudrez-vous me faire envoyer une seconde épreuve [1] ? » Dans ces conditions, nous sommes autorisée à former l'hypothèse suivante : ce n'est pas le manuscrit du « Roman » qui a été remis au *Figaro*, mais les placards imprimés par Ollendorff et corrigés par Maupassant. On constate fréquemment, en effet, que pour les reprises de ses textes dans la presse périodique (il arrive qu'une même nouvelle soit reprise jusqu'à neuf fois, dans neuf journaux, revues, recueils différents), Maupassant les communique en faisant remettre à un journal les placards d'une publication antérieure : les coquilles reproduites d'une publication à l'autre prouvent à l'évidence le recours à ce procédé. Que Maupassant emploie le terme de « manuscrit » − il a livré le « manuscrit » du « Roman » au *Supplément* du *Figaro* − pour désigner des placards n'a rien d'étonnant puisque ces derniers font office, dans ce cas, de manuscrit. Cette hypothèse est d'autant plus plausible qu'elle explique le fait que, pour leur grande majorité, les leçons du *Supplément littéraire* du *Figaro* et de l'édition Ollendorff sont identiques. Les exceptions résultent, fort probablement, d'erreurs de lecture commises par l'imprimeur.

Concluons. Le manuscrit ne semble pas être le dernier état, proposé par l'auteur, du texte du « Roman ». Tout porte à croire que Maupassant a introduit encore des corrections sur épreuves, et que ce sont ces épreuves qui se trouvent reproduites aussi bien par Ollendorff, dans le livre imprimé, que par le *Supplément littéraire* du *Figaro*, ce dernier les ayant déformées ou, pour employer le mot de Maupassant, « tripatouillées [2] ».

On notera bien, toutefois, que les épreuves corrigées ayant disparu, l'histoire du texte que nous venons de reconstituer reste une pure hypothèse.

REMERCIEMENTS

Je tiens à exprimer ma reconnaissance à Josette Pacaly pour sa relecture sagace de la présentation et des notes, à Charlotte von Essen pour avoir suivi mon travail avec une attention de tous les instants, ainsi qu'au Harry Ransom Center (University of Texas, Austin), et tout particulièrement à Elizabeth L. Garver, pour m'avoir donné accès au manuscrit du « Roman ».

---

1. 3 avril 1884, *Corr.*, t. II, p. 124.

2. Cf. les lettres à Arthur Meyer du 8 janvier 1888, *Corr.*, t. III, p. 9, et à Octave Mirbeau [janvier 1888], *Corr.*, t. III, p. 24.

Pierre et Jean

« LE ROMAN »

Je n'ai point l'intention de plaider ici pour le petit roman qui suit. Tout au contraire les idées que je vais essayer de faire comprendre entraîneraient plutôt la critique du genre d'étude psychologique que j'ai entrepris dans *Pierre et Jean*.

Je veux m'occuper du Roman en général.

Je ne suis pas le seul à qui le même reproche soit adressé par les mêmes critiques, chaque fois que paraît un livre nouveau.

Au milieu de phrases élogieuses, je trouve régulièrement celle-ci, sous les mêmes plumes :

– Le plus grand défaut de cette œuvre c'est qu'elle n'est pas un roman à proprement parler.

On pourrait répondre par le même argument :

– Le plus grand défaut de l'écrivain qui me fait l'honneur de me juger, c'est qu'il n'est pas un critique.

Quels sont en effet les caractères essentiels du critique ?

Il faut que, sans parti pris, sans opinions préconçues, sans idées d'école, sans attaches avec aucune famille d'artistes, il comprenne, distingue et explique toutes les tendances les plus opposées, les tempéraments les plus contraires, et admette les recherches d'art les plus diverses.

Or, le critique qui, après *Manon Lescaut, Paul et Virginie, Don Quichotte, Les Liaisons dangereuses, Werther, Les Affinités électives, Clarisse Harlowe, Émile, Candide, Cinq-Mars, René, Les Trois Mousque-*

taires, *Mauprat*, *Le Père Goriot*, *La Cousine Bette*,
30 *Colomba*, *Le Rouge et le Noir*, *Mademoiselle de
Maupin*, *Notre-Dame de Paris*, *Salammbô*, *Madame
Bovary*, *Adolphe*, *M. de Camors*, *L'Assommoir*, *Sapho* [1],
etc., ose encore écrire : « Ceci est un roman et cela
n'en est pas un », me paraît doué d'une perspicacité
35 qui ressemble fort à de l'incompétence.

Généralement ce critique entend par roman une
aventure plus ou moins vraisemblable, arrangée à la
façon d'une pièce de théâtre en trois actes dont le premier contient l'exposition, le second l'action et le troi-
40 sième le dénouement.

Cette manière de composer est absolument admis-
sible à la condition qu'on acceptera également toutes
les autres.

Existe-t-il des règles pour faire un roman, en dehors
45 desquelles une histoire écrite devrait porter un autre
nom ?

Si *Don Quichotte* est un roman, *Le Rouge et le Noir*
en est-il un autre ? Si *Monte-Cristo* est un roman,
L'Assommoir en est-il un ? Peut-on établir une compa-
50 raison entre *Les Affinités électives* de Gœthe, *Les Trois
Mousquetaires* de Dumas, *Madame Bovary* de Flau-
bert, *M. de Camors* de M. O. Feuillet et *Germinal* de
M. Zola ? Laquelle de ces œuvres est un roman ?
Quelles sont ces fameuses règles ? D'où viennent-

---

1. L'abbé Prévost, *Histoire du chevalier Des Grieux et de Manon
Lescaut*, 1731 ; Bernardin de Saint-Pierre, *Paul et Virginie*, 1788 ; Cer-
vantès, *L'Ingénieux Hidalgo don Quichotte de la Manche*, 1605-1615 ;
Choderlos de Laclos, *Les Liaisons dangereuses*, 1782 ; Goethe, *Wer-
ther*, 1774, et *Les Affinités électives*, 1809 ; Richardson, *Clarisse Har-
lowe*, 1748 ; Rousseau, *Émile ou De l'éducation*, 1762 ; Voltaire,
Candide ou l'Optimisme, 1759 ; Vigny, *Cinq-Mars*, 1826 ;
Chateaubriand, *René*, 1802 ; Dumas, *Les Trois Mousquetaires*, 1844 ;
George Sand, *Mauprat*, 1837 ; Balzac, *Le Père Goriot*, 1835, et *La
Cousine Bette*, 1846 ; Mérimée, *Colomba*, 1840 ; Stendhal, *Le Rouge
et le Noir*, 1830 ; Gautier, *Mademoiselle de Maupin*, 1835 ; Hugo,
Notre-Dame de Paris, 1831 ; Flaubert, *Salammbô*, 1862, et *Madame
Bovary*, 1857 ; Constant, *Adolphe*, 1816 ; Octave Feuillet, *M. de
Camors*, 1867 ; Zola, *L'Assommoir*, 1877 ; Daudet, *Sapho*, 1884.

elles ? Qui les a établies ? En vertu de quel principe, de 55
quelle autorité et de quels raisonnements ?

Il semble cependant que ces critiques savent d'une
façon certaine, indubitable, ce qui constitue un roman
et ce qui le distingue d'un autre, qui n'en est pas un.
Cela signifie tout simplement, que, sans être des pro- 60
ducteurs, ils sont enrégimentés dans une école, et qu'ils
rejettent, à la façon des romanciers eux-mêmes, toutes
les œuvres conçues et exécutées en dehors de leur
esthétique.

Un critique intelligent devrait, au contraire, recher- 65
cher tout ce qui ressemble le moins aux romans déjà
faits, et pousser autant que possible les jeunes gens à
tenter des voies nouvelles.

Tous les écrivains, Victor Hugo comme M. Zola,
ont réclamé avec persistance le droit absolu, droit 70
indiscutable, de composer, c'est-à-dire d'imaginer ou
d'observer, suivant leur conception personnelle de
l'art. Le talent provient de l'originalité, qui est une
manière spéciale de penser, de voir, de comprendre et
de juger. Or, le critique qui prétend définir le Roman 75
suivant l'idée qu'il s'en fait d'après les romans qu'il
aime, et établir certaines règles invariables de composition, luttera toujours contre un tempérament d'artiste
apportant une manière nouvelle. Un critique, qui
mériterait absolument ce nom, ne devrait être qu'un 80
analyste sans tendances, sans préférences, sans passions, et, comme un expert en tableaux, n'apprécier
que la valeur artiste de l'objet d'art qu'on lui soumet.
Sa compréhension, ouverte à tout, doit absorber assez
complètement sa personnalité pour qu'il puisse décou- 85
vrir et vanter les livres même qu'il n'aime pas comme
homme et qu'il doit comprendre comme juge.

Mais la plupart des critiques ne sont, en somme,
que des lecteurs, d'où il résulte qu'ils nous gour-
mandent presque toujours à faux ou qu'ils nous com- 90
plimentent sans réserve et sans mesure.

Le lecteur, qui cherche uniquement dans un livre à
satisfaire la tendance naturelle de son esprit, demande

à l'écrivain de répondre à son goût prédominant, et il
95 qualifie invariablement de remarquable ou de *bien
écrit*, l'ouvrage ou le passage qui plaît à son imagination idéaliste, gaie, grivoise, triste, rêveuse ou positive.

En somme, le public est composé de groupes nom-
breux qui nous crient :
100 – Consolez-moi.
– Amusez-moi.
– Attristez-moi.
– Attendrissez-moi.
– Faites-moi rêver.
105 – Faites-moi rire.
– Faites-moi frémir.
– Faites-moi pleurer.
– Faites-moi penser.

Seuls, quelques esprits d'élite demandent à l'artiste :
110 – Faites-moi quelque chose de beau, dans la forme
qui vous conviendra le mieux, suivant votre tempérament.

L'artiste essaie, réussit ou échoue.

Le critique ne doit apprécier le résultat que suivant la
115 nature de l'effort ; et il n'a pas le droit de se préoccuper
des tendances.

Cela a été écrit déjà mille fois. Il faudra toujours le
répéter.

Donc, après les écoles littéraires qui ont voulu nous
120 donner une vision déformée, surhumaine, poétique,
attendrissante, charmante ou superbe de la vie, est
venue une école réaliste ou naturaliste qui a prétendu
nous montrer la vérité, rien que la vérité et toute la
vérité.
125 Il faut admettre avec un égal intérêt ces théories
d'art si différentes et juger les œuvres qu'elles pro-
duisent, uniquement au point de vue de leur valeur
artistique en acceptant *a priori* les idées générales d'où
elles sont nées.
130 Contester le droit d'un écrivain de faire une œuvre
poétique ou une œuvre réaliste, c'est vouloir le forcer
à modifier son tempérament, récuser son originalité,

ne pas lui permettre de se servir de l'œil et de l'intelligence que la nature lui a donnés.

Lui reprocher de voir les choses belles ou laides, petites ou épiques, gracieuses ou sinistres, c'est lui reprocher d'être conformé de telle ou telle façon et de ne pas avoir une vision concordant avec la nôtre.

Laissons-le libre de comprendre, d'observer, de concevoir comme il lui plaira, pourvu qu'il soit un artiste. Devenons poétiquement exaltés pour juger un idéaliste et prouvons-lui que son rêve est médiocre, banal, pas assez fou ou magnifique. Mais si nous jugeons un naturaliste, montrons-lui en quoi la vérité dans la vie diffère de la vérité dans son livre.

Il est évident que des écoles si différentes ont dû employer des procédés de composition absolument opposés.

Le romancier qui transforme la vérité constante, brutale et déplaisante, pour en tirer une aventure exceptionnelle et séduisante, doit, sans souci exagéré de la vraisemblance, manipuler les événements à son gré, les préparer et les arranger pour plaire au lecteur, l'émouvoir ou l'attendrir. Le plan de son roman n'est qu'une série de combinaisons ingénieuses conduisant avec adresse au dénouement. Les incidents sont disposés et gradués vers le point culminant et l'effet de la fin, qui est un événement capital et décisif, satisfaisant toutes les curiosités éveillées au début, mettant une barrière à l'intérêt, et terminant si complètement l'histoire racontée qu'on ne désire plus savoir ce que deviendront, le lendemain, les personnages les plus attachants.

Le romancier, au contraire, qui prétend nous donner une image exacte de la vie, doit éviter avec soin tout enchaînement d'événements qui paraîtrait exceptionnel. Son but n'est point de nous raconter une histoire, de nous amuser ou de nous attendrir, mais de nous forcer à penser, à comprendre le sens profond et caché des événements. À force d'avoir vu et médité il regarde l'univers, les choses, les faits et les hommes

d'une certaine façon qui lui est propre et qui résulte
de l'ensemble de ses observations réfléchies. C'est cette
vision personnelle du monde qu'il cherche à nous
175 communiquer en la reproduisant dans un livre. Pour
nous émouvoir, comme il l'a été lui-même par le spectacle de la vie, il doit la reproduire devant nos yeux
avec une scrupuleuse ressemblance. Il devra donc composer son œuvre d'une manière si adroite, si dissimu-
180 lée, et d'apparence si simple, qu'il soit impossible d'en
apercevoir et d'en indiquer le plan, de découvrir ses
intentions.

Au lieu de machiner une aventure et de la dérouler
de façon à la rendre intéressante jusqu'au dénoue-
185 ment, il prendra son ou ses personnages à une certaine
période de leur existence et les conduira, par des transitions naturelles, jusqu'à la période suivante. Il mon-
trera de cette façon, tantôt comment les esprits se
modifient sous l'influence des circonstances environ-
190 nantes, tantôt comment se développent les sentiments
et les passions, comment on s'aime, comment on se
hait, comment on se combat dans tous les milieux
sociaux, comment luttent les intérêts bourgeois, les
intérêts d'argent, les intérêts de famille, les intérêts
195 politiques.

L'habileté de son plan ne consistera donc point dans
l'émotion ou dans le charme, dans un début attachant
ou dans une catastrophe émouvante, mais dans le
groupement adroit de petits faits constants d'où se
200 dégagera le sens définitif de l'œuvre. S'il fait tenir dans
trois cents pages dix ans d'une vie pour montrer quelle
a été, au milieu de tous les êtres qui l'ont entourée, sa
signification particulière et bien caractéristique, il
devra savoir éliminer, parmi les menus événements
205 innombrables et quotidiens, tous ceux qui lui sont
inutiles, et mettre en lumière, d'une façon spéciale,
tous ceux qui seraient demeurés inaperçus pour des
observateurs peu clairvoyants et qui donnent au livre
sa portée, sa valeur d'ensemble.

On comprend qu'une semblable manière de compo- 210
ser, si différente de l'ancien procédé visible à tous les
yeux, déroute souvent les critiques, et qu'ils ne
découvrent pas tous les fils si minces, si secrets,
presque invisibles, employés par certains artistes
modernes à la place de la ficelle unique qui avait nom : 215
l'Intrigue.

En somme, si le Romancier d'hier choisissait et
racontait les crises de la vie, les états aigus de l'âme et
du cœur, le Romancier d'aujourd'hui écrit l'histoire du
cœur, de l'âme et de l'intelligence à l'état normal. Pour 220
produire l'effet qu'il poursuit, c'est-à-dire l'émotion de
la simple réalité et pour dégager l'enseignement artistique qu'il en veut tirer, c'est-à-dire la révélation de ce
qu'est véritablement l'homme contemporain devant
ses yeux, il devra n'employer que des faits d'une vérité 225
irrécusable et constante.

Mais en se plaçant au point de vue même de ces
artistes réalistes, on doit discuter et contester leur
théorie qui semble pouvoir être résumée par ces mots :
« Rien que la vérité et toute la vérité. » 230

Leur intention étant de dégager la philosophie de
certains faits constants et courants, ils devront souvent
corriger les événements au profit de la vraisemblance
et au détriment de la vérité, car

Le vrai peut quelquefois n'être pas vraisemblable [1]. 235

Le réaliste, s'il est un artiste, cherchera, non pas à
nous montrer la photographie banale de la vie, mais à
nous en donner la vision plus complète, plus saisis-
sante, plus probante que la réalité même.

Raconter tout serait impossible, car il faudrait alors 240
un volume au moins par journée, pour énumérer les
multitudes d'incidents insignifiants qui emplissent
notre existence.

Un choix s'impose donc, – ce qui est une première
atteinte à la théorie de toute la vérité. 245

---

1. Boileau, *Art poétique*, chant III, vers 48.

La vie, en outre, est composée des choses les plus différentes, les plus imprévues, les plus contraires, les plus disparates ; elle est brutale, sans suite, sans chaîne, pleine de catastrophes inexplicables, illogiques
250 et contradictoires qui doivent être classées au chapitre *faits divers*.

Voilà pourquoi l'artiste, ayant choisi son thème, ne prendra dans cette vie encombrée de hasards et de futilités que les détails caractéristiques utiles à son
255 sujet, et il rejettera tout le reste, tout l'à-côté.

Un exemple entre mille :

Le nombre des gens qui meurent chaque jour par accident est considérable sur la terre. Mais pouvons-nous faire tomber une tuile sur la tête d'un personnage
260 principal, ou le jeter sous les roues d'une voiture, au milieu d'un récit, sous prétexte qu'il faut faire la part de l'accident ?

La vie encore laisse tout au même plan, précipite les faits ou les traîne indéfiniment. L'art, au contraire,
265 consiste à user de précautions et de préparations, à ménager des transitions savantes et dissimulées, à mettre en pleine lumière, par la seule adresse de la composition, les événements essentiels et à donner à tous les autres le degré de relief qui leur convient,
270 suivant leur importance, pour produire la sensation profonde de la vérité spéciale qu'on veut montrer.

Faire vrai consiste donc à donner l'illusion complète du vrai, suivant la logique ordinaire des faits, et non à les transcrire servilement dans le pêle-mêle de leur
275 succession.

J'en conclus que les Réalistes de talent devraient s'appeler plutôt des Illusionnistes.

Quel enfantillage, d'ailleurs, de croire à la réalité puisque nous portons chacun la nôtre dans notre pen-
280 sée et dans nos organes. Nos yeux, nos oreilles, notre odorat, notre goût différents créent autant de vérités qu'il y a d'hommes sur la terre. Et nos esprits qui reçoivent les instructions de ces organes, diversement impressionnés, comprennent, analysent et jugent

comme si chacun de nous appartenait à une autre 285
race.

Chacun de nous se fait donc simplement une illusion du monde, illusion poétique, sentimentale,
joyeuse, mélancolique, sale ou lugubre suivant sa
nature. Et l'écrivain n'a d'autre mission que de repro- 290
duire fidèlement cette illusion avec tous les procédés
d'art qu'il a appris et dont il peut disposer.

Illusion du beau qui est une convention humaine !
Illusion du laid qui est une opinion changeante ! Illusion du vrai jamais immuable ! Illusion de l'ignoble 295
qui attire tant d'êtres ! Les grands artistes sont ceux
qui imposent à l'humanité leur illusion particulière.

Ne nous fâchons donc contre aucune théorie
puisque chacune d'elles est simplement l'expression
généralisée d'un tempérament qui s'analyse. 300

Il en est deux surtout qu'on a souvent discutées en
les opposant l'une à l'autre au lieu de les admettre
l'une et l'autre, celle du roman d'analyse pure et celle
du roman objectif. Les partisans de l'analyse
demandent que l'écrivain s'attache à indiquer les 305
moindres évolutions d'un esprit et tous les mobiles les
plus secrets qui déterminent nos actions, en n'accordant au fait lui-même qu'une importance très secon-
daire. Il est le point d'arrivée, une simple borne, le
prétexte du roman. Il faudrait donc, d'après eux, 310
écrire ces œuvres précises et rêvées où l'imagination se
confond avec l'observation, à la manière d'un philo-
sophe composant un livre de psychologie, exposer les
causes en les prenant aux origines les plus lointaines,
dire tous les pourquoi de tous les vouloirs et discerner 315
toutes les réactions de l'âme agissant sous l'impulsion
des intérêts, des passions ou des instincts.

Les partisans de l'objectivité (quel vilain mot !), pré-
tendant, au contraire, nous donner la représentation
exacte de ce qui a lieu dans la vie, évitent avec soin 320
toute explication compliquée, toute dissertation sur les
motifs, et se bornent à faire passer sous nos yeux les
personnages et les événements.

Pour eux, la psychologie doit être cachée dans le
325 livre comme elle est cachée en réalité sous les faits
dans l'existence.

Le roman conçu de cette manière y gagne de l'intérêt, du mouvement dans le récit, de la couleur, de la
vie remuante.

330 Donc, au lieu d'expliquer longuement l'état d'esprit
d'un personnage, les écrivains objectifs cherchent
l'action ou le geste que cet état d'âme doit faire
accomplir fatalement à cet homme dans une situation
déterminée. Et ils le font se conduire de telle manière,
335 d'un bout à l'autre du volume, que tous ses actes, tous
ses mouvements, soient le reflet de sa nature intime,
de toutes ses pensées, de toutes ses volontés ou de
toutes ses hésitations. Ils cachent donc la psychologie
au lieu de l'étaler, ils en font la carcasse de l'œuvre,
340 comme l'ossature invisible est la carcasse du corps
humain. Le peintre qui fait notre portrait ne montre
pas notre squelette.

Il me semble aussi que le roman exécuté de cette
façon y gagne en sincérité. Il est d'abord plus vraisem-
345 blable, car les gens que nous voyons agir autour de
nous ne nous racontent point les mobiles auxquels ils
obéissent.

Il faut ensuite tenir compte de ce que, si, à force
d'observer les hommes, nous pouvons déterminer leur
350 nature assez exactement pour prévoir leur manière
d'être dans presque toutes les circonstances, si nous
pouvons dire avec précision : « Tel homme de tel tempérament, dans tel cas, fera ceci », il ne s'ensuit point
que nous puissions déterminer, une à une, toutes les
355 secrètes évolutions de sa pensée qui n'est pas la nôtre,
toutes les mystérieuses sollicitations de ses instincts
qui ne sont pas pareils aux nôtres, toutes les incita-
tions confuses de sa nature dont les organes, les nerfs,
le sang, la chair, sont différents des nôtres.

360 Quel que soit le génie d'un homme faible, doux,
sans passions, aimant uniquement la science et le travail, jamais il ne pourra se transporter assez complète-

ment dans l'âme et dans le corps d'un gaillard
exubérant, sensuel, violent, soulevé par tous les désirs
et même par tous les vices, pour comprendre et indi- 365
quer les impulsions et les sensations les plus intimes
de cet être si différent, alors même qu'il peut fort bien
prévoir et raconter tous les actes de sa vie.

En somme, celui qui fait de la psychologie pure ne
peut que se substituer à tous ses personnages dans les 370
différentes situations où il les place, car il lui est
impossible de changer ses organes, qui sont les seuls
intermédiaires entre la vie extérieure et nous, qui nous
imposent leurs perceptions, déterminent notre sensibilité, créent en nous une âme essentiellement différente 375
de toutes celles qui nous entourent. Notre vision,
notre connaissance du monde acquise par le secours
de nos sens, nos idées sur la vie, nous ne pouvons que
les transporter en partie dans tous les personnages
dont nous prétendons dévoiler l'être intime et 380
inconnu. C'est donc toujours nous que nous montrons
dans le corps d'un roi, d'un assassin, d'un voleur ou
d'un honnête homme, d'une courtisane, d'une religieuse, d'une jeune fille ou d'une marchande aux
halles, car nous sommes obligés de nous poser ainsi le 385
problème : « Si *j*'étais roi, assassin, voleur, courtisane,
religieuse, jeune fille ou marchande aux halles,
qu'est-ce que *je* ferais, qu'est-ce que *je* penserais, comment est-ce que *j*'agirais ? » Nous ne diversifions donc
nos personnages qu'en changeant l'âge, le sexe, la 390
situation sociale et toutes les circonstances de la vie
de notre *moi* que la nature a entouré d'une barrière
d'organes infranchissable.

L'adresse consiste à ne pas laisser reconnaître ce *moi*
par le lecteur sous tous les masques divers qui nous 395
servent à le cacher.

Mais si, au seul point de vue de la complète exactitude, la pure analyse psychologique est contestable,
elle peut cependant nous donner des œuvres d'art
aussi belles que toutes les autres méthodes de travail. 400

Voici, aujourd'hui, les symbolistes. Pourquoi pas ? Leur rêve d'artistes est respectable ; et ils ont cela de particulièrement intéressant qu'ils savent et qu'ils proclament l'extrême difficulté de l'art [1].

405 Il faut être, en effet, bien fou, bien audacieux, bien outrecuidant ou bien sot, pour écrire encore aujourd'hui ! Après tant de maîtres aux natures si variées, au génie si multiple, que reste-t-il à faire qui n'ait été fait, que reste-t-il à dire qui n'ait été dit ? Qui
410 peut se vanter, parmi nous, d'avoir écrit une page, une phrase qui ne se trouve déjà, à peu près pareille, quelque part ? Quand nous lisons, nous, si saturés d'écriture française que notre corps entier nous donne l'impression d'être une pâte faite avec des mots, trou-
415 vons-nous jamais une ligne, une pensée qui ne nous soit familière, dont nous n'ayons eu, au moins, le confus pressentiment ?

L'homme qui cherche seulement à amuser son public par des moyens déjà connus, écrit avec
420 confiance, dans la candeur de sa médiocrité, des œuvres destinées à la foule ignorante et désœuvrée. Mais ceux sur qui pèsent tous les siècles de la littérature passée, ceux que rien ne satisfait, que tout dégoûte, parce qu'ils rêvent mieux, à qui tout semble
425 défloré déjà, à qui leur œuvre donne toujours l'impression d'un travail inutile et commun, en arrivent à juger l'art littéraire une chose insaisissable, mystérieuse, que nous dévoilent à peine quelques pages des plus grands maîtres.

430 Vingt vers, vingt phrases, lus tout à coup nous font tressaillir jusqu'au cœur comme une révélation surprenante ; mais les vers suivants ressemblent à tous les vers, la prose qui coule ensuite ressemble à toutes les proses.

---

1. Jean Moréas (1856-1910), fondateur de l'école symboliste, en publia le manifeste dans *Le Figaro*, le 18 septembre 1886 : « Ennemie de "l'enseignement, la déclamation, la fausse sensibilité, la description objective", la poésie symboliste cherche à vêtir l'Idée d'une forme sensible qui, néanmoins, ne serait pas son but à elle-même. »

Les hommes de génie n'ont point, sans doute, ces 435
angoisses et ces tourments, parce qu'ils portent en eux
une force créatrice irrésistible. Ils ne se jugent pas eux-
mêmes. Les autres, nous autres qui sommes simplement des travailleurs conscients et tenaces, nous ne
pouvons lutter contre l'invincible découragement que 440
par la continuité de l'effort.

Deux hommes par leurs enseignements simples et
lumineux m'ont donné cette force de toujours tenter :
Louis Bouilhet[1] et Gustave Flaubert.

Si je parle ici d'eux et de moi c'est que leurs conseils, 445
résumés en peu de lignes, seront peut-être utiles à
quelques jeunes gens moins confiants en eux-mêmes
qu'on ne l'est d'ordinaire quand on débute dans les
lettres.

Bouilhet, que je connus le premier d'une façon un 450
peu intime, deux ans environ avant de gagner l'amitié
de Flaubert[2], à force de me répéter que cent vers,
peut-être moins, suffisent à la réputation d'un artiste,
s'ils sont irréprochables et s'ils contiennent l'essence
du talent et de l'originalité d'un homme même de 455
second ordre, me fit comprendre que le travail continuel et la connaissance profonde du métier peuvent,
un jour de lucidité, de puissance et d'entraînement,
par la rencontre heureuse d'un sujet concordant bien
avec toutes les tendances de notre esprit, amener cette 460
éclosion de l'œuvre courte, unique et aussi parfaite que
nous la pouvons produire.

Je compris ensuite que les écrivains les plus connus
n'ont presque jamais laissé plus d'un volume et qu'il
faut, avant tout, avoir cette chance de trouver et de 465

---

1. Louis Bouilhet (1821-1869) : poète (*Mœlanis*, 1849, *Festons et Astragales*, 1859), auteur dramatique (*Madame de Montarcy*, 1856, *La Conjuration d'Amboise*, 1866) et ami intime de Flaubert. Celui-ci a fait éditer ses poésies posthumes (*Dernières Chansons*, 1872).

2. « Tout jeune encore je n'osais demander à Flaubert dont je n'approchais alors qu'avec un respect craintif de m'introduire chez Bouilhet. Je résolus d'y aller seul », écrit Maupassant dans une chronique (« Louis Bouilhet », *Le Gaulois*, 21 août 1882).

discerner, au milieu de la multitude des matières qui se présentent à notre choix, celle qui absorbera toutes nos facultés, toute notre valeur, toute notre puissance artiste.

470   Plus tard, Flaubert, que je voyais quelquefois, se prit d'affection pour moi. J'osai lui soumettre quelques essais. Il les lut avec bonté et me répondit : « Je ne sais pas si vous aurez du talent. Ce que vous m'avez apporté prouve une certaine intelligence, mais
475   n'oubliez point ceci, jeune homme, que le talent – suivant le mot de Chateaubriand – n'est qu'une longue patience[1]. Travaillez. »

Je travaillai, et je revins souvent chez lui, comprenant que je lui plaisais, car il s'était mis à m'appeler,
480   en riant, son disciple.

Pendant sept ans je fis des vers, je fis des contes, je fis des nouvelles, je fis même un drame détestable. Il n'en est rien resté. Le maître lisait tout, puis le dimanche suivant, en déjeunant, développait ses cri-
485   tiques et enfonçait en moi, peu à peu, deux ou trois principes qui sont le résumé de ses longs et patients enseignements. « Si on a une originalité, disait-il, il faut avant tout la dégager ; si on n'en a pas, il faut en acquérir une. »
490   – Le talent est une longue patience. – Il s'agit de regarder tout ce qu'on veut exprimer assez longtemps et avec assez d'attention pour en découvrir un aspect qui n'ait été vu et dit par personne. Il y a, dans tout,

---

1. Maupassant se trompe. Le propos est attribué à Buffon : il l'aurait dit, sous une forme moins proverbiale, à Hérault de Séchelles, qui le rapporte dans *Le Voyage à Montbard* (1785) : « Le génie n'est qu'une plus grande aptitude à la patience. » C'est Léopold Lacour, critique dramatique et commensal de Maupassant, qui indique l'erreur à ce dernier, dans une lettre du 7 janvier 1888. Maupassant écrit aussitôt à Arthur Meyer, le directeur du *Gaulois*, lui demandant de publier une note rectificative. Pierre Cogny rappelle que Maupassant a commis la même erreur en 1885 (1886, selon la *Correspondance* éditée par Jacques Suffel), dans une lettre adressée à Maurice Vaucaire (« Introduction » à *Pierre et Jean*, Garnier Frères, 1959, p. XVIII).

de l'inexploré, parce que nous sommes habitués à ne nous servir de nos yeux qu'avec le souvenir de ce qu'on a pensé avant nous sur ce que nous contemplons. La moindre chose contient un peu d'inconnu. Trouvons-le. Pour décrire un feu qui flambe et un arbre dans une plaine, demeurons en face de ce feu et de cet arbre jusqu'à ce qu'ils ne ressemblent plus, pour nous, à aucun autre arbre et à aucun autre feu.

C'est de cette façon qu'on devient original.

Ayant, en outre, posé cette vérité qu'il n'y a pas, de par le monde entier, deux grains de sable, deux mouches, deux mains ou deux nez absolument pareils, il me forçait à exprimer, en quelques phrases, un être ou un objet de manière à le particulariser nettement, à le distinguer de tous les autres êtres ou de tous les autres objets de même race ou de même espèce.

« Quand vous passez, me disait-il, devant un épicier assis sur sa porte, devant un concierge qui fume sa pipe, devant une station de fiacres, montrez-moi cet épicier et ce concierge, leur pose, toute leur apparence physique contenant aussi, indiquée par l'adresse de l'image, toute leur nature morale, de façon à ce que je ne les confonde avec aucun autre épicier ou avec aucun autre concierge, et faites-moi voir, par un seul mot, en quoi un cheval de fiacre ne ressemble pas aux cinquante autres qui le suivent et le précèdent. »

J'ai développé ailleurs ses idées sur le style [1]. Elles ont de grands rapports avec la théorie de l'observation que je viens d'exposer.

Quelle que soit la chose qu'on veut dire, il n'y a qu'un mot pour l'exprimer, qu'un verbe pour l'animer et qu'un adjectif pour la qualifier. Il faut donc chercher, jusqu'à ce qu'on les ait découverts, ce mot, ce verbe et cet adjectif, et ne jamais se contenter de l'à-peu-près, ne jamais avoir recours à des supercheries,

---

1. Cf., entre autres écrits, « Gustave Flaubert d'après ses lettres », *Le Gaulois*, 6 septembre 1880 ; « Gustave Flaubert », préface à ses *Lettres à George Sand*, Paris, Charpentier, 1884.

même heureuses, à des clowneries de langage pour
530 éviter la difficulté.

On peut traduire et indiquer les choses les plus
subtiles en appliquant ce vers de Boileau :

D'un mot mis en sa place enseigna le pouvoir [1].

Il n'est point besoin du vocabulaire bizarre, compli-
535 qué, nombreux et chinois qu'on nous impose
aujourd'hui sous le nom d'écriture artiste, pour fixer
toutes les nuances de la pensée ; mais il faut discerner
avec une extrême lucidité toutes les modifications de
la valeur d'un mot suivant la place qu'il occupe. Ayons
540 moins de noms, de verbes et d'adjectifs aux sens
presque insaisissables, mais plus de phrases différentes,
diversement construites, ingénieusement coupées,
pleines de sonorités et de rythmes savants. Efforçons-
nous d'être des stylistes excellents plutôt que des col-
545 lectionneurs de termes rares [2].

Il est, en effet, plus difficile de manier la phrase à
son gré, de lui faire tout dire, même ce qu'elle
n'exprime pas, de l'emplir de sous-entendus, d'intentions secrètes et non formulées, que d'inventer des
550 expressions nouvelles ou de rechercher, au fond de
vieux livres inconnus, toutes celles dont nous avons
perdu l'usage et la signification, et qui sont pour nous
comme des verbes morts.

---

1. Boileau, *Art poétique*, chant I, vers 133.
2. Le 10 janvier 1888, Edmond de Goncourt note dans son journal à
propos de ce passage : « Dans la préface de son nouveau roman, Maupassant attaquant l'écriture artiste, m'a visé, sans me nommer. [...]
Maintenant, ça peut être un très habile *novelliere* de la Normandie à la
façon de Monnier ; mais ce n'est pas un écrivain, et il a ses raisons pour
rabaisser l'*écriture artiste*. L'écrivain, depuis La Bruyère, Bossuet, Saint-
Simon, en passant par Chateaubriand et en finissant par Flaubert, signe
sa phrase et la fait reconnaissable aux lettrés, sans signature, et on n'est
grand écrivain qu'à cette condition : or, une page de Maupassant n'est
pas signée, c'est tout bonnement de la bonne copie courante appartenant
à tout le monde » (Edmond et Jules de Goncourt, *Journal. Mémoires de
la vie littéraire*, éd. Robert Ricatte [1956], Robert Laffont, « Bouquins »,
1989, t. III, p. 87).

La langue française, d'ailleurs, est une eau pure que les écrivains maniérés n'ont jamais pu et ne pourront jamais troubler. Chaque siècle a jeté dans ce courant limpide ses modes, ses archaïsmes prétentieux et ses préciosités, sans que rien surnage de ces tentatives inutiles, de ces efforts impuissants. La nature de cette langue est d'être claire, logique et nerveuse. Elle ne se laisse pas affaiblir, obscurcir ou corrompre.

Ceux qui font aujourd'hui des images, sans prendre garde aux termes abstraits, ceux qui font tomber la grêle ou la pluie sur la *propreté* des vitres, peuvent aussi jeter des pierres à la simplicité de leurs confrères ! Elles frapperont peut-être les confrères qui ont un corps, mais n'atteindront jamais la simplicité qui n'en a pas.

GUY DE MAUPASSANT.

La Guillette, Étretat, septembre 1887.

PIERRE ET JEAN

I

– Zut ! s'écria tout à coup le père Roland qui depuis un quart d'heure demeurait immobile, les yeux fixés sur l'eau, et soulevant par moments, d'un mouvement très léger, sa ligne descendue au fond de la mer.

Mme Roland, assoupie à l'arrière du bateau, à côté de Mme Rosémilly invitée à cette partie de pêche, se réveilla, et tournant la tête vers son mari :

– Eh bien !... eh bien !... Gérôme[a] !

Le bonhomme furieux répondit :

– Ça ne mord plus du tout. Depuis midi je n'ai rien pris. On ne devrait jamais pêcher qu'entre hommes ; les femmes vous font embarquer toujours trop tard.

Ses deux fils, Pierre et Jean, qui tenaient, l'un à bâbord, l'autre à tribord[1], chacun une ligne enroulée à l'index, se mirent à rire en même temps et Jean répondit :

– Tu n'es pas galant pour notre invitée, papa.

M. Roland fut confus et s'excusa :

– Je vous demande pardon, madame Rosémilly, je suis comme ça. J'invite des dames parce que j'aime me trouver avec elles, et puis, dès que je sens de l'eau sous moi, je ne pense plus qu'au poisson.

---

1. *Bâbord, tribord* : à gauche et à droite d'un observateur tourné vers la proue de l'embarcation.

Mme Roland s'était tout à fait réveillée et regardait d'un air attendri le large horizon de falaises et de mer. Elle murmura :

– Vous avez cependant fait une belle pêche.

Mais son mari remuait la tête, pour dire non, tout en jetant un coup d'œil bienveillant sur le panier où le poisson capturé par les trois hommes palpitait vaguement encore, avec un bruit doux d'écailles gluantes et de nageoires soulevées, d'efforts impuissants et mous, et de bâillements dans l'air mortel.

Le père Roland saisit la manne [1] entre ses genoux, la pencha, fit couler jusqu'au bord le flot d'argent des bêtes pour voir celles du fond, et leur palpitation d'agonie s'accentua, et l'odeur forte de leur corps, une saine puanteur de marée, monta du ventre plein de la corbeille.

Le vieux pêcheur la huma vivement, comme on sent des roses, et déclara :

– Cristi ! ils sont frais, ceux-là !

Puis il continua :

– Combien en as-tu pris, toi, docteur ?

Son fils aîné, Pierre, un homme de trente ans à favoris noirs coupés comme ceux des magistrats, moustaches et menton rasés, répondit :

– Oh ! pas grand-chose, trois ou quatre.

Le père se tourna vers le cadet :

– Et toi, Jean ?

Jean, un grand garçon blond, très barbu, beaucoup plus jeune que son frère, sourit et murmura :

– À peu près comme Pierre, quatre ou cinq.

Ils faisaient, chaque fois, le même mensonge qui ravissait le père Roland.

Il avait enroulé son fil au tolet [2] d'un aviron, et croisant ses bras il annonça :

– Je n'essayerai plus jamais de pêcher l'après-midi. Une fois dix heures passées, c'est fini. Il ne mord plus, le gredin, il fait la sieste au soleil.

---

1. *Manne* : grand panier d'osier muni de deux anses.
2. *Tolet* : tige de bois ou de fer enfoncée dans l'embarcation, et qui sert à appuyer les avirons.

Le bonhomme regardait la mer autour de lui avec un air satisfait de propriétaire.

C'était un ancien bijoutier parisien qu'un amour immodéré de la navigation et de la pêche avait arraché au comptoir dès qu'il eut assez d'aisance pour vivre modestement de ses rentes.

Il se retira donc au Havre, acheta une barque et devint matelot amateur. Ses deux fils, Pierre et Jean, restèrent à Paris pour continuer leurs études et vinrent en congé de temps en temps partager les plaisirs de leur père.

À la sortie du collège, l'aîné, Pierre, de cinq ans plus âgé que Jean, s'étant senti successivement de la vocation pour des professions variées, en avait essayé, l'une après l'autre, une demi-douzaine, et, vite dégoûté de chacune, se lançait aussitôt dans de nouvelles espérances.

En dernier lieu la médecine l'avait tenté, et il s'était mis au travail avec tant d'ardeur, qu'il venait d'être reçu docteur après d'assez courtes études et des dispenses de temps obtenues du ministre. Il était exalté, intelligent, changeant et tenace, plein d'utopies et d'idées philosophiques.

Jean, aussi blond que son frère était noir, aussi calme que son frère était emporté, aussi doux que son frère était rancunier, avait fait tranquillement son droit et venait d'obtenir son diplôme de licencié en même temps que Pierre obtenait celui de docteur.

Tous les deux prenaient donc un peu de repos dans leur famille, et tous les deux formaient le projet de s'établir au Havre s'ils parvenaient à le faire dans des conditions satisfaisantes.

Mais une vague jalousie, une de ces jalousies dormantes qui grandissent presque invisibles entre frères ou entre sœurs jusqu'à la maturité et qui éclatent à l'occasion d'un mariage ou d'un bonheur tombant sur l'un, les tenait en éveil dans une fraternelle et inoffensive inimitié. Certes ils s'aimaient, mais ils s'épiaient. Pierre, âgé de cinq ans à la naissance de Jean, avait regardé avec une hostilité de petite bête gâtée cette autre petite bête apparue tout à coup dans les bras de son père et de sa mère, et tant aimée, tant caressée par eux.

Jean, dès son enfance, avait été un modèle de douceur, de bonté et de caractère égal ; et Pierre s'était énervé, peu à peu, à entendre vanter sans cesse ce gros garçon dont la douceur lui semblait être de la mollesse, la bonté de la niaiserie et la bienveillance de l'aveuglement. Ses parents, gens placides, qui rêvaient pour leurs fils des situations honorables et médiocres, lui reprochaient ses indécisions, ses enthousiasmes, ses tentatives avortées, tous ses élans impuissants vers des idées généreuses et vers des professions décoratives.

Depuis qu'il était homme, on ne lui disait plus : « Regarde Jean et imite-le ! » mais chaque fois qu'il entendait répéter : « Jean a fait ceci, Jean a fait cela », il comprenait bien le sens et l'allusion cachés sous ces paroles.

Leur mère, une femme d'ordre, une économe bourgeoise un peu sentimentale, douée [b] d'une âme tendre de caissière, apaisait sans cesse les petites rivalités nées chaque jour entre ses deux grands fils, de tous les menus faits de la vie commune. Un léger événement, d'ailleurs, troublait en ce moment sa quiétude, et elle craignait une complication, car elle avait fait la connaissance pendant l'hiver, pendant que ses enfants achevaient l'un et l'autre leurs études spéciales, d'une voisine, Mme Rosémilly, veuve d'un capitaine au long cours, mort à la mer deux ans auparavant. La[c] jeune veuve, toute jeune, vingt-trois ans, une maîtresse femme qui connaissait l'existence d'instinct, comme un animal libre, comme si elle eût vu, subi, compris et pesé tous les événements possibles, qu'elle jugeait avec un esprit sain, étroit et bienveillant, avait pris l'habitude de venir faire un bout de tapisserie et de causette, le soir, chez ces voisins aimables qui lui offraient une tasse de thé.

Le père Roland, que sa manie de pose marine aiguillonnait sans cesse, interrogeait leur nouvelle amie sur le défunt capitaine, et elle parlait de lui, de ses voyages, de ses anciens récits, sans embarras, en femme raisonnable et résignée qui aime la vie et respecte la mort.

Les deux fils, à leur retour, trouvant cette jolie veuve installée dans la maison, avaient aussitôt commencé à la courtiser, moins par désir de lui plaire que par envie de se supplanter.

Leur mère, prudente et pratique, espérait vivement qu'un des deux triompherait, car la jeune femme était riche, mais elle aurait aussi bien voulu que l'autre n'en eût point de chagrin.

Mme Rosémilly était blonde avec des yeux bleus, une couronne de cheveux follets envolés à la moindre brise et un petit air crâne, hardi, batailleur, qui ne concordait point du tout avec la sage méthode de son esprit.

Déjà elle semblait préférer Jean, portée vers lui par une similitude de nature. Cette préférence d'ailleurs ne se montrait que par une presque insensible différence dans la voix et le regard, et en ceci encore qu'elle prenait quelquefois son avis.

Elle semblait deviner que l'opinion de Jean fortifierait la sienne propre, tandis que l'opinion de Pierre devait fatalement être différente. Quand elle parlait des idées du docteur, de ses idées politiques, artistiques, philosophiques, morales, elle disait par moments : « Vos billevesées. » Alors, il la regardait d'un regard froid de magistrat qui instruit le procès des femmes, de toutes les femmes, ces pauvres êtres !

Jamais, avant le retour de ses fils, le père Roland ne l'avait invitée à ses parties de pêche où il n'emmenait jamais non plus sa femme, car il aimait s'embarquer avant le jour, avec le capitaine Beausire, un long-courrier [1] retraité, rencontré aux heures de marée sur le port et devenu intime ami, et le vieux matelot Papagris, surnommé Jean-Bart [2], chargé de la garde du bateau.

Or, un soir de la semaine précédente, comme Mme Rosémilly qui avait dîné chez lui disait : « Ça doit être très amusant, la pêche ? » l'ancien bijoutier, flatté dans sa passion, et saisi de l'envie de la communiquer, de faire des croyants à la façon des prêtres, s'écria :

– Voulez-vous y venir ?

– Mais oui.

– Mardi prochain ?

– Oui, mardi prochain.

– Êtes-vous femme à partir à cinq heures du matin ?

Elle poussa un cri de stupeur :

– Ah ! mais non, par exemple.

Il fut désappointé, refroidi, et il douta tout à coup de cette vocation.

Il demanda cependant :

– À quelle heure pourriez-vous partir ?

– Mais... à neuf heures !

– Pas avant ?

– Non, pas avant, c'est déjà très tôt !

Le bonhomme hésitait. Assurément on ne prendrait rien, car si le soleil chauffe, le poisson ne mord plus ; mais les deux frères s'étaient empressés d'arranger la partie, de tout organiser et de tout régler séance tenante.

---

1. *Long-courrier* : navire pratiquant des voyages de long cours ; membre de l'équipage d'un tel navire.

2. Jean Bart (1650-1702), héros de la marine royale, commença à naviguer dès l'âge de douze ans ; il fit campagne contre les barbaresques en 1679, introduisit une tactique de guerre particulièrement efficace, fondée sur l'utilisation de frégates rapides et maniables, et se rendit célèbre lors de la disette de 1694 par la prise de cent trente navires hollandais chargés de blé.

Donc, le mardi suivant, la *Perle* avait été jeter l'ancre sous les rochers blancs du cap de La Hève [1] ; et on avait pêché jusqu'à midi, puis sommeillé, puis repêché, sans rien prendre, et le père Roland, comprenant un peu tard que Mme Rosémilly n'aimait et n'appréciait en vérité que la promenade en mer, et voyant que ses lignes ne tressaillaient plus, avait jeté, dans un mouvement d'impatience irraisonnée, un *zut* énergique qui s'adressait autant à la veuve indifférente qu'aux bêtes insaisissables.

Maintenant il regardait le poisson capturé, son poisson, avec une joie vibrante d'avare ; puis il leva les yeux vers le ciel, remarqua que le soleil baissait :

– Eh bien ! les enfants, dit-il, si nous revenions un peu ?

Tous deux tirèrent leurs fils, les roulèrent, accrochèrent dans les bouchons de liège les hameçons nettoyés et attendirent.

Roland s'était levé pour interroger l'horizon à la façon d'un capitaine :

– Plus de vent, dit-il, on va ramer, les gars !

Et soudain, le bras allongé vers le nord, il ajouta :

– Tiens, tiens, le bateau de Southampton [2].

Sur la mer plate, tendue comme une étoffe bleue, immense, luisante, aux reflets d'or et de feu, s'élevait là-bas, dans la direction indiquée, un nuage noirâtre sur le ciel rose. Et on apercevait, au-dessous, le navire qui semblait tout petit de si loin.

Vers le sud on voyait encore d'autres fumées, nombreuses, venant toutes vers la jetée du Havre dont on distinguait à peine la ligne blanche et le phare, droit comme une corne sur le bout.

Roland demanda :

– N'est-ce pas aujourd'hui que doit entrer la *Normandie* [3] ?

---

1. Promontoire naturel situé sur la commune de Sainte-Adresse.

2. Le Havre-Southampton : ligne régulière, sur l'itinéraire de Londres.

3. On donnait volontiers, à l'époque, les noms des provinces aux paquebots. L'un des bateaux qui faisaient alors la traversée Le Havre-New York s'appelait *Normandie* (Émile C. de Beaucamp et N. Le Grix, *Petite Histoire du Havre illustrée*, Le Havre, Bourdignon, 1893, p. 232).

Jean [d] répondit :

– Oui, papa.

– Donne-moi ma longue-vue, je crois que c'est elle, là-bas.

Le père déploya le tube de cuivre, l'ajusta contre son œil, chercha le point, et soudain, ravi d'avoir vu :

– Oui, oui, c'est elle, je reconnais ses deux cheminées. Voulez-vous regarder, madame Rosémilly ?

Elle prit l'objet qu'elle dirigea vers le transatlantique lointain, sans parvenir sans doute à le mettre en face de lui, car elle ne distinguait rien, rien que du bleu, avec un cercle de couleur, un arc-en-ciel tout rond, et puis des choses bizarres, des espèces d'éclipses, qui lui faisaient tourner le cœur.

Elle dit en rendant la longue-vue :

– D'ailleurs je n'ai jamais su me servir de cet instrument-là. Ça mettait même en colère mon mari qui restait des heures à la fenêtre à regarder passer les navires.

Le père Roland, vexé, reprit :

– Ça doit tenir à un défaut de votre œil, car ma lunette est excellente.

Puis il l'offrit à sa femme :

– Veux-tu voir ?

– Non, merci, je sais d'avance que je ne pourrais pas.

Mme Roland, une femme de quarante-huit ans et qui [e] ne les portait pas, semblait jouir, plus que tout le monde, de cette promenade et de cette fin de jour.

Ses cheveux châtains commençaient seulement à blanchir. Elle avait un air calme et raisonnable, un air heureux et bon qui plaisait à voir. Selon le mot de son fils Pierre, elle savait le prix de l'argent, ce qui ne l'empêchait point de goûter le charme du rêve. Elle aimait les lectures, les romans et les poésies, non pour leur valeur d'art, mais pour la songerie mélancolique et tendre qu'ils éveillaient en elle. Un vers, souvent banal, souvent mauvais, faisait vibrer la petite corde, comme elle disait, lui donnait la sensation d'un désir mystérieux presque réalisé. Et elle se complaisait à ces émotions légères qui troublaient un peu son [f] âme bien tenue comme un livre de comptes.

Elle prenait, depuis son arrivée au Havre, un embonpoint assez visible qui alourdissait sa taille autrefois très souple et très mince.

Cette sortie en mer l'avait ravie. Son mari, sans être méchant, la rudoyait comme rudoient sans colère et sans haine les despotes en boutique pour qui commander équivaut à jurer. Devant tout étranger il se tenait, mais dans sa famille il s'abandonnait et se donnait des airs terribles, bien qu'il eût peur de tout le monde. Elle, par horreur du bruit, des scènes, des explications inutiles, cédait toujours et ne demandait jamais rien ; aussi n'osait-elle plus, depuis bien longtemps, prier Roland de la promener en mer. Elle avait donc saisi avec joie cette occasion, et elle savourait ce plaisir rare et nouveau.

Depuis le départ elle s'abandonnait tout entière, tout son esprit et toute sa chair, à ce doux glissement sur l'eau. Elle ne pensait point, elle ne vagabondait ni dans les souvenirs ni dans les espérances, il lui semblait que son cœur flottait comme son corps sur quelque chose de moelleux, de fluide, de délicieux, qui la berçait et l'engourdissait.

Quand le père commanda le retour : « Allons, en place pour la nage [1] ! » elle sourit en voyant ses fils, ses deux grands fils, ôter leurs jaquettes et relever sur leurs bras nus les manches de leur chemise.

Pierre, le plus rapproché des deux femmes, prit l'aviron de tribord, Jean l'aviron de bâbord, et ils attendirent que le patron criât : « Avant partout ! » car il tenait à ce que les manœuvres fussent exécutées régulièrement.

Ensemble, d'un même effort, ils laissèrent tomber les rames puis se couchèrent en arrière en tirant de toutes leurs forces ; et une lutte commença, pour montrer leur vigueur. Ils étaient venus à la voile tout doucement, mais la brise était tombée et l'orgueil de mâles des deux frères

---

1. *Nage*, comme terme de navigation, désigne l'ensemble des mouvements des rames pour faire avancer l'embarcation.

s'éveilla tout à coup à la perspective de se mesurer l'un contre l'autre.

Quand ils allaient pêcher seuls avec le père, ils ramaient ainsi sans que personne gouvernât, car Roland préparait les lignes tout en surveillant la marche de l'embarcation, qu'il dirigeait d'un geste ou d'un mot : « Jean, mollis. » – « À toi, Pierre, souque[1]. » Ou bien il disait : « Allons le *un*, allons le *deux*, un peu d'huile de bras[2]. » Celui qui rêvassait tirait plus fort, celui qui s'emballait devenait moins ardent, et le bateau se redressait.

Aujourd'hui ils allaient montrer leurs biceps. Les bras de Pierre étaient velus, un peu maigres, mais nerveux ; ceux de Jean gras et blancs, un peu roses, avec une bosse de muscles qui roulait sous la peau.

Pierre eut d'abord l'avantage. Les dents serrées, le front plissé, les jambes tendues, les mains crispées sur l'aviron, il le faisait plier dans toute sa longueur à chacun de ses efforts ; et la *Perle* s'en venait vers la côte. Le père Roland, assis à l'avant afin de laisser tout le banc d'arrière aux deux femmes, s'époumonait à commander : « Douce-ment, le *un* – souque le *deux*. » Le *un* redoublait de rage et le *deux* ne pouvait répondre à cette nage désordonnée.

Le patron, enfin, ordonna : « Stop ! » Les deux rames se levèrent ensemble, et Jean, sur l'ordre de son père, tira seul quelques instants. Mais à partir de ce moment l'avantage lui resta ; il s'animait, s'échauffait, tandis que Pierre, essoufflé, épuisé par sa crise de vigueur, faiblissait et hale-tait. Quatre fois de suite, le père Roland fit stopper pour permettre à l'aîné de reprendre haleine et de redresser la barque dérivant. Le docteur alors, le front en sueur, les joues pâles, humilié et rageur, balbutiait :

– Je ne sais pas ce qui me prend, j'ai un spasme au cœur. J'étais très bien parti, et cela m'a coupé les bras.

Jean demandait :

– Veux-tu que je tire seul avec les avirons de couple ?

---

1. *Mollir* : diminuer la tension. *Souquer* : manier les rames avec force.
2. *Huile de bras*, *de coude*, *de poignet* : énergie physique investie dans une action.

– Non, merci, cela passera.

La mère ennuyée disait :

– Voyons, Pierre, à quoi cela rime-t-il de se mettre dans un état pareil, tu n'es pourtant pas un enfant.

Il haussait les épaules et recommençait à ramer.

Mme Rosémilly semblait ne pas voir, ne pas comprendre, ne pas entendre. Sa petite tête blonde, à chaque mouvement du bateau, faisait en arrière un mouvement brusque et joli qui soulevait sur les tempes ses fins cheveux.

Mais le père Roland cria : « Tenez, voici le *Prince-Albert*[1] qui nous rattrape. » Et tout le monde regarda. Long, bas, avec ses deux cheminées inclinées en arrière et ses deux tambours jaunes, ronds comme des joues, le bateau de Southampton arrivait à toute vapeur, chargé de passagers et d'ombrelles ouvertes. Ses roues rapides, bruyantes, battant l'eau qui retombait en écume, lui donnaient un air de hâte, un air de courrier pressé ; et l'avant tout droit coupait la mer en soulevant deux lames minces et transparentes qui glissaient le long des bords.

Quand il fut tout près de la *Perle*, le père Roland leva son chapeau, les deux femmes agitèrent leurs mouchoirs, et une demi-douzaine d'ombrelles répondirent à ces saluts en se balançant vivement sur le paquebot qui s'éloigna, laissant derrière lui, sur la surface paisible et luisante de la mer, quelques lentes ondulations.

Et on voyait d'autres navires, coiffés aussi de fumée, accourant de tous les points de l'horizon vers la jetée courte et blanche qui les avalait comme une bouche, l'un après l'autre. Et les barques de pêche et les grands voiliers aux mâtures légères glissant sur le ciel, traînés par d'imperceptibles remorqueurs, arrivaient tous, vite ou lentement, vers cet ogre dévorant, qui, de temps en temps, semblait repu, et rejetait[g] vers la pleine mer une autre

---

1. Le bateau porte le nom de l'époux de la reine Victoria, Albert de Saxe-Cobourg-Gotha, mort en 1861.

flotte de paquebots, de bricks[1], de goélettes[2], de trois-mâts chargés de ramures emmêlées. Les steamers[3] hâtifs s'enfuyaient à droite, à gauche, sur le ventre plat de l'Océan, tandis que les bâtiments à voile, abandonnés par les mouches[4] qui les avaient halés, demeuraient immobiles, tout en s'habillant, de la grande hune[5] au petit perroquet[6], de toile blanche ou de toile brune qui semblait rouge au soleil couchant.

Mme Roland, les yeux mi-clos, murmura :

– Dieu ! que c'est beau, cette mer !

Mme Rosémilly répondit, avec un soupir prolongé, qui n'avait cependant rien de triste :

– Oui, mais elle fait bien du mal quelquefois.

Roland s'écria :

– Tenez, voici la *Normandie* qui se présente à l'entrée. Est-elle grande, hein ?

Puis il expliqua la côte en face, là-bas, là-bas, de l'autre côté de l'embouchure de la Seine – vingt kilomètres, cette embouchure – disait-il. Il montra Villerville, Trouville, Houlgate, Luc, Arromanches, la rivière de Caen[7], et les roches du Calvados qui rendent la navigation dangereuse jusqu'à Cherbourg. Puis il traita la question des bancs de sable de la Seine, qui se déplacent à chaque marée et mettent en défaut les pilotes de Quillebœuf[8] eux-mêmes, s'ils ne font pas tous les jours le parcours du chenal. Il fit remarquer comment Le Havre séparait la basse de la haute Normandie. En basse Normandie, la côte plate

---

1. *Brick* : voilier à deux mâts, de tonnage moyen.
2. *Goélette* : navire léger à deux mâts, à voiles quadrangulaires.
3. *Steamer* : navire à vapeur.
4. *Mouche* : petit bateau à vapeur, faisant le service du port.
5. *Grande hune* : plate-forme située à mi-hauteur du grand mât, utilisée pour effectuer des manœuvres.
6. *Petit perroquet* : voile haute et carrée, établie au-dessus du petit hunier.
7. La rivière de Caen est l'Orne.
8. Zone de navigation connue comme dangereuse depuis le Moyen Âge. C'est sur le rocher de Quillebœuf que s'éventra, en 1120, la *Blanche Nef*, transportant l'élite de la noblesse anglo-normande. Henri Ier, fils de Guillaume le Conquérant, y perdit ses deux fils.

descendait en pâturages, en prairies et en champs jusqu'à la mer. Le rivage de la haute Normandie, au contraire, était droit, une grande falaise, découpée, dentelée, superbe, faisant jusqu'à Dunkerque une immense muraille blanche dont toutes les échancrures cachaient un village ou un port : Étretat, Fécamp, Saint-Valery, Le Tréport, Dieppe, etc.

Les deux femmes ne l'écoutaient point, engourdies par le bien-être, émues par la vue de cet Océan couvert de navires qui couraient comme des bêtes autour de leur tanière ; et elles se taisaient, un peu écrasées par ce vaste horizon d'air et d'eau, rendues silencieuses par ce coucher de soleil apaisant et magnifique. Seul, Roland parlait sans fin ; il était de ceux que rien ne trouble. Les femmes, plus nerveuses, sentent parfois, sans comprendre pourquoi, que le bruit d'une voix inutile est irritant comme une grossièreté.

Pierre et Jean, calmés, ramaient avec lenteur ; et la *Perle* s'en allait vers le port, toute petite à côté des gros navires.

Quand elle toucha le quai, le matelot Papagris qui l'attendait, prit la main des dames pour les faire descendre ; et on pénétra dans la ville. Une foule nombreuse, tranquille, la foule qui va chaque jour aux jetées à l'heure de la pleine mer, rentrait aussi.

Mmes Roland et Rosémilly marchaient devant, suivies des trois hommes. En montant la rue de Paris elles s'arrêtaient parfois devant un magasin de modes ou d'orfèvrerie pour contempler un chapeau ou bien un bijou ; puis elles repartaient après avoir échangé leurs idées.

Devant la place de la Bourse, Roland contempla, comme il faisait chaque jour, le bassin du Commerce [1] plein de navires, prolongé par d'autres bassins, où les

---

1. Selon le *Guide Joanne du Havre* (Hachette, 1887-1888), la rue de Paris était « la plus belle rue du Havre, bordée de beaux magasins ». Elle montait du port à la place de l'Hôtel de Ville, et longeait le bassin du Commerce, lequel pouvait recevoir jusqu'à deux cents bateaux (Pierre Aubéry, « Images du Havre dans *Pierre et Jean* de Guy de Maupassant », *Le Bel-Ami. Bulletin de l'Association des amis de Guy de Maupassant*, juin 1958, p. 17).

grosses coques, ventre à ventre, se touchaient sur quatre ou cinq rangs. Tous les mâts innombrables, sur une étendue de plusieurs kilomètres de quais, tous les mâts avec les vergues, les flèches, les cordages, donnaient à cette ouverture au milieu de la ville l'aspect d'un grand bois mort. Au-dessus de cette forêt sans feuilles, les goélands tournoyaient, épiant pour s'abattre, comme une pierre qui tombe, tous les débris jetés à l'eau ; et un mousse, qui rattachait une poulie à l'extrémité d'un cacatois [1], semblait monté là pour chercher des nids.

— Voulez-vous dîner avec nous sans cérémonie aucune, afin de finir ensemble la journée ? demanda Mme Roland à Mme Rosémilly.

— Mais oui, avec plaisir ; j'accepte aussi sans cérémonie. Ce serait triste de rentrer toute seule ce soir.

Pierre, qui avait entendu et que l'indifférence de la jeune femme commençait à froisser, murmura : « Bon, voici la veuve qui s'incruste, maintenant. » Depuis quelques jours il l'appelait « la veuve ». Ce mot, sans rien exprimer, agaçait Jean rien que par l'intonation, qui lui paraissait méchante et blessante.

Et les trois hommes ne prononcèrent plus un mot jusqu'au seuil de leur logis. C'était une maison étroite, composée d'un rez-de-chaussée et de deux petits étages, rue Belle-Normande [2]. La^h bonne, Joséphine, une fillette de dix-neuf ans, servante campagnarde à bon marché, qui possédait à l'excès l'air étonné et bestial des paysans, vint ouvrir, referma la porte, monta derrière ses maîtres jusqu'au salon qui était au premier, puis elle dit :

— Il est v'nu un m'sieu trois fois.

Le père Roland, qui ne lui parlait pas sans hurler et sans sacrer, cria :

— Qui ça est venu, nom d'un chien ?

---

1. *Cacatois* : petite voile carrée, gréée au-dessus du perroquet.
2. Cette rue Belle-Normande est de l'invention de Maupassant. Pierre Aubéry note qu'il existait à l'époque une « rue de Normandie, devenue rue Maréchal-Joffre, l'une des plus commerçantes de la ville » (« Images du Havre dans *Pierre et Jean* de Guy de Maupassant », art. cité, p. 15).

Elle ne se troublait jamais des éclats de voix de son maître, et elle reprit :

– Un m'sieu d'chez l'notaire.

– Quel notaire ?

– D'chez m'sieu Canu, donc.

– Et qu'est-ce qu'il a dit, ce monsieur ?

– Qu'm'sieu Canu y viendrait en personne dans la soirée.

Me Lecanu était le notaire et un peu l'ami du père Roland, dont il faisait les affaires. Pour qu'il eût annoncé sa visite dans la soirée, il fallait qu'il s'agît d'une chose urgente et importante ; et les quatre Roland se regardèrent, troublés par cette nouvelle comme le sont les gens de fortune modeste à toute intervention d'un notaire, qui éveille une foule d'idées de contrats, d'héritages, de procès, de choses désirables ou redoutables. Le père, après quelques secondes de silence, murmura :

– Qu'est-ce que cela peut vouloir dire ?

Mme Rosémilly se mit à rire :

– Allez, c'est un héritage. J'en suis sûre. Je porte bonheur.

Mais ils n'espéraient la mort de personne qui pût leur laisser quelque chose.

Mme Roland, douée d'une excellente mémoire pour les parentés, se mit aussitôt à rechercher toutes les alliances du côté de son mari et du sien, à remonter les filiations, à suivre les branches des cousinages.

Elle demandait, sans avoir même ôté son chapeau :

– Dis donc, père (elle appelait son mari « père » dans la maison, et quelquefois « monsieur Roland » devant les étrangers), dis donc, père, te rappelles-tu qui a épousé Joseph Lebru, en secondes noces ?

– Oui, une petite Duménil, la fille d'un papetier.

– En a-t-il eu des enfants ?

– Je crois bien, quatre ou cinq, au moins.

– Non. Alors il n'y a rien par là.

Déjà elle s'animait à cette recherche, elle s'attachait à cette espérance d'un peu d'aisance leur tombant du ciel. Mais Pierre, qui aimait beaucoup sa mère, qui la savait un peu rêveuse, et qui craignait une désillusion, un petit chagrin, une petite tristesse, si la nouvelle, au lieu d'être bonne, était mauvaise, l'arrêta.

– Ne t'emballe pas, maman, il n'y a plus d'oncle d'Amérique ! Moi, je croirais bien plutôt qu'il s'agit d'un mariage pour Jean.

Tout le monde fut surpris à cette idée, et Jean demeura un peu froissé que son frère eût parlé de cela devant Mme Rosémilly.

– Pourquoi pour moi plutôt que pour toi ? La supposition est très contestable. Tu es l'aîné ; c'est donc à toi qu'on aurait songé d'abord. Et puis, moi, je ne veux pas me marier.

Pierre ricana :

– Tu es donc amoureux ?

L'autre, mécontent, répondit :

– Est-il nécessaire d'être amoureux pour dire qu'on ne veut pas encore se marier ?

– Ah ! bon, le « encore » corrige tout ; tu attends.

– Admets que j'attends, si tu veux.

Mais le père Roland, qui avait écouté et réfléchi, trouva tout à coup la solution la plus vraisemblable.

– Parbleu ! nous sommes bien bêtes de nous creuser la tête. Me Lecanu est notre ami, il sait que Pierre cherche un cabinet de médecin, et Jean un cabinet d'avocat, il a trouvé à caser l'un de vous deux.

C'était tellement simple et probable que tout le monde en fut d'accord.

– C'est servi, dit la bonne.

Et chacun gagna sa chambre afin de se laver les mains avant de se mettre à table.

Dix minutes plus tard, ils dînaient dans la petite salle à manger, au rez-de-chaussée.

On ne parla guère tout d'abord ; mais, au bout de quelques instants, Roland s'étonna de nouveau de cette visite du notaire.

– En somme, pourquoi n'a-t-il pas écrit, pourquoi a-t-il envoyé trois fois son clerc, pourquoi vient-il lui-même ?

Pierre trouvait cela naturel.

– Il faut sans doute une réponse immédiate ; et il a peut-être à nous communiquer des clauses confidentielles qu'on n'aime pas beaucoup écrire.

Mais ils demeuraient préoccupés et un peu ennuyés tous les quatre d'avoir invité cette étrangère qui gênerait leur discussion et les résolutions à prendre.

Ils venaient de remonter au salon quand le notaire fut annoncé.

Roland s'élança.

– Bonjour, cher maître.

Il donnait comme titre à M. Lecanu le « maître » qui précède le nom de tous les notaires.

Mme Rosémilly se leva :

– Je m'en vais, je suis très fatiguée.

On tenta faiblement de la retenir ; mais elle n'y consentit point et elle s'en alla sans qu'un des trois hommes la reconduisît, comme on le faisait toujours.

Mme Roland s'empressa près du nouveau venu :

– Une tasse de café, Monsieur ?

– Non, merci, je sors de table.

– Une tasse de thé, alors ?

– Je ne dis pas non, mais un peu plus tard, nous allons d'abord parler affaires.

Dans le profond silence qui suivit ces mots on n'entendit plus que le mouvement rythmé de la pendule et, à l'étage au-dessous, le bruit des casseroles lavées par la bonne trop bête même pour écouter aux portes.

Le notaire reprit :

– Avez-vous connu à Paris un certain M. Maréchal, Léon Maréchal ?

M. et Mme Roland poussèrent la même exclamation : « Je crois bien ! »

– C'était un de vos amis ?

Roland déclara :

– Le meilleur, Monsieur, mais un Parisien enragé ; il ne quitte pas le boulevard. Il est chef de bureau aux finances. Je ne l'ai plus revu depuis mon départ de la capitale. Et puis nous avons cessé de nous écrire. Vous savez, quand on vit loin l'un de l'autre...

Le notaire reprit gravement :

– M. Maréchal est décédé !

L'homme et la femme eurent ensemble ce petit mouvement de surprise triste, feint ou vrai, mais toujours prompt, dont on accueille ces nouvelles.

M. Lecanu continua :

– Mon confrère de Paris vient de me communiquer la principale disposition de son testament par laquelle il institue votre fils Jean, M. Jean Roland, son légataire universel.

L'étonnement fut si grand qu'on ne trouvait pas un mot à dire.

Mme Roland, la première, dominant son émotion, balbutia :

– Mon Dieu, ce pauvre Léon... notre pauvre ami... mon Dieu... mon Dieu... mort !...

Des larmes apparurent dans ses yeux, ces larmes silencieuses des femmes, gouttes de chagrin venues de l'âme qui coulent sur les joues et semblent si douloureuses, étant si claires.

Mais Roland songeait moins à la tristesse de cette perte qu'à l'espérance annoncée. Il n'osait cependant interroger tout de suite sur les clauses de ce testament, et sur le chiffre de la fortune ; et il demanda, pour arriver à la question intéressante :

– De quoi est-il mort, ce pauvre Maréchal ?

M. Lecanu l'ignorait parfaitement.

– Je sais seulement, disait-il, que, décédé sans héritiers directs, il laisse toute sa fortune, une vingtaine de mille francs de rentes en obligations trois pour cent [1], à votre

---

1. Contrairement aux actions à valeur et rendement fluctuants, les obligations, qui servaient un revenu à taux fixe (rente), étaient considérées comme des valeurs solides et préférées par la plupart des investisseurs. On notera que le franc était stable à l'époque. Trois pour cent étant égaux à 20 000 francs, le capital hérité par Jean s'élève *grosso modo* à 660 000 (plus précisément à 666 666) francs. Comme l'impôt sur la succession était très limité, même lorsqu'il n'y avait pas de lien de parenté entre le testateur et le légataire, Jean hérite de la quasi-totalité

second fils, qu'il a vu naître, grandir, et qu'il juge digne de ce legs. À défaut d'acceptation de la part de M. Jean, l'héritage irait aux enfants abandonnés.

Le[i] père Roland déjà ne pouvait plus dissimuler sa joie et il s'écria :

— Sacristi ! voilà une bonne pensée du cœur. Moi, si je n'avais pas eu de descendant, je ne l'aurais certainement point oublié non plus, ce brave ami !

Le notaire souriait :

— J'ai été bien aise, dit-il, de vous annoncer moi-même la chose. Ça fait toujours plaisir d'apporter aux gens une bonne nouvelle.

Il n'avait point du tout songé que cette bonne nouvelle était la mort d'un ami, du meilleur ami du père Roland, qui venait lui-même d'oublier subitement cette intimité annoncée tout à l'heure avec conviction.

Seuls, Mme Roland et ses fils gardaient une physionomie triste. Elle pleurait toujours un peu, essuyant ses yeux avec son mouchoir qu'elle appuyait ensuite sur sa bouche pour comprimer de gros soupirs.

Le docteur murmura :

— C'était un brave homme, bien affectueux. Il nous invitait souvent à dîner, mon frère et moi.

Jean, les yeux grands ouverts et brillants, prenait d'un geste familier sa belle barbe blonde dans sa main droite, et l'y faisait glisser, jusqu'aux derniers poils, comme pour l'allonger et l'amincir.

Il remua deux fois les lèvres pour prononcer aussi une phrase convenable, et, après avoir longtemps cherché, il ne trouva que ceci :

— Il m'aimait bien, en effet, il m'embrassait toujours quand j'allais le voir.

Mais la pensée du père galopait ; elle galopait autour de cet héritage annoncé, acquis déjà, de cet argent caché derrière la porte et qui allait entrer tout à l'heure, demain, sur un mot d'acceptation.

---

de la somme. (Aimable information de Nicolas Delalande, spécialiste des impôts sous la IIIe République.)

Il demanda :

– Il n'y a pas de difficultés possibles ?... pas de procès ?... pas de contestations ?...

Me Lecanu semblait tranquille.

– Non, mon confrère de Paris me signale la situation comme très nette. Il ne nous faut que l'acceptation de M. Jean.

– Parfait, alors... et la fortune est bien claire ?

– Très claire.

– Toutes les formalités ont été remplies ?

– Toutes.

Soudain, l'ancien bijoutier eut un peu honte, une honte vague, instinctive et passagère de sa hâte à se renseigner, et il reprit :

– Vous comprenez bien que si je vous demande immédiatement toutes ces choses, c'est pour éviter à mon fils des désagréments qu'il pourrait ne pas prévoir. Quelquefois il y a des dettes, une situation embarrassée, est-ce que je sais, moi ? et on se fourre dans un roncier inextricable. En somme, ce n'est pas moi qui hérite, mais je pense au petit avant tout.

Dans la famille on appelait toujours Jean « le petit », bien qu'il fût beaucoup plus grand que Pierre.

Mme Roland, tout à coup, parut sortir d'un rêve, se rappeler une chose lointaine, presque oubliée, qu'elle avait entendue autrefois, dont elle n'était pas sûre d'ailleurs, et elle balbutia :

– Ne disiez-vous point que notre pauvre Maréchal avait laissé sa fortune à mon petit Jean ?

– Oui, Madame.

Elle reprit alors simplement :

– Cela me fait grand plaisir, car cela prouve qu'il nous aimait.

Roland s'était levé :

– Voulez-vous, cher maître, que mon fils signe tout de suite l'acceptation ?

– Non... non... monsieur Roland. Demain, demain, à mon étude, à deux heures, si cela vous convient.

– Mais oui, mais oui, je crois bien !

Alors, Mme Roland qui s'était levée aussi, et qui souriait, après les larmes, fit deux pas vers le notaire, posa sa main sur le dos de son fauteuil, et le couvrant d'un regard attendri de mère reconnaissante, elle demanda :

– Et cette tasse de thé, monsieur Lecanu ?

– Maintenant, je veux bien, Madame, avec plaisir.

La bonne appelée apporta d'abord des gâteaux secs en de profondes boîtes de fer-blanc, ces fades et cassantes pâtisseries anglaises qui semblent cuites pour des becs de perroquet et soudées en des caisses de métal pour des voyages autour du monde. Elle alla chercher ensuite des serviettes grises, pliées en petits carrés, ces serviettes à thé qu'on ne lave jamais dans les familles besogneuses. Elle revint une troisième fois avec le sucrier et les tasses ; puis elle ressortit pour faire chauffer l'eau. Alors on attendit.

Personne ne pouvait parler ; on avait trop à penser, et rien à dire. Seule Mme Roland cherchait des phrases banales. Elle raconta la partie de pêche, fit l'éloge de la *Perle* et de Mme Rosémilly.

– Charmante, charmante, répétait le notaire.

Roland, les reins appuyés au marbre de la cheminée, comme en hiver, quand le feu brûle, les mains dans ses poches et les lèvres remuantes comme pour siffler, ne pouvait plus tenir en place, torturé du désir impérieux de laisser sortir toute sa joie.

Les deux frères, en deux fauteuils pareils, les jambes croisées de la même façon, à droite et à gauche du guéridon central, regardaient fixement devant eux, en des attitudes semblables, pleines d'expressions différentes.

Le thé parut enfin. Le notaire prit, sucra et but sa tasse, après avoir émietté dedans une petite galette trop dure pour être croquée ; puis il se leva, serra les mains et sortit.

– C'est entendu, répétait Roland, demain, chez vous, à deux heures.

– C'est entendu, demain, deux heures.

Jean n'avait pas dit un mot.

Après ce départ il y eut encore un silence, puis le père Roland vint taper de ses deux mains ouvertes sur les deux épaules de son jeune fils en criant :

– Eh bien ! sacré veinard, tu ne m'embrasses pas ?

Alors Jean eut un sourire, et il embrassa son père en disant :

– Cela ne m'apparaissait pas comme indispensable.

Mais le bonhomme ne se possédait plus d'allégresse. Il marchait, jouait du piano sur les meubles avec ses ongles maladroits, pivotait sur ses talons, et répétait :

– Quelle chance ! quelle chance ! En voilà une, de chance !

Pierre demanda :

– Vous le connaissiez donc beaucoup, autrefois, ce Maréchal ?

Le père répondit :

– Parbleu, il passait toutes ses soirées à la maison ; mais tu te rappelles bien qu'il allait te prendre au collège, les jours de sortie, et qu'il t'y reconduisait souvent après dîner. Tiens, justement, le matin de la naissance de Jean, c'est lui qui est allé chercher le médecin ! Il avait déjeuné chez nous quand ta mère s'est trouvée souffrante. Nous avons compris tout de suite de quoi il s'agissait, et il est parti en courant. Dans sa hâte il a pris mon chapeau au lieu du sien. Je me rappelle cela parce que nous en avons beaucoup ri, plus tard. Il est même probable qu'il s'est souvenu de ce détail au moment de mourir ; et comme il n'avait aucun héritier il s'est dit : « Tiens, j'ai contribué à la naissance de ce petit-là, je vais lui laisser ma fortune. »

Mme Roland, enfoncée dans une bergère, semblait partie en ses souvenirs. Elle murmura, comme si elle pensait tout haut :

– Ah ! c'était un brave ami, bien dévoué, bien fidèle, un homme rare, par le temps qui court.

Jean s'était levé :

– Je vais faire un bout de promenade, dit-il.

Son père s'étonna, voulut le retenir, car ils avaient à causer, à faire des projets, à arrêter des résolutions. Mais le jeune homme s'obstina, prétextant un rendez-vous. On aurait d'ailleurs tout le temps de s'entendre bien avant d'être en possession de l'héritage.

Et il s'en alla, car il désirait être seul, pour réfléchir. Pierre, à son tour, déclara qu'il sortait, et suivit son frère, après quelques minutes.

Dès qu'il fut en tête à tête avec sa femme, le père Roland la saisit dans ses bras, l'embrassa dix fois sur chaque joue, et, pour répondre à un reproche qu'elle lui avait souvent adressé :

– Tu vois, ma chérie, que cela ne m'aurait servi à rien de rester à Paris plus longtemps, de m'esquinter pour les enfants, au lieu de venir ici refaire ma santé, puisque la fortune nous tombe du ciel.

Elle était devenue toute sérieuse :

– Elle tombe du ciel pour Jean, dit-elle, mais Pierre ?

– Pierre ! mais il est docteur, il en gagnera... de l'argent... et puis son frère fera bien quelque chose pour lui.

– Non. Il n'accepterait pas. Et puis cet héritage est à Jean, rien qu'à Jean. Pierre se trouve ainsi très désavantagé.

Le bonhomme semblait perplexe :

– Alors, nous lui laisserons un peu plus par testament, nous.

– Non. Ce n'est pas très juste non plus.

Il s'écria :

– Ah ! bien alors, zut ! Qu'est-ce que tu veux que j'y fasse, moi ? Tu vas toujours chercher un tas d'idées désagréables. Il faut que tu gâtes tous mes plaisirs. Tiens, je vais me coucher. Bonsoir. C'est égal, en voilà une veine, une rude veine !

Et il s'en alla, enchanté, malgré tout, et sans un mot de regret pour l'ami mort si généreusement.

Mme Roland se remit à songer devant la lampe qui charbonnait [1].

---

1. Lorsqu'on néglige de recouper la mèche d'une lampe, elle *charbonne* : la flamme devient noirâtre.

II

Dès qu'il fut dehors, Pierre se dirigea vers la rue de Paris, la principale rue du Havre, éclairée, animée, bruyante. L'air un peu frais des bords de mer lui caressait la figure, et il marchait lentement, la canne sous le bras, les mains derrière le dos.

Il se sentait mal à l'aise, alourdi, mécontent comme lorsqu'on a reçu quelque fâcheuse nouvelle. Aucune pensée précise ne l'affligeait et il n'aurait su dire tout d'abord d'où lui venait cette pesanteur de l'âme et cet engourdissement du corps. Il avait mal quelque part, sans savoir où ; il portait en lui un petit point douloureux, une de ces presque insensibles meurtrissures dont on ne trouve pas la place, mais qui gênent, fatiguent, attristent, irritent, une souffrance inconnue et légère, quelque chose comme une graine de chagrin.

Lorsqu'il arriva place du Théâtre, il se sentit attiré par les lumières du café Tortoni [1], et il s'en vint lentement vers la façade illuminée ; mais au moment d'entrer, il songea qu'il allait trouver là des amis, des connaissances, des gens avec qui il faudrait causer ; et une répugnance brusque l'envahit pour cette banale camaraderie des demi-tasses [2] et des petits verres. Alors, retournant sur ses pas, il revint prendre la rue principale qui le conduisait vers le port.

---

1. Détruit par les bombardements en 1944, le théâtre du Havre était entouré de cafés, de restaurants, de magasins élégants. Fondé en 1868, le café Tortoni portait le nom du célèbre café des Grands Boulevards de Paris, mais il se recommandait, selon Pierre Aubéry, par ses prix raisonnables (« Images du Havre dans *Pierre et Jean* de Guy de Maupassant », art. cité, p. 16).

2. *Demi-tasse* : tasse plus petite que la tasse ordinaire ; on y sert d'habitude du café, souvent accompagné d'alcool.

Il se demandait : « Où irais-je bien ? » cherchant un endroit qui lui plût, qui fût agréable à son état d'esprit. Il n'en trouvait pas, car il s'irritait d'être seul, et il n'aurait voulu rencontrer personne.

En arrivant sur le grand quai, il hésita encore une fois, puis tourna vers la jetée ; il avait choisi la solitude.

Comme il frôlait un banc sur le brise-lames, il s'assit, déjà las de marcher et dégoûté de sa promenade avant même de l'avoir faite.

Il se demanda : « Qu'ai-je donc ce soir ? » Et il se mit à chercher dans son souvenir quelle contrariété avait pu l'atteindre, comme on interroge un malade pour trouver la cause de sa fièvre.

Il avait l'esprit excitable et réfléchi en même temps, il s'emballait, puis raisonnait, approuvait ou blâmait ses élans ; mais chez lui la nature première demeurait en dernier lieu la plus forte, et l'homme sensitif dominait toujours l'homme intelligent.

Donc il cherchait d'où lui venait cet énervement, ce besoin de mouvement sans avoir envie de rien, ce désir de rencontrer quelqu'un pour n'être pas du même avis, et aussi ce dégoût pour les gens qu'il pourrait voir et pour les choses qu'ils pourraient lui dire.

Et il se posa cette question : « Serait-ce l'héritage de Jean ? »

Oui, c'était possible, après tout. Quand le notaire avait annoncé cette nouvelle, il avait senti son cœur battre un peu plus fort. Certes, on n'est pas toujours maître de soi, et on subit des émotions spontanées et persistantes, contre [a] lesquelles on lutte en vain.

Il se mit à réfléchir profondément à ce problème physiologique de l'impression produite par un fait sur l'être instinctif et créant en lui un courant d'idées et de sensations douloureuses ou joyeuses, contraires à celles que désire, qu'appelle, que juge bonnes et saines l'être pensant, devenu [b] supérieur à lui-même par la culture de son intelligence.

Il cherchait à concevoir l'état d'âme du fils qui hérite d'une grosse fortune, qui va goûter, grâce à elle, beaucoup de joies désirées depuis longtemps et interdites par l'avarice d'un père, aimé pourtant, et regretté.

Il se leva et se remit à marcher vers le bout de la jetée. Il se sentait mieux, content d'avoir compris, de s'être surpris lui-même, d'avoir dévoilé l'autre qui est en nous.

– Donc j'ai été jaloux de Jean, pensait-il. C'est vraiment assez bas, cela ! J'en suis sûr maintenant, car la première idée qui m'est venue est celle de son mariage avec Mme Rosémilly. Je n'aime pourtant pas cette petite dinde raisonnable, bien faite pour dégoûter du bon sens et de la sagesse. C'est donc de la jalousie gratuite, l'essence même de la jalousie, celle qui est parce qu'elle est ! Faut soigner cela !

Il arrivait devant le mât des signaux qui indique la hauteur de l'eau dans le port, et il alluma une allumette pour lire la liste des navires signalés au large et devant entrer à la prochaine marée. On attendait des steamers du Brésil, de La Plata, du Chili et du Japon, deux bricks danois, une goélette norvégienne et un vapeur turc, ce qui surprit Pierre autant que s'il avait lu « un vapeur suisse » ; et il aperçut dans une sorte de songe bizarre un grand vaisseau couvert d'hommes en turban, qui montaient dans les cordages avec de larges pantalons.

– Que c'est bête, pensait-il ; le peuple turc est pourtant un peuple marin.

Ayant fait encore quelques pas, il s'arrêta pour contempler la rade. Sur sa droite, au-dessus de Sainte-Adresse, les deux phares électriques du cap de La Hève [1], semblables à deux cyclopes monstrueux et jumeaux, jetaient sur la mer

---

1. Le premier brevet d'Edison concernant les lampes à incandescence a été déposé en 1879. L'emploi de l'électricité dans l'éclairage public commence dès 1881 et se répand très rapidement. En revanche, dans les maisons particulières, l'éclairage électrique sera introduit plus tard : dans la maison des Roland comme dans l'appartement neuf et luxueux de Jean, on emploie encore des lampes à combustible et des bougies. Les deux phares de La Hève ont été inaugurés le 1er novembre 1775, selon le *Guide Joanne du Havre* (*op. cit.*, p. 20). Ils sont hauts de 120 mètres, distants l'un de l'autre de 98 mètres. « La lumière électrique, adoptée pour ces phares, projette sa lueur à 27 milles » (5 kilomètres, un mille marin mesurant 1 852 mètres).

leurs longs et puissants regards. Partis des deux foyers voisins, les deux rayons parallèles, pareils aux queues géantes de deux comètes, descendaient, suivant une pente droite et démesurée, du sommet de la côte au fond de l'horizon. Puis sur les deux jetées, deux autres feux, enfants de ces colosses, indiquaient l'entrée du Havre ; et là-bas, de l'autre côté de la Seine, on en voyait d'autres encore, beaucoup d'autres, fixes ou clignotants, à éclats et à éclipses, s'ouvrant et se fermant comme des yeux, les yeux des ports, jaunes, rouges, verts, guettant la mer obscure couverte de navires, les yeux vivants de la terre hospitalière disant, rien que par le mouvement mécanique invariable et régulier de leurs paupières : « C'est moi. Je suis Trouville, je suis Honfleur, je suis la rivière de Pont-Audemer [1]. » Et dominant tous les autres, si haut que, de si loin, on le prenait pour une planète, le phare aérien d'Étouville [2] montrait la route de Rouen, à travers les bancs de sable de l'embouchure du grand fleuve.

Puis sur l'eau profonde, sur l'eau sans limites, plus sombre que le ciel, on croyait voir, çà et là, des étoiles. Elles tremblotaient dans la brume nocturne, petites, proches ou lointaines, blanches, vertes ou rouges aussi. Presque toutes étaient immobiles, quelques-unes, cependant, semblaient courir ; c'étaient les feux des bâtiments à l'ancre attendant la marée prochaine, ou des bâtiments en marche venant chercher un mouillage.

---

1. La rivière de Pont-Audemer est la Risle.
2. Dans la *Petite Histoire du Havre illustrée* de Beaucamp et Le Grix, on lit : « Le port est éclairé par trois phares : 1. un feu fixe, à 11 m. de l'extrémité de la jetée du N., altitude 12 m. portée 10 milles [18 520 m.] ; 2. un feu fixe rouge, à l'extrémité de la petite jetée du S., altitude 6 m., portée 5 milles [9 260 m.] ; 3. sur le Grand Quai, feu fixe rouge. En outre l'entrée du port et des bassins est éclairée la nuit, aux heures des marées, par l'électricité. Les phares de La Hève, de Fatouville, de l'Hôpital, sur la côte de Grâce (Honfleur) et du Hoc à Harfleur, se rattachent par leurs combinaisons au système d'éclairage de la rade du Havre » (*op. cit.*, p. 49). Notons qu'Étouville n'existe pas, en revanche le *Guide Joanne* parle de « Fatouville et son phare » (*op. cit.*, p. 28).

Juste à ce moment la lune se leva derrière la ville ; et elle avait l'air du phare énorme et divin, allumé dans le firmament pour guider la flotte infinie des vraies étoiles.

Pierre murmura, presque à haute voix : « Voilà, et nous nous faisons de la bile pour quatre sous ! »

Tout près de lui soudain, dans la tranchée large et noire ouverte entre les jetées, une ombre, une grande ombre fantastique, glissa. S'étant penché sur le parapet de granit, il vit une barque de pêche qui rentrait, sans un bruit de voix, sans un bruit de flot, sans un bruit d'aviron, doucement poussée par sa haute voile brune tendue à la brise du large.

Il pensa : « Si on pouvait vivre là-dessus, comme on serait tranquille, peut-être ! » Puis ayant fait encore quelques pas, il aperçut un homme assis à l'extrémité du môle [1].

Un rêveur, un amoureux, un sage, un heureux ou un triste ? Qui était-ce ? Il s'approcha, curieux, pour voir la figure de ce solitaire ; et il reconnut son frère.

– Tiens, c'est toi, Jean ?

– Tiens... Pierre... Qu'est-ce que tu viens faire ici ?

– Mais je prends l'air. Et toi ?

Jean se mit à rire :

– Je prends l'air également.

Et Pierre s'assit à côté de son frère.

– Hein, c'est rudement beau ?

– Mais oui.

Au son de la voix il comprit que Jean n'avait rien regardé ; il reprit :

– Moi, quand je viens ici, j'ai des désirs fous de partir, de m'en aller avec tous ces bateaux, vers le nord ou vers le sud. Songe que ces petits feux, là-bas, arrivent de tous les coins du monde, des pays aux grandes fleurs et aux belles filles pâles ou cuivrées, des pays aux oiseaux-mouches, aux éléphants, aux lions libres, aux rois nègres, de tous les pays qui sont nos contes de fées à nous qui ne

---

1. *Môle* : construction destinée à protéger des fortes marées l'entrée d'un port.

croyons plus à la Chatte blanche ni à la Belle au bois dormant [1]. Ce serait rudement chic de pouvoir s'offrir une promenade par là-bas ; mais voilà, il faudrait de l'argent, beaucoup...

Il se tut brusquement, songeant que son frère l'avait maintenant, cet argent, et que délivré de tout souci, délivré du travail quotidien, libre, sans entraves, heureux, joyeux, il pouvait aller où bon lui semblerait, vers les blondes Suédoises ou les brunes Havanaises.

Puis une de ces pensées involontaires, fréquentes chez lui, si brusques, si rapides qu'il ne pouvait ni les prévoir, ni les arrêter, ni les modifier, venues, semblait-il, d'une seconde âme indépendante et violente, le traversa : « Bah ! il est trop niais, il épousera la petite Rosémilly. »

Il s'était levé.

— Je te laisse rêver d'avenir ; moi, j'ai besoin de marcher.

---

1. *La Chatte blanche* est de Mme d'Aulnoy, *La Belle au bois dormant* de Perrault.

Il serra la main de son frère, et reprit avec un accent très cordial :

– Eh bien, mon petit Jean, te voilà riche ! Je suis bien content de t'avoir rencontré tout seul ce soir, pour te dire combien cela me fait plaisir, combien je te félicite, et combien je t'aime.

Jean, d'une nature douce et tendre, très[c] ému, balbutiait :

– Merci... merci... mon bon Pierre, merci.

Et Pierre s'en retourna, de son pas lent, la canne sous le bras, les mains derrière le dos.

Lorsqu'il fut rentré dans la ville, il se demanda de nouveau ce qu'il ferait, mécontent de cette promenade écourtée ; d'avoir été privé de la mer par la présence de son frère.

Il eut une inspiration : « Je vais boire un verre de liqueur chez le père Marowsko » ; et il remonta vers le quartier d'Ingouville[1].

Il avait connu le père Marowsko dans les hôpitaux, à Paris. C'était un vieux Polonais, réfugié politique, disait-on, qui avait eu des histoires terribles là-bas[2], et qui était venu exercer en France, après nouveaux examens, son métier de pharmacien[3]. On ne savait rien de sa vie passée ; aussi des légendes avaient-elles couru parmi les internes, les externes, et plus tard parmi les voisins. Cette réputation de conspirateur redoutable, de nihiliste, de régicide, de patriote prêt à tout, échappé à la mort par

---

1. Ingouville, autrefois village au nord du Havre, est devenu un faubourg du Havre vers 1800, puis, après 1852, date du début de la construction de la nouvelle ville, a été assimilé à celle-ci.

2. En janvier 1863, de jeunes Polonais furent enrôlés sous contrainte dans l'armée russe ; cette mesure avait pour but d'éloigner les individus qui risquaient de troubler l'ordre public de la Pologne. Une insurrection s'ensuivit, écrasée en 1864. Après la défaite, de nombreux Polonais se réfugièrent en France.

3. André Vial note que le modèle de Marowsko était probablement un pharmacien polonais de Bezons avec lequel, selon le témoignage de Léon Fontaine, Maupassant avait eu de fréquents entretiens pendant ses années de canotage (*Guy de Maupassant et l'art du roman, op. cit.,* p. 400-401).

miracle, avait séduit l'imagination aventureuse et vive de Pierre Roland ; et il était devenu l'ami du vieux Polonais, sans avoir jamais obtenu de lui, d'ailleurs, aucun aveu sur son existence ancienne. C'était encore grâce au jeune médecin que le bonhomme était venu s'établir au Havre, comptant sur une belle clientèle que le nouveau docteur lui fournirait.

En attendant il vivait pauvrement dans sa modeste pharmacie, en vendant des remèdes aux petits bourgeois et aux ouvriers de son quartier.

Pierre allait souvent le voir après dîner et causer une heure avec lui, car il aimait la figure calme et la rare conversation de Marowsko, dont il jugeait profonds les longs silences.

Un seul bec de gaz brûlait au-dessus du comptoir chargé de fioles. Ceux de la devanture n'avaient point été allumés, par économie. Derrière ce comptoir, assis sur une chaise et les jambes allongées l'une sur l'autre, un vieux homme chauve, avec un grand nez d'oiseau qui, continuant son front dégarni, lui donnait un air triste de perroquet, dormait profondément, le menton sur la poitrine.

Au bruit du timbre il s'éveilla, se leva, et reconnaissant le docteur, vint au-devant de lui, les mains tendues.

Sa redingote noire, tigrée de taches d'acides et de sirops, beaucoup trop vaste pour son corps maigre et petit, avait un aspect d'antique soutane ; et l'homme parlait avec un fort accent polonais qui donnait à sa voix fluette quelque chose d'enfantin, un zézaiement et des intonations de jeune être qui commence à prononcer.

Pierre s'assit et Marowsko demanda :

– Quoi de neuf, mon cher docteur ?

– Rien. Toujours la même chose partout.

– Vous n'avez pas l'air gai, ce soir.

– Je ne le suis pas souvent.

– Allons, allons, il faut secouer cela. Voulez-vous un verre de liqueur ?

– Oui, je veux bien.

– Alors je vais vous faire goûter une préparation nouvelle. Voilà deux mois que je cherche à tirer quelque chose

de la groseille, dont on n'a fait jusqu'ici que du sirop... eh
bien ! j'ai trouvé... j'ai trouvé... une bonne liqueur, très
bonne, très bonne.

Et ravi, il alla vers une armoire, l'ouvrit et choisit une
fiole qu'il apporta. Il remuait et agissait par gestes courts,
jamais complets, jamais il n'allongeait le bras tout à fait,
n'ouvrait toutes grandes les jambes, ne faisait un mouvement entier et définitif. Ses idées semblaient pareilles à ses
actes ; il les indiquait, les promettait, les esquissait, les
suggérait, mais ne les énonçait pas.

Sa plus grande préoccupation dans la vie semblait être
d'ailleurs la préparation des sirops et des liqueurs. « Avec
un bon sirop ou une bonne liqueur, on fait fortune »,
disait-il souvent.

Il avait inventé des centaines de préparations sucrées
sans parvenir à en lancer une seule. Pierre affirmait que
Marowsko le faisait penser à Marat [1].

Deux petits verres furent pris dans l'arrière-boutique et
apportés sur la planche aux préparations ; puis les deux
hommes examinèrent en l'élevant vers le gaz la coloration
du liquide.

– Joli rubis ! déclara Pierre.

– N'est-ce pas ?

La vieille tête de perroquet du Polonais semblait ravie.

Le docteur goûta, savoura, réfléchit, goûta de nouveau,
réfléchit encore et se prononça :

– Très bon, très bon, et très neuf comme saveur ; une
trouvaille, mon cher !

– Ah ! vraiment, je suis bien content.

Alors Marowsko demanda conseil pour baptiser la
liqueur nouvelle ; il voulait l'appeler « essence de groseille », ou bien « fine groseille », ou bien « grosélia », ou
bien « groséline ».

Pierre n'approuvait aucun de ces noms. Le vieux eut
une idée :

---

1. Les commentateurs pensent que ce rapprochement est motivé par
les recherches effectuées dans plusieurs domaines scientifiques par le
révolutionnaire Marat, diplômé de médecine.

– Ce que vous avez dit tout à l'heure est très bon, très bon : « Joli rubis ».

Le docteur contesta encore la valeur de ce nom, bien qu'il l'eût trouvé, et il conseilla simplement « groseillette », que Marowsko déclara admirable.

Puis ils se turent et demeurèrent assis quelques minutes, sans prononcer un mot, sous l'unique bec de gaz.

Pierre, enfin, presque malgré lui :

– Tiens, il nous est arrivé une chose assez bizarre, ce soir. Un des amis de mon père, en mourant, a laissé sa fortune à mon frère.

Le pharmacien sembla ne pas comprendre tout de suite, mais, après avoir songé, il espéra que le docteur héritait par moitié. Quand la chose eut été bien expliquée, il parut surpris et fâché ; et pour exprimer son mécontentement de voir son jeune ami sacrifié, il répéta plusieurs fois :

– Ça ne fera pas un bon effet.

Pierre, que son énervement reprenait, voulut savoir ce que Marowsko entendait par cette phrase. – Pourquoi cela ne ferait-il pas un bon effet ? Quel mauvais effet pouvait résulter de ce que son frère héritait la fortune d'un ami de la famille ?

Mais le bonhomme circonspect ne s'expliqua pas davantage.

– Dans ce cas-là on laisse aux deux frères également, je vous dis que ça ne fera pas un bon effet.

Et le docteur, impatienté, s'en alla, rentra dans la maison paternelle et se coucha.

Pendant quelque temps, il entendit Jean qui marchait doucement dans la chambre voisine, puis il s'endormit après avoir bu deux verres d'eau.

III

Le docteur se réveilla le lendemain avec la résolution bien arrêtée de faire fortune.

Plusieurs fois déjà il avait pris cette détermination sans en poursuivre la réalité. Au début de toutes ses tentatives de carrière nouvelle, l'espoir de la richesse vite acquise soutenait ses efforts et sa confiance jusqu'au premier obstacle, jusqu'au premier échec qui le jetait dans une voie nouvelle.

Enfoncé dans son lit entre les draps chauds, il méditait. Combien de médecins étaient devenus millionnaires en peu de temps ! Il suffisait d'un grain de savoir-faire, car, dans le cours de ses études, il avait pu apprécier les plus célèbres professeurs, et il les jugeait des ânes. Certes il valait autant qu'eux, sinon mieux. S'il parvenait par un moyen quelconque à capter la clientèle élégante et riche du Havre, il pouvait gagner cent mille francs par an avec facilité. Et il calculait, d'une façon précise, les gains assurés. Le matin il sortirait, il irait chez ses malades. En prenant la moyenne, bien faible, de dix par jour, à vingt francs l'un, cela lui ferait, au minimum, soixante-douze mille francs par an, même soixante-quinze mille, car le chiffre de dix malades était inférieur à la réalisation certaine. Après midi, il recevrait dans son cabinet une autre moyenne de dix visiteurs à[a] dix francs, soit trente-six mille francs. Voilà donc cent vingt mille francs, chiffre rond[1]. Les clients anciens et les amis qu'il irait voir à dix francs et qu'il recevrait à cinq francs feraient peut-être sur ce total une légère diminution compensée par les

---

1. Les comptes ne sont pas tout à fait exacts. Pierre, travaillant trois cent soixante jours dans l'année, devrait gagner 111 000 francs.

consultations avec d'autres médecins et par tous les petits bénéfices courants de la profession.

Rien de plus facile que d'arriver là avec de la réclame habile, des échos dans *Le Figaro* [1] indiquant que le corps scientifique parisien avait les yeux sur lui, s'intéressait à des cures surprenantes entreprises par le jeune et modeste savant havrais. Et il serait plus riche que son frère, plus riche et célèbre, et content de lui-même, car il ne devrait sa fortune qu'à lui ; et il se montrerait généreux pour ses vieux parents, justement fiers de sa renommée. Il ne se marierait pas, ne voulant point encombrer son existence d'une femme unique et gênante, mais il aurait des maîtresses parmi ses clientes les plus jolies.

Il se sentait si sûr du succès, qu'il sauta hors du lit comme pour le saisir tout de suite, et il s'habilla afin d'aller chercher par la ville l'appartement qui lui convenait.

Alors, en rôdant à travers les rues, il songea combien sont légères les causes déterminantes de nos actions. Depuis trois semaines il aurait pu, il aurait dû prendre cette résolution née brusquement en lui, sans aucun doute, à la suite de l'héritage de son frère.

Il s'arrêtait devant les portes où pendait un écriteau annonçant soit un bel appartement, soit un riche appartement à louer, les indications sans adjectif le laissant toujours plein de dédain. Alors il visitait avec des façons hautaines, mesurait la hauteur des plafonds, dessinait sur son calepin le plan du logis, les communications, la disposition des issues, annonçait qu'il était médecin et qu'il recevait beaucoup. Il fallait que l'escalier fût large et bien tenu ; il ne pouvait monter d'ailleurs au-dessus du premier étage.

Après avoir noté sept ou huit adresses et griffonné deux cents renseignements, il rentra pour déjeuner avec un quart d'heure de retard.

---

1. *Le Figaro*, journal conservateur, publiait en effet des échos aptes à fonder la réputation d'un médecin aux yeux des classes fortunées.

Dès le vestibule, il entendit un bruit d'assiettes. On mangeait donc sans lui. Pourquoi ? Jamais on n'était aussi exact dans la maison. Il fut froissé, mécontent, car il était un peu susceptible. Dès qu'il entra, Roland lui dit :

– Allons, Pierre, dépêche-toi, sacrebleu ! Tu sais que nous allons à deux heures chez le notaire. Ce n'est pas le jour de musarder.

Le docteur s'assit, sans répondre, après avoir embrassé sa mère et serré la main de son père et de son frère ; et il prit dans le plat creux, au milieu de la table, la côtelette réservée pour lui. Elle était froide et sèche. Ce devait être la plus mauvaise. Il pensa qu'on aurait pu la laisser dans le fourneau jusqu'à son arrivée, et ne pas perdre la tête au point d'oublier complètement l'autre fils, le fils aîné. La conversation, interrompue par son entrée, reprit au point où il l'avait coupée.

– Moi, disait à Jean Mme Roland, voici ce que je ferais tout de suite. Je m'installerais richement, de façon à frapper l'œil, je me montrerais dans le monde, je monterais à cheval, et je choisirais une ou deux causes intéressantes pour les plaider et me bien poser au Palais. Je voudrais être une sorte d'avocat amateur très recherché. Grâce à Dieu, te voici à l'abri du besoin, et si tu prends une profession, en somme, c'est pour ne pas perdre le fruit de tes études et parce qu'un homme ne doit jamais rester à rien faire.

Le père Roland, qui pelait une poire, déclara :

– Cristi ! à ta place, c'est moi qui achèterais un joli bateau, un cotre [1] sur le modèle de nos pilotes. J'irais jusqu'au Sénégal, avec ça.

Pierre, à son tour, donna [b] son avis. En somme, ce n'était pas la fortune qui faisait la valeur morale, la valeur intellectuelle d'un homme. Pour les médiocres elle n'était qu'une cause d'abaissement, tandis qu'elle mettait au contraire un levier puissant aux mains des forts. Ils étaient rares d'ailleurs, ceux-là. Si Jean était vraiment un homme supérieur, il le pourrait montrer maintenant qu'il se

---

1. *Cotre* : petit bâtiment de forme effilée, léger et rapide, à un mât.

trouvait à l'abri du besoin. Mais il lui faudrait travailler cent fois plus qu'il ne l'aurait fait en d'autres circonstances. Il ne s'agissait pas de plaider pour ou contre la veuve et l'orphelin et d'empocher tant d'écus pour tout procès gagné ou perdu, mais de devenir un jurisconsulte éminent, une lumière du droit.

Et il ajouta comme conclusion :

– Si j'avais de l'argent, moi, j'en découperais, des cadavres !

Le père Roland haussa les épaules :

– Tra la la ! Le plus sage dans la vie c'est de se la couler douce. Nous ne sommes pas des bêtes de peine, mais des hommes. Quand on naît pauvre, il faut travailler ; eh bien ! tant pis, on travaille ; mais quand on a des rentes, sacristi ! il faudrait être jobard pour s'esquinter le tempérament.

Pierre répondit avec hauteur :

– Nos tendances ne sont pas les mêmes ! Moi je ne respecte au monde que le savoir et l'intelligence, tout le reste est méprisable.

Mme Roland s'efforçait toujours d'amortir les heurts incessants entre le père et le fils ; elle détourna donc la conversation, et parla d'un meurtre qui avait été commis, la semaine précédente, à Bolbec-Nointot[1]. Les esprits aussitôt furent occupés par les circonstances environnant le forfait, et attirés par l'horreur intéressante, par le mystère attrayant des crimes, qui, même vulgaires, honteux et répugnants, exercent sur la curiosité humaine une étrange et générale fascination.

De temps en temps, cependant, le père Roland tirait sa montre :

– Allons, dit-il, il va falloir se mettre en route.

Pierre ricana :

– Il n'est pas encore une heure. Vrai, ça n'était point la peine de me faire manger une côtelette froide.

– Viens-tu chez le notaire ? demanda sa mère.

Il répondit sèchement :

– Moi, non, pour quoi faire ? Ma présence est fort inutile.

Jean demeurait silencieux comme s'il ne s'agissait point de lui. Quand on avait parlé du meurtre de Bolbec, il avait émis, en juriste, quelques idées et développé quelques considérations sur les crimes et sur les criminels. Maintenant, il se taisait de nouveau, mais la clarté de son œil, la rougeur animée de ses joues, jusqu'au luisant de sa barbe, semblaient proclamer son bonheur.

Après le départ de sa famille, Pierre, se trouvant seul de nouveau, recommença ses investigations du matin à travers les appartements à louer. Après deux ou trois heures d'escaliers montés et descendus, il découvrit enfin, sur le boulevard François-Ier[2], quelque chose de joli : un

---

1. Louis Forestier note que c'est à la gare de Bolbec-Nointot, sur la ligne Rouen-Le Havre, que Zola plaça, en 1890, le crime initial de *La Bête humaine* (Maupassant, *Romans*, éd. Louis Forestier, Gallimard, « Bibliothèque de la Pléiade », 1987, p. 1524).

2. C'est un quartier de nouveaux riches : les « jolis hôtels particuliers » du boulevard François-Ier, aboutissant à la mer, font partie de la nouvelle ville (*Guide Joanne du Havre, op. cit.*, p. 8). En 1853 encore, il n'y avait là que des « terrains absolument vagues » (lieutenant-colonel Blanchot, *Le Havre, son origine, son présent, son avenir*, Société de géographie de Tours, 1888, p. 20) ; le boulevard fut tracé en 1866-1868 (*Petite Histoire du Havre illustrée* de Beaucamp et Le Grix, *op. cit.*, p. 184).

grand entresol avec deux portes sur des rues différentes, deux salons, une galerie vitrée où les malades, en attendant leur tour, se promèneraient au milieu des fleurs, et une délicieuse salle à manger en rotonde ayant vue sur la mer.

Au moment de louer, le prix de trois mille francs l'arrêta, car il fallait payer d'avance le premier terme, et il n'avait rien, pas un sou devant lui.

La petite fortune amassée par son père s'élevait à peine à huit mille francs de rentes, et Pierre se faisait ce reproche d'avoir mis souvent ses parents dans l'embarras par ses longues hésitations dans le choix d'une carrière, ses tentatives toujours abandonnées et ses continuels recommencements d'études. Il partit donc en promettant une réponse avant deux jours ; et l'idée lui vint de demander à son frère ce premier trimestre, ou même le semestre, soit quinze cents francs, dès que Jean serait en possession de son héritage.

« Ce sera un prêt de quelques mois à peine, pensait-il. Je le rembourserai peut-être même avant la fin de l'année. C'est tout simple, d'ailleurs, et il sera content de faire cela pour moi. »

Comme il n'était pas encore quatre heures, et qu'il n'avait rien à faire, absolument rien, il alla s'asseoir dans le Jardin public [1] ; et il demeura longtemps sur son banc, sans idées, les yeux à terre, accablé par une lassitude qui devenait de la détresse.

Tous les jours précédents, depuis son retour dans la maison paternelle, il avait vécu ainsi pourtant, sans souffrir aussi cruellement du vide de l'existence et de son inaction. Comment avait-il donc passé son temps du lever jusqu'au coucher ?

Il avait flâné sur la jetée aux heures de marée, flâné par les rues, flâné dans les cafés, flâné chez Marowsko, flâné partout. Et voilà que, tout à coup, cette vie, supportée jusqu'ici, lui [c] devenait odieuse, intolérable. S'il avait eu

---

1. Le Jardin public occupait une grande partie de la place de l'Hôtel de Ville (*Guide Joanne du Havre, op. cit.*, p. 7).

quelque argent il aurait pris une voiture pour faire une longue promenade dans la campagne, le long des fossés de ferme ombragés de hêtres et d'ormes ; mais il devait compter le prix d'un bock [1] ou d'un timbre-poste, et ces fantaisies-là ne lui étaient point permises. Il songea soudain combien il est dur, à trente ans passés, d'être réduit à demander, en rougissant, un louis [2] à sa mère, de temps en temps ; et il murmura, en grattant la terre du bout de sa canne :

– Cristi ! si j'avais de l'argent !

Et la pensée de l'héritage de son frère entra en lui de nouveau, à la façon d'une piqûre de guêpe ; mais il la chassa avec impatience, ne voulant point s'abandonner sur cette pente de jalousie.

Autour de lui des enfants jouaient dans la poussière des chemins. Ils étaient blonds avec de longs cheveux, et ils faisaient d'un air très sérieux, avec une attention grave, de petites montagnes de sable pour les écraser ensuite d'un coup de pied.

Pierre était dans un de ces jours mornes où on regarde dans tous les coins de son âme, où on en secoue tous les plis.

« Nos besognes ressemblent aux travaux de ces mioches », pensait-il. Puis il se demanda si le plus sage dans la vie n'était pas encore d'engendrer deux ou trois de ces petits êtres inutiles et de les regarder grandir avec complaisance et curiosité. Et le désir du mariage l'effleura. On n'est pas si perdu, n'étant plus seul. On entend au moins remuer quelqu'un près de soi aux heures de trouble et d'incertitude, c'est déjà quelque chose de dire « tu » à une femme, quand on souffre.

Il se mit à songer aux femmes.

Il les connaissait très peu, n'ayant eu au quartier Latin que des liaisons de quinzaine, rompues quand était mangé l'argent du mois, et renouées ou remplacées le mois suivant. Il devait exister, cependant, des créatures très

---

1. *Bock* : un verre de bière, environ 25 centilitres.
2. *Louis* : pièce de vingt francs en or.

bonnes, très douces et très consolantes. Sa mère n'avait-elle pas été la raison et le charme du foyer paternel ? Comme il aurait voulu connaître une femme, une vraie femme !

Il se releva tout à coup avec la résolution d'aller faire une petite visite à Mme Rosémilly.

Puis il se rassit brusquement. Elle lui déplaisait, celle-là ! Pourquoi ? Elle avait trop de bon sens vulgaire et bas ; et puis, ne semblait-elle pas lui préférer Jean ? Sans se l'avouer à lui-même d'une façon nette, cette préférence entrait pour beaucoup dans sa mésestime pour l'intelligence de la veuve, car, s'il aimait son frère, il ne pouvait s'abstenir de le juger un peu médiocre et de se croire supérieur.

Il n'allait pourtant point rester là jusqu'à la nuit ; et, comme la veille au soir, il se demanda anxieusement : « Que vais-je faire ? »

Il se sentait maintenant à l'âme un besoin de s'attendrir, d'être embrassé et consolé. Consolé de quoi ? Il ne l'aurait su dire, mais il était dans une de ces heures de faiblesse et de lassitude où la présence d'une femme, la caresse d'une femme, le toucher d'une main, le frôlement d'une robe, un doux regard noir ou bleu semblent indispensables, et tout de suite, à notre cœur.

Et le souvenir lui vint d'une petite bonne de brasserie ramenée un soir chez elle et revue de temps en temps.

Il se leva donc de nouveau pour aller boire un bock avec cette fille. Que lui dirait-il ? Que lui dirait-elle ? Rien, sans doute. Qu'importe ? il lui tiendrait la main quelques secondes ! Elle semblait avoir du goût pour lui. Pourquoi donc ne la voyait-il pas plus souvent ?

Il la trouva sommeillant sur une chaise dans la salle de brasserie presque vide. Trois buveurs fumaient leurs pipes, accoudés aux tables de chêne, la caissière lisait un roman, tandis que le patron, en manches de chemise, dormait tout à fait sur la banquette.

Dès qu'elle l'aperçut, la fille se leva vivement et, venant à lui :

– Bonjour, comment allez-vous ?

– Pas mal, et toi ?

– Moi, très bien. Comme vous êtes rare ?

– Oui, j'ai très peu de temps à moi. Tu sais que je suis médecin.

– Tiens, vous ne me l'aviez pas dit. Si j'avais su, j'ai été souffrante la semaine dernière, je vous aurais consulté. Qu'est-ce que vous prenez ?

– Un bock, et toi ?

– Moi, un bock aussi, puisque tu me le payes.

Et elle continua à le tutoyer comme si l'offre de cette consommation en avait été la permission tacite. Alors, assis face à face, ils causèrent. De temps en temps elle lui prenait la main avec cette familiarité facile des filles dont la caresse est à vendre, et le regardant avec des yeux engageants elle lui disait :

– Pourquoi ne viens-tu pas plus souvent ? Tu me plais beaucoup, mon chéri.

Mais déjà il se dégoûtait d'elle, la voyait bête, commune, sentant le peuple. Les femmes, se disait-il, doivent nous apparaître dans un rêve ou dans une auréole de luxe qui poétise leur vulgarité. Elle lui demandait :

– Tu es passé l'autre matin avec un beau blond à grande barbe, est-ce ton frère ?

– Oui, c'est mon frère.

– Il est rudement joli garçon.

– Tu trouves ?

– Mais oui, et puis il a l'air d'un bon vivant.

Quel étrange besoin le poussa tout à coup à raconter à cette servante de brasserie l'héritage de Jean ? Pourquoi cette idée, qu'il rejetait de lui lorsqu'il se trouvait seul, qu'il repoussait par crainte du trouble apporté dans son âme, lui vint-elle aux lèvres en cet instant, et pourquoi la laissa-t-il couler, comme s'il eût eu besoin de vider de nouveau devant quelqu'un son cœur gonflé d'amertume ?

Il dit en croisant ses jambes :

– Il a joliment de la chance, mon frère, il vient d'hériter de vingt mille francs de rente.

Elle ouvrit tout grands ses yeux bleus et cupides :

– Oh ! et qui est-ce qui lui a laissé cela, sa grand-mère ou bien sa tante ?

– Non, un vieil ami de mes parents.

– Rien qu'un ami ? Pas possible ! Et il ne t'a rien laissé, à toi ?

– Non. Moi je le connaissais très peu.

Elle réfléchit quelques instants, puis, avec un sourire drôle sur les lèvres :

– Eh bien ! il a de la chance ton frère d'avoir des amis de cette espèce-là ! Vrai, ça n'est pas étonnant qu'il te ressemble si peu !

Il eut envie de la gifler sans savoir au juste pourquoi, et il demanda, la bouche crispée :

– Qu'est-ce que tu entends par là ?

Elle avait pris un air bête et naïf :

– Moi, rien. Je veux dire qu'il a plus de chance que toi.

Il jeta vingt sous sur la table et sortit.

Maintenant il se répétait cette phrase : « Ça n'est pas étonnant qu'il te ressemble si peu. »

Qu'avait-elle pensé, qu'avait-elle sous-entendu dans ces mots ? Certes il y avait là une malice, une méchanceté, une infamie. Oui, cette fille avait dû croire que Jean était le fils de Maréchal.

L'émotion qu'il ressentit à l'idée de ce soupçon jeté sur sa mère fut si violente qu'il s'arrêta et qu'il chercha de l'œil un endroit pour s'asseoir.

Un autre café se trouvait en face de lui, il y entra, prit une chaise, et comme le garçon se présentait : « Un bock », dit-il.

Il sentait battre son cœur ; des frissons lui couraient sur la peau. Et tout à coup le souvenir lui vint de ce qu'avait dit Marowsko la veille : « Ça ne fera pas un bon effet. » Avait-il eu la même pensée, le même soupçon que cette drôlesse ?

La tête penchée sur son bock il regardait la mousse blanche pétiller et fondre, et il se demandait : « Est-ce possible qu'on croie une chose pareille ? »

Les raisons qui feraient naître ce doute odieux dans les esprits lui apparaissaient maintenant, l'une après l'autre, claires, évidentes, exaspérantes. Qu'un vieux garçon sans héritiers laisse sa fortune aux deux enfants d'un ami, rien de plus simple et de plus naturel, mais qu'il la donne tout entière à un seul de ces enfants, certes le monde s'étonnera, chuchotera et finira par sourire. Comment n'avait-il pas prévu cela, comment son père ne l'avait-il pas senti, comment sa mère ne l'avait-elle pas deviné ? Non, ils s'étaient trouvés trop heureux de cet argent inespéré pour que cette idée les effleurât. Et puis comment ces honnêtes gens auraient-ils soupçonné une pareille ignominie ?

Mais le public, mais le voisin, le marchand, le fournisseur, tous ceux qui les connaissaient n'allaient-ils pas répéter cette chose abominable, s'en amuser, s'en réjouir, rire de son père et mépriser sa mère ?

Et la remarque faite par la fille de brasserie que Jean était blond et lui brun, qu'ils ne se ressemblaient ni de figure, ni de démarche, ni de tournure, ni d'intelligence, frapperait maintenant tous les yeux et tous les esprits. Quand on parlerait d'un fils Roland on dirait : « Lequel, le vrai ou le faux ? »

Il se leva avec la résolution de prévenir son frère, de le mettre en garde contre cet affreux danger menaçant l'honneur de leur mère. Mais que ferait Jean ? Le plus simple, assurément, serait de refuser l'héritage qui irait alors aux pauvres, et de dire seulement aux amis et connaissances informés de ce legs que le testament contenait des clauses et conditions inacceptables qui auraient fait de Jean, non pas un héritier, mais un dépositaire.

Tout en rentrant à la maison paternelle, il songeait qu'il devait voir son frère seul, afin de ne point parler devant ses parents d'un pareil sujet.

Dès la porte il entendit un grand bruit de voix et de rires dans le salon, et, comme il entrait, il entendit Mᵐᵉ Rosémilly et le capitaine Beausire, ramenés par son père et gardés à dîner afin de fêter la bonne nouvelle.

On avait fait apporter du vermouth et de l'absinthe pour se mettre en appétit, et on s'était mis d'abord en belle humeur. Le capitaine Beausire, un petit homme tout rond à force d'avoir roulé sur la mer, et dont toutes les idées semblaient rondes aussi, comme les galets des rivages, et qui riait avec des *r* plein la gorge, jugeait la vie une chose excellente dont tout était bon à prendre.

Il trinquait avec le père Roland, tandis que Jean présentait aux dames deux nouveaux verres pleins.

Mme Rosémilly refusait, quand le capitaine Beausire, qui avait connu feu son époux, s'écria :

– Allons, allons, Madame, *bis repetita placent* [1], comme nous disons en patois, ce qui signifie : « Deux vermouths ne font jamais mal. » Moi, voyez-vous, depuis que je ne navigue plus, je me donne comme ça, chaque jour, avant dîner, deux ou trois coups de roulis artificiel ! J'y ajoute un coup de tangage après le café, ce qui me fait grosse mer pour la soirée. Je ne vais jamais jusqu'à la tempête par exemple, jamais, jamais, car je crains les avaries.

Roland, dont le vieux long-courrier flattait la manie nautique, riait de tout son cœur, la face déjà rouge et l'œil troublé par l'absinthe. Il avait un gros ventre de boutiquier, rien qu'un ventre où semblait réfugié le reste de son corps, un de ces ventres mous d'hommes toujours assis, qui n'ont plus ni cuisses, ni poitrine, ni bras, ni cou, le fond de leur chaise ayant tassé toute leur matière au même endroit.

Beausire au contraire, bien que court et gros, semblait plein comme un œuf et dur comme une balle.

Mme Roland n'avait point vidé son premier verre, et, rose de bonheur, le regard brillant, elle contemplait son fils Jean.

Chez lui maintenant la crise de joie éclatait. C'était une affaire finie, une affaire signée, il avait vingt mille francs de rentes. Dans la façon dont il riait, dont il parlait avec une voix plus sonore, dont il regardait les gens, à ses manières plus nettes, à son assurance plus grande, on sentait l'aplomb que donne l'argent.

---

1. « Ce qui est répété deux fois plaît », proverbe obtenu par la déformation d'un vers d'Horace : *Haec decies repetita placebit*, « Ceci répété dix fois plaira » (*Art poétique*, v. 365).

Le dîner fut annoncé, et comme le vieux Roland allait offrir son bras à Mme Rosémilly : « Non, non, père, cria sa femme, aujourd'hui tout est pour Jean. »

Sur la table éclatait un luxe inaccoutumé : devant l'assiette de Jean, assis à la place de son père, un énorme bouquet rempli de faveurs de soie, un vrai bouquet de grande cérémonie, s'élevait comme un dôme pavoisé, flanqué de quatre compotiers dont l'un contenait une pyramide de pêches magnifiques, le second un gâteau monumental gorgé de crème fouettée et couvert de clochettes de sucre fondu, une cathédrale en biscuit, le troisième des tranches d'ananas noyées dans un sirop clair, et le quatrième, luxe inouï, du raisin noir, venu des pays chauds.

– Bigre ! dit Pierre en s'asseyant, nous célébrons l'avènement de Jean le Riche.

Après le potage on offrit du madère ; et tout le monde déjà parlait en même temps. Beausire racontait un dîner qu'il avait fait à Saint-Domingue à la table d'un général nègre. Le père Roland l'écoutait, tout en cherchant à glisser entre les phrases le récit d'un autre repas donné par un de ses amis, à Meudon, et dont chaque convive avait été quinze jours malade. Mme Rosémilly, Jean et sa mère faisaient un projet d'excursion et de déjeuner à Saint-Jouin [1], dont ils se promettaient déjà un plaisir infini ; et Pierre regrettait de ne pas avoir dîné seul, dans une gargote au bord de la mer, pour éviter tout ce bruit, ces rires et cette joie qui l'énervaient.

Il cherchait comment il allait s'y prendre, maintenant, pour dire à son frère ses craintes et pour le faire renoncer à cette fortune acceptée déjà, dont il jouissait, dont il se grisait d'avance. Ce serait dur pour lui, certes, mais il le fallait ; il ne pouvait hésiter, la réputation de leur mère étant menacée.

L'apparition d'un bar énorme rejeta Roland dans les récits de pêche. Beausire en narra de surprenantes au

---

1. Localité entre Le Havre et Étretat, aujourd'hui appelée Saint-Jouin-Bruneval.

Gabon, à Sainte-Marie de Madagascar et surtout sur les côtes de la Chine et du Japon, où les poissons ont des figures drôles comme les habitants. Et il racontait les mines de ces poissons, leurs gros yeux d'or, leurs ventres bleus ou rouges, leurs nageoires bizarres, pareilles à des éventails, leur queue coupée en croissant de lune, en mimant d'une façon si plaisante que tout le monde riait aux larmes en l'écoutant.

Seul, Pierre paraissait incrédule et murmurait : « On a bien raison de dire que les Normands sont les Gascons du Nord. »

Après le poisson vint un vol-au-vent, puis un poulet rôti, une salade, des haricots verts et un pâté d'alouettes de Pithiviers [1]. La bonne de Mme Rosémilly aidait au service ; et la gaieté allait croissant avec le nombre des verres de vin. Quand sauta le bouchon de la première bouteille de champagne, le père Roland, très excité, imita avec sa bouche le bruit de cette détonation, puis déclara :

– J'aime mieux ça qu'un coup de pistolet.

Pierre, de plus en plus agacé, répondit en ricanant :

– Cela est peut-être, cependant, plus dangereux pour toi.

Roland, qui allait boire, reposa son verre plein sur la table et demanda :

– Pourquoi donc ?

Depuis longtemps il se plaignait de sa santé, de lourdeurs, de vertiges, de malaises constants et inexplicables. Le docteur reprit :

– Parce que la balle du pistolet peut fort bien passer à côté de toi, tandis que le verre de vin te passe forcément dans le ventre.

– Et puis ?

– Et puis il te brûle l'estomac, désorganise le système nerveux, alourdit la circulation et prépare l'apoplexie dont sont menacés tous les hommes de ton tempérament.

---

1. *Pâté d'alouettes de Pithiviers*, dit aussi *pâté de mauviettes* : pâté en croûte, farce d'alouettes et de foie gras truffé.

L'ivresse croissante de l'ancien bijoutier paraissait dissipée comme une fumée par le vent ; et il regardait son fils avec des yeux inquiets et fixes, cherchant à comprendre s'il ne se moquait pas.

Mais Beausire s'écria :

– Ah ! ces sacrés médecins, toujours les mêmes : ne mangez pas, ne buvez pas, n'aimez pas, et ne dansez pas en rond. Tout ça fait du bobo à petite santé. Eh bien ! j'ai pratiqué tout ça, moi, Monsieur, dans toutes les parties du monde, partout où j'ai pu, et le plus que j'ai pu, et je ne m'en porte pas plus mal.

Pierre répondit avec aigreur :

– D'abord, vous, capitaine, vous êtes plus fort que mon père ; et puis tous les viveurs parlent comme vous jusqu'au jour où... et ils ne reviennent pas le lendemain dire au médecin prudent : « Vous aviez raison, docteur. » Quand je vois mon père faire ce qu'il y a de plus mauvais et de plus dangereux pour lui, il est bien naturel que je le prévienne. Je serais un mauvais fils si j'agissais autrement.

Mme Roland, désolée, intervint à son tour :

– Voyons, Pierre, qu'est-ce que tu as ? Pour une fois, ça ne lui fera pas de mal. Songe quelle fête pour lui, pour nous. Tu vas gâter tout son plaisir et nous chagriner tous. C'est vilain, ce que tu fais là !

Il murmura en haussant les épaules :

– Qu'il fasse ce qu'il voudra, je l'ai prévenu.

Mais le père Roland ne buvait pas. Il regardait son verre, son verre plein de vin lumineux et clair, dont l'âme légère, l'âme enivrante s'envolait par petites bulles venues du fond et montant, pressées et rapides, s'évaporer à la surface ; il le regardait avec une méfiance de renard qui trouve une poule morte et flaire un piège.

Il demanda, en hésitant :

– Tu crois que ça me ferait beaucoup de mal ?

Pierre eut un remords et se reprocha de faire souffrir les autres de sa mauvaise humeur :

– Non, va, pour une fois, tu peux le boire ; mais n'en abuse point et n'en prends pas l'habitude.

Alors le père Roland leva son verre sans se décider encore à le porter à sa bouche. Il le contemplait douloureusement, avec envie et avec crainte ; puis il le flaira, le goûta, le but par petits coups, en les savourant, le cœur plein d'angoisse, de faiblesse et de gourmandise, puis de regrets, dès qu'il eut absorbé la dernière goutte.

Pierre, soudain, rencontra l'œil de Mme Rosémilly ; il était fixé sur lui limpide et bleu, clairvoyant et dur. Et il sentit, il pénétra, il devina la pensée nette qui animait ce regard, la pensée irritée de cette petite femme à l'esprit simple et droit, car ce regard disait : « Tu es jaloux, toi. C'est honteux, cela. »

Il baissa la tête en se remettant à manger.

Il n'avait pas faim, il trouvait tout mauvais. Une envie de partir le harcelait, une envie de n'être plus au milieu de ces gens, de ne plus les entendre causer, plaisanter et rire.

Cependant le père Roland, que les fumées du vin recommençaient à troubler, oubliait déjà les conseils de son fils et regardait d'un œil oblique et tendre une bouteille de champagne presque pleine encore à côté de son assiette. Il n'osait la toucher, par crainte d'admonestation nouvelle, et il cherchait par quelle malice, par quelle adresse, il pourrait s'en emparer sans éveiller les remarques de Pierre. Une ruse lui vint, la plus simple de toutes : il prit la bouteille avec nonchalance et, la tenant par le fond, tendit le bras à travers la table pour emplir d'abord le verre du docteur qui était vide ; puis il fit le tour des autres verres, et quand il en vint au sien il se mit à parler très haut, et s'il versa quelque chose dedans on eût juré certainement que c'était par inadvertance. Personne d'ailleurs n'y fit attention.

Pierre, sans y songer, buvait beaucoup. Nerveux et agacé, il prenait à tout instant, et portait à ses lèvres d'un geste inconscient la longue flûte de cristal où l'on voyait courir les bulles dans le liquide vivant et transparent. Il le faisait alors couler très lentement dans sa bouche pour sentir la petite piqûre sucrée du gaz évaporé sur sa langue.

Peu à peu une chaleur douce emplit son corps. Partie du ventre, qui semblait en être le foyer, elle gagnait la poitrine, envahissait les membres, se répandait dans toute la chair, comme une onde tiède et bienfaisante portant de la joie avec elle. Il se sentait mieux, moins impatient, moins mécontent ; et sa résolution de parler à son frère ce soir-là même s'affaiblissait, non pas que la pensée d'y renoncer l'eût effleuré, mais pour ne point troubler si vite le bien-être qu'il sentait en lui.

Beausire se leva afin de porter un toast.

Ayant salué à la ronde il prononça :

– Très gracieuses dames, Messeigneurs, nous sommes réunis pour célébrer un événement heureux qui vient de frapper un de nos amis. On disait autrefois que la fortune était aveugle, je crois qu'elle était simplement myope ou malicieuse et qu'elle vient de faire emplette d'une excellente jumelle marine, qui lui a permis de distinguer dans le port du Havre le fils de notre brave camarade Roland, capitaine de la *Perle*.

Des bravos jaillirent des bouches, soutenus par des battements de mains ; et Roland père se leva pour répondre.

Après avoir toussé, car il sentait sa gorge grasse et sa langue un peu lourde, il bégaya :

– Merci, capitaine, merci pour moi et mon fils. Je n'oublierai jamais votre conduite en cette circonstance. Je bois à vos désirs.

Il avait les yeux et le nez pleins de larmes, et il se rassit, ne trouvant plus rien.

Jean, qui riait, prit la parole à son tour :

– C'est moi, dit-il, qui dois remercier ici les amis dévoués, les amis excellents (il regardait Mᵐᵉ Rosémilly), qui me donnent aujourd'hui cette preuve touchante de leur affection. Mais ce n'est point par des paroles que je peux leur témoigner ma reconnaissance. Je la leur prouverai demain, à tous les instants de ma vie, toujours, car notre amitié n'est point de celles qui passent.

Sa mère, fort émue, murmura :

– Très bien, mon enfant.

Mais Beausire s'écriait :

– Allons, madame Rosémilly, parlez au nom du beau sexe.

Elle leva son verre, et, d'une voix gentille, un peu nuancée de tristesse :

– Moi, dit-elle, je bois à la mémoire bénie de M. Maréchal.

Il y eut quelques secondes d'accalmie, de recueillement décent, comme après une prière ; et Beausire, qui avait le compliment coulant, fit cette remarque :

– Il n'y a que les femmes pour trouver de ces délicatesses.

Puis se tournant vers Roland père :

– Au fond, qu'est-ce que c'était que ce Maréchal ? Vous étiez donc bien intimes avec lui ?

Le vieux, attendri par l'ivresse, se mit à pleurer, et d'une voix bredouillante :

– Un frère... vous savez... un de ceux qu'on ne retrouve plus... nous ne nous quittions pas... il dînait à la maison tous les soirs... et il nous payait de petites fêtes au théâtre... je ne vous dis que ça... que ça... que ça... Un ami, un vrai... un vrai... n'est-ce pas, Louise ?

Sa femme répondit simplement :

– Oui, c'était un fidèle ami.

Pierre regardait son père et sa mère, mais comme on parla d'autre chose, il se remit à boire.

De la fin de cette soirée il n'eut guère de souvenir. On avait pris le café, absorbé des liqueurs, et beaucoup ri en plaisantant. Puis il se coucha, vers minuit, l'esprit confus et la tête lourde. Et il dormit comme une brute jusqu'à neuf heures le lendemain.

IV

Ce sommeil baigné de champagne et de chartreuse l'avait sans doute adouci et calmé, car il s'éveilla en des dispositions d'âme très bienveillantes. Il appréciait, pesait et résumait, en s'habillant, ses émotions de la veille, cherchant à en dégager bien nettement et bien complètement les causes réelles, secrètes, les causes personnelles en même temps que les causes extérieures.

Il se pouvait en effet que la fille de brasserie eût eu une mauvaise pensée, une vraie pensée de prostituée, en apprenant qu'un seul des fils Roland héritait d'un inconnu ; mais ces créatures-là n'ont-elles pas toujours des soupçons pareils, sans l'ombre d'un motif, sur toutes les honnêtes femmes ? Ne les entend-on pas, chaque fois qu'elles parlent, injurier, calomnier, diffamer toutes celles qu'elles devinent irréprochables ? Chaque fois qu'on cite devant elles une personne inattaquable, elles se fâchent, comme si on les outrageait, et s'écrient : « Ah ! tu sais, je les connais tes femmes mariées, c'est du propre ! Elles ont plus d'amants que nous, seulement elles les cachent parce qu'elles sont hypocrites. Ah ! oui, c'est du propre ! »

En toute autre occasion il n'aurait certes pas compris, pas même supposé possibles des insinuations de cette nature sur sa pauvre mère, si bonne, si simple, si digne. Mais il avait l'âme troublée par ce levain de jalousie qui fermentait en lui. Son esprit surexcité, à l'affût pour ainsi dire, et malgré lui, de tout ce qui pouvait nuire à son frère, avait même peut-être prêté à cette vendeuse de bocks des intentions odieuses qu'elle n'avait pas eues. Il se pouvait que son imagination seule, cette imagination qu'il ne gouvernait point, qui échappait sans cesse à sa volonté, s'en allait libre, hardie, aventureuse et sournoise dans l'univers infini des idées, et en rapportait parfois d'inavouables, de honteuses, qu'elle cachait en lui, au fond de son âme, dans les replis insondables, comme des choses volées ; il se pouvait que cette imagination seule eût créé, inventé cet affreux doute. Son cœur, assurément, son propre cœur avait des secrets pour lui ; et ce cœur blessé n'avait-il pas trouvé dans ce doute abominable un moyen de priver son frère de cet héritage qu'il jalousait. Il se suspectait lui-même, à présent, interrogeant, comme les dévots leur conscience, tous les mystères de sa pensée.

Certes, Mme Rosémilly, bien que son intelligence fût limitée, avait le tact, le flair et le sens subtil des femmes. Or cette idée ne lui était pas venue, puisqu'elle avait bu, avec une simplicité parfaite, à la mémoire bénie de feu Maréchal. Elle n'aurait point fait cela, elle, si le moindre soupçon l'eût effleurée. Maintenant il ne doutait plus, son mécontentement involontaire de la fortune tombée sur son frère et aussi, assurément, son amour religieux pour sa mère avaient exalté ses scrupules, scrupules pieux et respectables, mais exagérés.

En formulant cette conclusion, il fut content, comme on l'est d'une bonne action accomplie, et il se résolut à se montrer gentil pour tout le monde, en commençant par son père dont les manies, les affirmations niaises, les opinions vulgaires et la médiocrité trop visible l'irritaient sans cesse.

Il ne rentra pas en retard à l'heure du déjeuner et il amusa toute sa famille par son esprit et sa bonne humeur.

Sa mère lui disait, ravie :

– Mon Pierrot, tu ne te doutes pas comme tu es drôle et spirituel, quand tu veux bien.

Et il parlait, trouvait des mots, faisait rire par des portraits ingénieux de leurs amis, Beausire lui servit de cible, et un peu Mme Rosémilly, mais d'une façon discrète, pas trop méchante. Et il pensait, en regardant son frère : « Mais défends-la donc, jobard ; tu as beau être riche, je t'éclipserai toujours quand il me plaira. »

Au café, il dit à son père :

– Est-ce que tu te sers de la *Perle* aujourd'hui ?

– Non, mon garçon.

– Je peux la prendre avec Jean-Bart ?

– Mais oui, tant que tu voudras.

Il acheta un bon cigare, au premier débit de tabac rencontré, et il descendit, d'un pied joyeux, vers le port.

Il regardait le ciel clair, lumineux, d'un bleu léger, rafraîchi, lavé par la brise de la mer.

Le matelot Papagris, dit Jean-Bart, sommeillait au fond de la barque qu'il devait tenir prête à sortir tous les jours à midi, quand on n'allait pas à la pêche le matin.

– À nous deux, patron ! cria Pierre.

Il descendit l'échelle de fer du quai et sauta dans l'embarcation.

– Quel vent ? dit-il.

– Toujours vent d'amont[1], m'sieu Pierre. J'avons bonne brise au large.

– Eh bien ! mon père, en route.

Ils hissèrent la misaine[2], levèrent l'ancre, et le bateau, libre, se mit à glisser lentement vers la jetée sur l'eau calme du port. Le faible souffle d'air venu par les rues tombait sur le haut de la voile, si doucement qu'on ne sentait rien, et la *Perle* semblait animée d'une vie propre, de la vie des barques, poussée par une force mystérieuse cachée en elle. Pierre avait pris la barre, et, le cigare aux dents, les jambes allongées sur le banc, les yeux mi-fermés sous les rayons aveuglants du soleil, il regardait passer contre lui les grosses pièces de bois goudronné du brise-lames.

Quand ils débouchèrent en pleine mer, en atteignant la pointe de la jetée nord qui les abritait, la brise, plus fraîche, glissa sur le visage et sur les mains du docteur comme une caresse un peu froide, entra dans sa poitrine qui s'ouvrit, en un long soupir, pour la boire, et, enflant la voile brune qui s'arrondit, fit s'incliner la *Perle* et la rendit plus alerte.

---

1. *Vent d'amont* : vent qui souffle de l'intérieur de la terre ; sur les côtes nord et ouest de la France, vent d'est et de nord-est.
2. *Misaine* : voile principale du mât situé à l'avant du navire.

Jean-Bart tout à coup hissa le foc[1], dont le triangle, plein de vent, semblait une aile, puis gagnant l'arrière en deux enjambées il dénoua le tapecul[2] amarré contre son mât.

Alors, sur le flanc de la barque couchée brusquement, et courant maintenant de toute sa vitesse, ce fut un bruit doux et vif d'eau qui bouillonne et qui fuit.

L'avant ouvrait la mer, comme le soc d'une charrue folle, et l'onde soulevée, souple et blanche d'écume, s'arrondissait et retombait, comme retombe, brune et lourde, la terre labourée des champs.

À chaque vague rencontrée, – elles étaient courtes et rapprochées, – une secousse secouait la *Perle* du bout du foc au gouvernail qui frémissait dans la main de Pierre ; et quand le vent, pendant quelques secondes, soufflait plus fort, les flots effleuraient le bordage comme s'ils allaient envahir la barque. Un vapeur charbonnier de Liverpool était à l'ancre attendant la marée ; ils allèrent tourner par-derrière, puis ils visitèrent, l'un après l'autre, les navires en rade, puis ils s'éloignèrent un peu plus pour voir se dérouler la côte.

Pendant trois heures, Pierre tranquille, calme et content, vagabonda sur l'eau frémissante, gouvernant, comme une bête ailée, rapide et docile, cette chose de bois et de toile qui allait et venait à son caprice, sous une pression de ses doigts.

Il rêvassait, comme on rêvasse sur le dos d'un cheval ou sur le pont d'un bateau, pensant à son avenir, qui serait beau, et à la douceur de vivre avec intelligence. Dès le lendemain il demanderait à son frère de lui prêter, pour trois mois, quinze cents francs afin de s'installer tout de suite dans le joli appartement du boulevard François-Ier.

Le matelot dit tout à coup :

– V'la d'la brume, m'sieu Pierre, faut rentrer.

---

1. *Foc* : voile triangulaire, à l'avant du navire.
2. *Tapecul* : voile rectangulaire, à l'arrière du navire.

Il leva les yeux et aperçut vers le nord une ombre grise, profonde et légère, noyant le ciel et couvrant la mer, accourant vers eux, comme un nuage tombé d'en haut.

Il vira de bord, et, vent arrière, fit route vers la jetée, suivi par la brume rapide qui le gagnait. Lorsqu'elle atteignit la *Perle*, l'enveloppant dans son imperceptible épaisseur, un frisson de froid courut sur les membres de Pierre, et une odeur de fumée et de moisissure, l'odeur bizarre des brouillards marins, lui fit fermer la bouche pour ne point goûter cette nuée humide et glacée. Quand la barque reprit dans le port sa place accoutumée, la ville entière était ensevelie déjà sous cette vapeur menue, qui, sans tomber, mouillait comme une pluie et glissait sur les maisons et les rues à la façon d'un fleuve qui coule.

Pierre, les pieds et les mains gelés, rentra vite, et se jeta sur son lit pour sommeiller jusqu'au dîner. Lorsqu'il parut dans la salle à manger, sa mère disait à Jean :

– La galerie sera ravissante. Nous y mettrons des fleurs. Tu verras. Je me chargerai de leur entretien et de leur renouvellement. Quand tu donneras des fêtes, ça aura un coup d'œil féerique.

– De quoi parlez-vous donc ? demanda le docteur.

– D'un appartement délicieux que je viens de louer pour ton frère. Une trouvaille, un entresol donnant sur deux rues. Il a deux salons, une galerie vitrée et une petite salle à manger en rotonde, tout à fait coquette pour un garçon.

Pierre pâlit. Une colère lui serrait le cœur.

– Où est-ce situé, cela ? dit-il.

– Boulevard François-Ier.

Il n'eut plus de doutes et s'assit, tellement exaspéré qu'il avait envie de crier : « C'est trop fort à la fin ! Il n'y en a donc plus que pour lui ! »

Sa mère, radieuse, parlait toujours :

– Et figure-toi que j'ai eu cela pour deux mille huit cents francs. On en voulait trois mille, mais j'ai obtenu deux cents francs de diminution en faisant un bail de trois, six ou neuf ans. Ton frère sera parfaitement là-dedans. Il suffit d'un intérieur élégant pour faire la fortune d'un avocat. Cela attire le client, le séduit, le retient, lui donne du respect et lui fait comprendre qu'un homme ainsi logé fait payer cher ses paroles.

Elle se tut quelques secondes, et reprit :

— Il faudrait trouver quelque chose d'approchant pour toi, bien plus modeste puisque tu n'as rien, mais assez gentil tout de même. Je t'assure que cela te servirait beaucoup.

Pierre répondit d'un ton dédaigneux :

— Oh ! moi, c'est par le travail et la science que j'arriverai.

Sa mère insista :

— Oui, mais je t'assure qu'un joli logement te servirait beaucoup tout de même.

Vers le milieu du repas il demanda tout à coup :

— Comment l'aviez-vous connu, ce Maréchal ?

Le père Roland leva la tête et chercha dans ses souvenirs :

— Attends, je ne me rappelle plus trop. C'est si vieux. Ah ! oui, j'y suis. C'est ta mère qui a fait sa connaissance dans la boutique, n'est-ce pas, Louise ? Il était venu commander quelque chose, et puis il est revenu souvent. Nous l'avons connu comme client avant de le connaître comme ami.

Pierre, qui mangeait des flageolets et les piquait un à un avec une pointe de sa fourchette, comme s'il les eût embrochés, reprit :

— À quelle époque ça s'est-il fait, cette connaissance-là ?

Roland chercha de nouveau, mais ne se souvenant plus de rien, il fit appel à la mémoire de sa femme :

— En quelle année, voyons, Louise, tu ne dois pas avoir oublié, toi qui as un si bon souvenir ? Voyons, c'était en... en... en cinquante-cinq ou cinquante-six ?... Mais cherche donc, tu dois le savoir mieux que moi ?

Elle chercha quelque temps en effet, puis d'une voix sûre et tranquille :

— C'était en cinquante-huit, mon gros. Pierre avait alors trois ans. Je suis bien certaine de ne pas me tromper, car c'est l'année où l'enfant eut la fièvre scarlatine, et Maréchal, que nous connaissions encore très peu, nous a été d'un grand secours.

Roland s'écria :

– C'est vrai, c'est vrai, il a été admirable, même ! Comme ta mère n'en pouvait plus de fatigue et que moi j'étais occupé à la boutique, il allait chez le pharmacien chercher tes médicaments. Vraiment, c'était un brave cœur. Et quand tu as été guéri, tu ne te figures pas comme il fut content et comme il t'embrassait. C'est à partir de ce moment-là que nous sommes devenus de grands amis.

Et[a] cette pensée brusque, violente, entra dans l'âme de Pierre comme une balle qui troue et déchire : « Puisqu'il m'a connu le premier, qu'il fut si dévoué pour moi, puisqu'il m'aimait et m'embrassait tant, puisque je suis la cause de sa grande liaison avec mes parents, pourquoi a-t-il laissé toute sa fortune à mon frère et rien à moi ? »

Il ne posa plus de questions et demeura sombre, absorbé plutôt que songeur, gardant en lui une inquiétude nouvelle, encore indécise, le germe secret d'un nouveau mal.

Il sortit de bonne heure et se remit à rôder par les rues. Elles étaient ensevelies sous le brouillard qui rendait pesante, opaque et nauséabonde la nuit. On eût dit une fumée pestilentielle abattue sur la terre. On la voyait passer sur les becs de gaz qu'elle paraissait éteindre par moments. Les pavés des rues devenaient glissants comme par les soirs de verglas, et toutes les mauvaises odeurs semblaient sortir du ventre des maisons, puanteurs des caves, des fosses, des égouts, des cuisines pauvres, pour se mêler à l'affreuse senteur de cette brume errante.

Pierre, le dos arrondi et les mains dans ses poches, ne voulant point rester dehors par ce froid, se rendit chez Marowsko.

Sous le bec de gaz qui veillait pour lui, le vieux pharmacien dormait toujours. En reconnaissant Pierre, qu'il aimait d'un amour de chien fidèle, il secoua sa torpeur, alla chercher deux verres et apporta la groseillette.

– Eh bien ! demanda le docteur, où en êtes-vous avec votre liqueur ?

Le Polonais expliqua comment quatre des principaux cafés de la ville consentaient à la lancer dans la circulation, et comment *Le Phare de la côte* et *Le Sémaphore havrais* [1] lui feraient de la réclame en échange de quelques produits pharmaceutiques mis à la disposition des rédacteurs.

Après un long silence, Marowsko demanda si Jean, décidément, était en possession de sa fortune ; puis il fit encore deux ou trois questions vagues sur le même sujet. Son dévouement ombrageux pour Pierre se révoltait de cette préférence. Et Pierre croyait l'entendre penser, devinait, comprenait, lisait dans ses yeux détournés, dans le ton hésitant de sa voix, les phrases qui lui venaient aux lèvres et qu'il ne disait pas, qu'il ne dirait point, lui si prudent, si timide, si cauteleux.

Maintenant il ne doutait plus, le vieux pensait : « Vous n'auriez pas dû lui laisser accepter cet héritage qui fera mal parler de votre mère. » Peut-être même croyait-il que Jean était le fils de Maréchal. Certes il le croyait ! Comment ne le croirait-il pas, tant la chose devait paraître vraisemblable, probable, évidente ? Mais lui-même, lui Pierre, le fils, depuis trois jours ne luttait-il pas de toute sa force, avec toutes les subtilités de son cœur, pour tromper sa raison, ne luttait-il pas contre ce soupçon terrible ?

Et [b] de nouveau, tout à coup, le besoin d'être seul pour songer, pour discuter cela avec lui-même, pour envisager hardiment, sans scrupules, sans faiblesse, cette chose possible et monstrueuse, entra en lui si dominateur qu'il se leva sans même boire son verre de groseillette, serra la main du pharmacien stupéfait et se replongea dans le brouillard de la rue.

Il se disait : « Pourquoi ce Maréchal a-t-il laissé toute sa fortune à Jean ? »

Ce n'était plus la jalousie maintenant qui lui faisait chercher cela, ce n'était plus cette envie un peu basse et

---

1. Noms de journaux imaginaires.

naturelle qu'il savait cachée en lui et qu'il combattait depuis trois jours, mais la terreur d'une chose épouvantable, la terreur de croire lui-même que Jean, que son frère était le fils de cet homme !

Non, il ne le croyait pas, il ne pouvait même se poser cette question criminelle ! Cependant il fallait que ce soupçon si léger, si invraisemblable, fût rejeté de lui, complètement, pour toujours. Il lui fallait la lumière, la certitude, il fallait dans son cœur la sécurité complète, car il n'aimait que sa mère au monde.

Et tout seul en errant par la nuit, il allait faire, dans ses souvenirs, dans sa raison, l'enquête minutieuse d'où résulterait l'éclatante vérité. Après cela ce serait fini, il n'y penserait plus, plus jamais. Il irait dormir.

Il songeait : « Voyons, examinons d'abord les faits ; puis je me rappellerai tout ce que je sais de lui, de son allure avec mon frère et avec moi, je chercherai toutes les causes qui ont pu motiver cette préférence... Il a vu naître Jean ? – oui, mais il me connaissait auparavant. – S'il avait aimé ma mère d'un amour muet et réservé, c'est moi qu'il aurait préféré puisque c'est grâce à moi, grâce à ma fièvre scarlatine, qu'il est devenu l'ami intime de mes parents. Donc, logiquement, il devait me choisir, avoir pour moi une tendresse plus vive, à moins qu'il n'eût éprouvé pour mon frère, en le voyant grandir, une attraction, une prédilection instinctives. »

Alors il chercha dans sa mémoire, avec une tension désespérée de toute sa pensée, de toute sa puissance intellectuelle, à reconstituer, à revoir, à reconnaître, à pénétrer l'homme, cet homme qui avait passé devant lui, indifférent à son cœur, pendant toutes ses années de Paris.

Mais il sentit que la marche, le léger mouvement de ses pas, troublait un peu ses idées, dérangeait leur fixité, affaiblissait leur portée, voilait sa mémoire.

Pour jeter sur le passé et les événements inconnus ce regard aigu, à qui rien ne devait échapper, il fallait qu'il fût immobile, dans un lieu vaste et vide. Et il se décida à aller s'asseoir sur la jetée, comme l'autre nuit.

En approchant du port il entendit vers la pleine mer une plainte lamentable et sinistre, pareille au meuglement d'un taureau, mais plus longue et plus puissante. C'était le cri d'une sirène, le cri des navires perdus dans la brume.

Un frisson remua sa chair, crispa son cœur, tant il avait retenti dans son âme et dans ses nerfs, ce cri de détresse, qu'il croyait avoir jeté lui-même. Une autre voix semblable gémit à son tour, un peu plus loin ; puis, tout près, la sirène du port[1], leur répondant, poussa une clameur déchirante.

Pierre gagna la jetée à grands pas, ne pensant plus à rien, satisfait d'entrer dans ces ténèbres lugubres et mugissantes.

Lorsqu'il se fut assis à l'extrémité du môle, il ferma les yeux pour ne point voir les foyers électriques, voilés de brouillard, qui rendent le port accessible la nuit, ni le feu rouge du phare sur la jetée sud, qu'on distinguait à peine cependant. Puis se tournant à moitié, il posa ses coudes sur le granit et cacha sa figure dans ses mains.

Sa pensée, sans qu'il prononçât ce mot avec ses lèvres, répétait comme pour l'appeler, pour évoquer et provoquer son ombre : « Maréchal[c]... Maréchal. » Et dans le noir de ses paupières baissées, il le vit tout à coup tel qu'il l'avait connu. C'était un homme de soixante ans, portant en pointe sa barbe blanche, avec des sourcils épais, tout blancs aussi. Il n'était ni grand ni petit, avait l'air affable, les yeux gris et doux, le geste modeste, l'aspect d'un brave être, simple et tendre. Il appelait Pierre et Jean « mes chers enfants », n'avait jamais paru préférer l'un ou l'autre, et les recevait ensemble à dîner.

Et Pierre, avec une ténacité de chien qui suit une piste évaporée, se mit à rechercher les paroles, les gestes, les intonations, les regards de cet homme disparu de la terre.

1. La sirène du port du Havre, qui devait indiquer la voie aux navires en temps de brume, avait été installée en 1875, en remplacement d'une cloche. C'était une trompette d'air comprimé, mise en mouvement par une machine à vapeur (Beaucamp et Le Grix, *Petite Histoire du Havre illustrée, op. cit.*, p. 221).

Il le retrouvait peu à peu, tout entier, dans son appartement de la rue Tronchet quand il les recevait à sa table, son frère et lui.

Deux bonnes le servaient, vieilles toutes deux, qui avaient pris, depuis bien longtemps sans doute, l'habitude de dire « monsieur Pierre » et « monsieur Jean ».

Maréchal tendait ses deux mains aux jeunes gens, la droite à l'un, la gauche à l'autre, au hasard de leur entrée.

– Bonjour, mes enfants, disait-il, avez-vous des nouvelles de vos parents ? Quant à moi, ils ne m'écrivent jamais.

On causait, doucement et familièrement, de choses ordinaires. Rien de hors ligne dans l'esprit de cet homme, mais beaucoup d'aménité, de charme et de grâce. C'était certainement pour eux un bon ami, un de ces bons amis auxquels on ne songe guère parce qu'on les sent très sûrs.

Maintenant les souvenirs affluaient dans l'esprit de Pierre. Le voyant soucieux plusieurs fois, et devinant sa pauvreté d'étudiant, Maréchal lui avait offert et prêté, spontanément, de l'argent, quelques centaines de francs peut-être, oubliées par l'un et par l'autre et jamais rendues. Donc cet homme l'aimait toujours, s'intéressait toujours à lui, puisqu'il s'inquiétait de ses besoins. Alors... alors pourquoi laisser toute sa fortune à Jean ? Non, il n'avait jamais été visiblement plus affectueux pour le cadet que pour l'aîné, plus préoccupé de l'un que de l'autre, moins tendre en apparence avec celui-ci qu'avec celui-là. Alors... alors... il avait donc eu une raison puissante et secrète de tout donner à Jean – tout – et rien à Pierre.

Plus il y songeait, plus il revivait le passé des dernières années, plus le docteur jugeait invraisemblable, incroyable cette différence établie entre eux.

Et une souffrance aiguë, une inexprimable angoisse entrée dans sa poitrine, faisait aller son cœur comme une loque agitée. Les ressorts en paraissaient brisés, et le sang y passait à flots, librement, en le secouant d'un ballottement tumultueux.

Alors, à mi-voix, comme on parle dans les cauchemars, il murmura : « Il faut savoir. Mon Dieu, il faut savoir. »

Il cherchait plus loin, maintenant, dans les temps plus anciens où ses parents habitaient Paris. Mais les visages lui échappaient, ce qui brouillait ses souvenirs. Il s'acharnait surtout à retrouver Maréchal avec des cheveux blonds, châtains ou noirs ? Il ne le pouvait pas, la dernière figure de cet homme, sa figure de vieillard, ayant effacé les autres. Il se rappelait pourtant qu'il était plus mince, qu'il avait la main douce et qu'il apportait souvent des fleurs, très souvent, car son père répétait sans cesse : « Encore des bouquets ! mais c'est de la folie, mon cher, vous vous ruinerez en roses. »

Maréchal répondait : « Laissez donc, cela me fait plaisir. »

Et soudain l'intonation de sa mère, de sa mère qui souriait et disait : « Merci, mon ami », lui traversa l'esprit, si nette qu'il crut l'entendre. Elle les avait donc prononcés bien souvent, ces trois mots, pour qu'ils se fussent gravés ainsi dans la mémoire de son fils !

Donc Maréchal apportait des fleurs, lui, l'homme riche, le monsieur, le client, à cette petite boutiquière, à la femme de ce bijoutier modeste. L'avait-il aimée ? Comment serait-il devenu l'ami de ces marchands s'il n'avait pas aimé la femme ? C'était un homme instruit, d'esprit assez fin. Que de fois il avait parlé poètes et poésie avec Pierre ! Il n'appréciait point les écrivains en artiste, mais en bourgeois qui vibre. Le docteur avait souvent souri de ces attendrissements, qu'il jugeait un peu niais. Aujourd'hui il comprenait que cet homme sentimental n'avait jamais pu, jamais, être l'ami de son père, de son père si positif, si terre à terre, si lourd, pour qui le mot « poésie » signifiait sottise.

Donc, ce Maréchal, jeune, libre, riche, prêt à toutes les tendresses, était entré, un jour, par hasard, dans une boutique, ayant remarqué peut-être la jolie marchande. Il avait acheté, était revenu, avait causé, de jour en jour plus familier, et payant par des acquisitions fréquentes le droit de s'asseoir dans cette maison, de sourire à la jeune femme et de serrer la main du mari.

Et puis après... après... oh ! mon Dieu... après ?...

Il avait aimé et caressé le premier enfant, l'enfant du bijoutier, jusqu'à la naissance de l'autre, puis il était demeuré impénétrable jusqu'à la mort, puis, son tombeau fermé, sa chair décomposée, son nom effacé des noms vivants, tout son être disparu pour toujours, n'ayant plus rien à ménager, à redouter et à cacher, il avait donné toute sa fortune au deuxième enfant !... Pourquoi ?... Cet homme était intelligent... il avait dû comprendre et prévoir qu'il pouvait, qu'il allait presque infailliblement laisser supposer que cet enfant était à lui. – Donc il déshonorait une femme ? Comment aurait-il fait cela si Jean n'était point son fils ?

Et soudain un souvenir précis, terrible, traversa l'âme de Pierre. Maréchal avait été blond, blond comme Jean. Il se rappelait maintenant un petit portrait miniature vu autrefois, à Paris, sur la cheminée de leur salon, et disparu à présent. Où était-il ? Perdu, ou caché ! Oh ! s'il pouvait le tenir rien qu'une seconde ! Sa mère l'avait gardé peut-être dans le tiroir inconnu où l'on serre les reliques d'amour.

Sa détresse, à cette pensée, devint si déchirante qu'il poussa un gémissement, une de ces courtes plaintes arrachées à la gorge par les douleurs trop vives. Et soudain, comme si elle l'eût entendu, comme si elle l'eût compris et lui eût répondu, la sirène de la jetée hurla tout près de lui. Sa clameur de monstre surnaturel, plus retentissante que le tonnerre, rugissement sauvage et formidable fait pour dominer les voix du vent et des vagues, se répandit dans les ténèbres sur la mer invisible ensevelie sous les brouillards.

Alors, à travers la brume, proches ou lointains, des cris pareils s'élevèrent de nouveau dans la nuit. Ils étaient effrayants, ces appels poussés par les grands paquebots aveugles.

Puis tout se tut encore.

Pierre avait ouvert les yeux et regardait, surpris d'être là, réveillé de son cauchemar.

« Je suis fou, pensa-t-il, je soupçonne ma mère. » Et un flot d'amour et d'attendrissement, de repentir, de prière et de désolation noya son cœur. Sa mère ! La connaissant comme il la connaissait, comment avait-il pu la suspecter ? Est-ce que l'âme, est-ce que la vie de cette femme simple, chaste et loyale, n'étaient pas plus claires que l'eau ? Quand on l'avait vue et connue, comment ne pas la juger insoupçonnable ? Et c'était lui, le fils, qui avait douté d'elle ! Oh ! s'il avait pu la prendre en ses bras à ce moment, comme il l'eût embrassée, caressée, comme il se fût agenouillé pour demander grâce !

Elle aurait trompé son père, elle ?... Son père ! Certes, c'était un brave homme, honorable et probe en affaires, mais dont l'esprit n'avait jamais franchi l'horizon de sa boutique. Comment cette femme, fort jolie autrefois, il le savait et on le voyait encore, douée d'une âme délicate, affectueuse, attendrie, avait-elle accepté comme fiancé et comme mari un homme si différent d'elle ?

Pourquoi chercher ? Elle avait épousé comme les fillettes épousent le garçon doté que présentent les parents. Ils s'étaient installés aussitôt dans leur magasin de la rue Montmartre ; et la jeune femme, régnant au comptoir, animée par l'esprit du foyer nouveau, par ce sens subtil et sacré de l'intérêt commun qui remplace l'amour et même l'affection dans la plupart des ménages commerçants de Paris, s'était mise à travailler avec toute son intelligence active et fine à la fortune espérée de leur maison. Et sa vie s'était écoulée ainsi, uniforme, tranquille, honnête, sans tendresse !...

Sans tendresse ?... Était-il possible qu'une femme n'aimât point ? Une femme jeune, jolie, vivant à Paris, lisant des livres, applaudissant des actrices mourant de passion sur la scène, pouvait-elle aller de l'adolescence à la vieillesse sans qu'une fois seulement, son cœur fût touché ? D'une autre il ne le croirait pas, – pourquoi le croirait-il de sa mère ?

Certes, elle avait pu aimer, comme une autre ! car pourquoi serait-elle différente d'une autre, bien qu'elle fût sa mère ?

Elle avait été jeune, avec toutes les défaillances poétiques qui troublent le cœur des jeunes êtres ! Enfermée, emprisonnée dans la boutique à côté d'un mari vulgaire et parlant toujours commerce, elle avait rêvé de clairs de lune, de voyages, de baisers donnés dans l'ombre des soirs. Et puis un homme, un jour, était entré comme entrent les amoureux dans les livres, et il avait parlé comme eux.

Elle l'avait aimé. Pourquoi pas ? C'était sa mère ! Eh bien ! fallait-il être aveugle et stupide au point de rejeter l'évidence parce qu'il s'agissait de sa mère ?

S'était-elle donnée ?... Mais oui, puisque cet homme n'avait pas eu d'autre amie ; – mais oui, puisqu'il était resté fidèle à la femme éloignée et vieillie, – mais oui, puisqu'il avait laissé toute sa fortune à son fils, à leur fils !...

Et Pierre se leva, frémissant d'une telle fureur qu'il eût voulu tuer quelqu'un ! Son bras tendu, sa main grande ouverte avaient envie de frapper, de meurtrir, de broyer, d'étrangler ! Qui ? tout le monde, son père, son frère, le mort, sa mère !

Il s'élança pour rentrer. Qu'allait-il faire ?

Comme il passait devant une tourelle auprès du mât des signaux, le cri strident de la sirène lui partit dans la figure. Sa surprise fut si violente qu'il faillit tomber et recula jusqu'au parapet de granit. Il s'y assit, n'ayant plus de force, brisé par cette commotion.

Le vapeur qui répondit le premier semblait tout proche et se présentait à l'entrée, la marée étant haute.

Pierre se retourna et aperçut son œil rouge, terni de brume. Puis, sous la clarté diffuse des feux électriques du port, une grande ombre noire se dessina entre les deux jetées. Derrière lui, la voix du veilleur, voix enrouée de vieux capitaine en retraite, criait :

– Le nom du navire ?

Et dans le brouillard la voix du pilote debout sur le pont, enrouée aussi, répondit :

– *Santa-Lucia.*
– Le pays ?
– Italie.
– Le port ?
– Naples.

Et Pierre devant ses yeux troublés crut apercevoir le panache de feu du Vésuve tandis qu'au pied du volcan, des lucioles voltigeaient dans les bosquets d'orangers de Sorrente ou de Castellamare [1] ! Que de fois il avait rêvé de ces noms familiers, comme s'il en connaissait les paysages. Oh ! s'il avait pu partir, tout de suite, n'importe où, et ne jamais revenir, ne jamais écrire, ne jamais laisser savoir ce qu'il était devenu ! Mais non, il fallait rentrer, rentrer dans la maison paternelle et se coucher dans son lit.

Tant pis, il ne rentrerait pas, il attendrait le jour. La voix des sirènes lui plaisait. Il se releva et se mit à marcher comme un officier qui fait le quart sur un pont.

Un autre navire s'approchait derrière le premier, énorme et mystérieux. C'était un anglais qui revenait des Indes.

Il en vit venir encore plusieurs, sortant l'un après l'autre de l'ombre impénétrable. Puis, comme l'humidité du brouillard devenait intolérable, Pierre se remit en route vers la ville. Il avait si froid qu'il entra dans un café de matelots pour boire un grog ; et quand l'eau-de-vie poivrée et chaude lui eut brûlé le palais et la gorge, il sentit en lui renaître un espoir.

Il s'était trompé, peut-être ? Il la connaissait si bien, sa déraison vagabonde ! Il s'était trompé sans doute ? Il avait accumulé les preuves ainsi qu'on dresse un réquisitoire contre un innocent toujours facile à condamner quand on veut le croire coupable. Lorsqu'il aurait dormi, il penserait tout autrement. Alors il rentra pour se coucher, et, à force de volonté, il finit par s'assoupir.

---

1. Santa Lucia est aussi le nom du port principal de Naples à l'époque. Sorrente et Castellamare di Stabia sont des localités sur la côte amalfitaine, très appréciées pour leur site pittoresque par les voyageurs du XIXᵉ siècle comme par ceux de nos jours.

V

Mais le corps du docteur s'engourdit à peine une heure ou deux dans l'agitation d'un sommeil troublé. Quand il se réveilla, dans l'obscurité de sa chambre chaude et fermée, il ressentit, avant même que la pensée se fût rallumée en lui, cette oppression douloureuse, ce malaise de l'âme que laisse en nous le chagrin sur lequel on a dormi. Il semble que le malheur, dont le choc nous a seulement heurté la veille, se soit glissé, durant notre repos, dans notre chair elle-même, qu'il meurtrit et fatigue comme une fièvre. Brusquement le souvenir lui revint, et il s'assit dans son lit.

Alors il recommença lentement, un à un, tous les raisonnements qui avaient torturé son cœur sur la jetée pendant que criaient les sirènes. Plus il songeait, moins il doutait. Il se sentait traîné par sa logique, comme par une main qui attire et étrangle vers l'intolérable certitude.

Il avait soif, il avait chaud, son cœur battait. Il se leva pour ouvrir sa fenêtre et respirer, et, quand il fut debout, un bruit léger lui parvint à travers le mur.

Jean dormait tranquille et ronflait doucement. Il dormait, lui ! Il n'avait rien pressenti, rien deviné ! Un homme qui avait connu leur mère lui laissait toute sa fortune. Il prenait l'argent, trouvant cela juste et naturel.

Il dormait, riche et satisfait, sans savoir que son frère haletait de souffrance et de détresse. Et une colère se levait en lui contre ce ronfleur insouciant et content.

La veille il eût frappé contre sa porte, serait entré, et, assis près du lit, lui aurait dit dans l'effarement de son réveil subit : « Jean, tu ne dois pas garder ce legs qui pourrait demain faire suspecter notre mère et la déshonorer. »

Mais aujourd'hui il ne pouvait plus parler, il ne pouvait pas dire à Jean qu'il ne le croyait point le fils de leur père. Il fallait à présent garder, enterrer en lui cette honte découverte par lui, cacher à tous la tache aperçue, et que personne ne devait découvrir, pas même son frère, surtout son frère.

Il ne songeait plus guère maintenant au vain respect de l'opinion publique. Il aurait voulu que tout le monde accusât sa mère pourvu qu'il la sût innocente, lui, lui seul ! Comment pourrait-il supporter de vivre près d'elle, tous les jours, et de croire, en la regardant, qu'elle avait enfanté son frère de la caresse d'un étranger ?

Comme elle était calme et sereine pourtant, comme elle paraissait sûre d'elle ! Était-il possible qu'une femme comme elle, d'une âme pure et d'un cœur droit, pût tomber, entraînée par la passion, sans que, plus tard, rien n'apparût de ses remords, des souvenirs de sa conscience troublée ?

Ah ! les remords ! les remords ! ils avaient dû, jadis, dans les premiers temps, la torturer, puis ils s'étaient effacés, comme tout s'efface. Certes, elle avait pleuré sa faute, et, peu à peu, l'avait presque oubliée. Est-ce que toutes les femmes, toutes, n'ont pas cette faculté d'oubli prodigieuse qui leur fait reconnaître à peine, après quelques années passées, l'homme à qui elles ont donné leur bouche et tout leur corps à baiser ? Le baiser frappe comme la foudre, l'amour passe comme un orage, puis la vie, de nouveau, se calme comme le ciel, et recommence ainsi qu'avant. Se souvient-on d'un nuage ?

Pierre ne pouvait plus demeurer dans sa chambre ! Cette maison, la maison de son père l'écrasait. Il sentait peser le toit sur sa tête et les murs l'étouffer. Et comme il avait très soif, il alluma sa bougie afin d'aller boire un verre d'eau fraîche au filtre de la cuisine.

Il descendit les deux étages, puis, comme il remontait avec la carafe pleine, il s'assit en chemise sur une marche de l'escalier où circulait un courant d'air, et il but, sans verre, par longues gorgées, comme un coureur essoufflé. Quand il eut cessé de remuer, le silence de cette demeure l'émut ; puis, un à un, il en distingua les moindres bruits. Ce fut d'abord l'horloge de la salle à manger dont le battement lui paraissait grandir de seconde en seconde. Puis il entendit de nouveau un ronflement, un ronflement de vieux, court, pénible et dur, celui de son père sans aucun doute ; et il fut crispé par cette idée, comme si elle venait seulement de jaillir en lui, que ces deux hommes qui ronflaient dans ce même logis, le père et le fils, n'étaient rien l'un à l'autre ! Aucun lien, même le plus léger, ne les unissait, et ils ne le savaient pas ! Ils se parlaient avec tendresse, ils s'embrassaient, se réjouissaient et s'attendrissaient ensemble des mêmes choses, comme si le même sang eût coulé dans leurs veines. Et deux personnes nées aux deux extrémités du monde ne pouvaient pas être plus étrangères l'une à l'autre que ce père et que ce fils. Ils croyaient s'aimer parce qu'un mensonge avait grandi entre eux. C'était un mensonge qui faisait cet amour paternel et cet amour filial, un mensonge impossible à dévoiler et que personne ne connaîtrait jamais que lui, le vrai fils.

Pourtant, pourtant, s'il se trompait ? Comment le savoir ? Ah ! si une ressemblance, même légère, pouvait exister entre son père et Jean, une de ces ressemblances mystérieuses qui vont de l'aïeul aux arrière-petits-fils, montrant que toute une race descend directement du même baiser. Il aurait fallu si peu de chose, à lui médecin, pour reconnaître cela, la forme de la mâchoire, la courbure du nez, l'écartement des yeux, la nature des dents ou des poils, moins encore, un geste, une habitude, une manière d'être, un goût transmis, un signe quelconque bien caractéristique pour un œil exercé.

Il cherchait et ne se rappelait rien, non, rien. Mais il avait mal regardé, mal observé, n'ayant aucune raison pour découvrir ces imperceptibles indications.

Il se leva pour rentrer dans sa chambre et se mit à monter l'escalier, à pas lents, songeant toujours. En passant devant la porte de son frère, il s'arrêta net, la main tendue pour l'ouvrir. Un désir impérieux venait de surgir en lui de voir Jean tout de suite, de le regarder longuement, de le surprendre pendant le sommeil, pendant que la figure apaisée, que les traits détendus se reposent, que toute la grimace de la vie a disparu. Il saisirait ainsi le secret dormant de sa physionomie ; et si quelque ressemblance existait, appréciable, elle ne lui échapperait pas.

Mais si Jean s'éveillait, que dirait-il ? Comment expliquer cette visite ?

Il demeurait debout, les doigts crispés sur la serrure et cherchant une raison, un prétexte.

Il se rappela tout à coup que, huit jours plus tôt, il avait prêté à son frère une fiole de laudanum pour calmer une rage de dents. Il pouvait lui-même souffrir, cette nuit-là, et venir réclamer sa drogue. Donc il entra, mais d'un pied furtif, comme un voleur.

Jean, la bouche entrouverte, dormait d'un sommeil animal et profond. Sa barbe et ses cheveux blonds faisaient une tache d'or sur le linge blanc. Il ne s'éveilla point, mais il cessa de ronfler.

Pierre, penché vers lui, le contemplait d'un œil avide. Non, ce jeune homme-là ne ressemblait pas à Roland ; et, pour la seconde fois, s'éveilla dans son esprit le souvenir du petit portrait disparu de Maréchal. Il ª fallait qu'il le trouvât ! En le voyant, peut-être, il ne douterait plus.

Son frère remua, gêné sans doute par sa présence, ou par la lueur de sa bougie pénétrant ses paupières. Alors le docteur recula, sur la pointe des pieds, vers la porte, qu'il referma sans bruit ; puis il retourna dans sa chambre, mais il ne se coucha pas.

Le jour fut lent à venir. Les heures sonnaient, l'une après l'autre, à la pendule de la salle à manger, dont le timbre avait un son profond et grave, comme si ce petit instrument d'horlogerie eût avalé une cloche de cathédrale. Elles montaient, dans l'escalier vide, traversaient les murs et les portes, allaient mourir au fond des chambres dans l'oreille inerte des dormeurs. Pierre s'était mis à marcher de long en large, de son lit à sa fenêtre. Qu'allait-il faire ? Il se sentait trop bouleversé pour passer ce jour-là dans sa famille. Il voulait encore rester seul, au moins jusqu'au lendemain, pour réfléchir, se calmer, se fortifier pour la vie de chaque jour qu'il lui faudrait reprendre.

Eh bien ! il irait à Trouville [1], voir grouiller la foule sur la plage. Cela le distrairait, changerait l'air de sa pensée, lui donnerait le temps de se préparer à l'horrible chose qu'il avait découverte.

Dès que l'aurore parut, il fit sa toilette et s'habilla. Le brouillard s'était dissipé, il faisait beau, très beau. Comme le bateau de Trouville ne quittait le port qu'à neuf heures, le docteur songea qu'il lui faudrait embrasser sa mère avant de partir.

Il attendit le moment où elle se levait tous les jours, puis il descendit. Son cœur battait si fort en touchant sa porte qu'il s'arrêta pour respirer. Sa main, posée sur la serrure, était molle et vibrante, presque incapable du léger

---

1. Trouville est une station fort à la mode, fréquentée aussi bien par les artistes que par les élégantes de Paris et de province.

effort de tourner le bouton pour entrer. Il frappa. La voix de sa mère demanda :

– Qui est-ce ?

– Moi, Pierre.

– Qu'est-ce que tu veux ?

– Te dire bonjour parce que je vais passer la journée à Trouville avec des amis.

– C'est que je suis encore au lit.

– Bon, alors ne te dérange pas. Je t'embrasserai en rentrant, ce soir.

Il espéra qu'il pourrait partir sans la voir, sans poser sur ses joues le baiser faux qui lui soulevait le cœur d'avance.

Mais elle répondit :

– Un moment, je t'ouvre. Tu attendras que je me sois recouchée.

Il entendit ses pieds nus sur le parquet puis le bruit du verrou glissant. Elle cria :

– Entre.

Il entra. Elle était assise dans son lit tandis qu'à son côté, Roland, un foulard sur la tête et tourné vers le mur, s'obstinait à dormir. Rien ne l'éveillait tant qu'on ne l'avait pas secoué à lui arracher le bras. Les jours de pêche, c'était la bonne, sonnée à l'heure convenue par le matelot Papagris, qui venait tirer son maître de cet invincible repos.

Pierre, en allant vers elle, regardait sa mère ; et il lui sembla tout à coup qu'il ne l'avait jamais vue.

Elle lui tendit ses joues, il y mit deux baisers, puis s'assit sur une chaise basse.

– C'est hier soir que tu as décidé cette partie ? dit-elle.

– Oui, hier soir.

– Tu reviens pour dîner ?

– Je ne sais pas encore. En tout cas, ne m'attendez point.

Il l'examinait avec une curiosité stupéfaite. C'était sa mère, cette femme ! Toute cette figure, vue dès l'enfance, dès que son œil avait pu distinguer, ce sourire, cette voix si connue, si familière, lui paraissaient brusquement nouveaux et autres de ce qu'ils avaient été jusque-là pour lui. Il comprenait à présent que, l'aimant, il ne l'avait jamais regardée. C'était bien elle pourtant, et il n'ignorait rien des plus petits détails de son visage ; mais ces petits détails il les apercevait nettement pour la première fois. Son attention anxieuse, fouillant cette tête chérie, la lui révélait différente, avec une physionomie qu'il n'avait jamais découverte.

Il se leva pour partir, puis, cédant soudain à l'invincible envie de savoir qui lui mordait le cœur depuis la veille :

– Dis donc, j'ai cru me rappeler qu'il y avait autrefois, à Paris, un petit portrait de Maréchal dans notre salon.

Elle hésita une seconde ou deux ; ou du moins il se figura qu'elle hésitait ; puis elle dit :

– Mais oui.

– Et qu'est-ce qu'il est devenu, ce portrait ?

Elle aurait pu encore répondre plus vite :

– Ce portrait... attends... je ne sais pas trop... Peut-être que je l'ai dans mon secrétaire.

– Tu serais bien aimable de le retrouver.

– Oui, je chercherai. Pourquoi le veux-tu ?

– Oh ! ce n'est pas pour moi. J'ai songé qu'il serait tout naturel de le donner à Jean, et que cela ferait plaisir à mon frère.

– Oui, tu as raison, c'est une bonne pensée. Je vais le chercher dès que je serai levée.

Et il sortit.

C'était un jour bleu, sans un souffle d'air. Les gens dans la rue semblaient gais, les commerçants allant à leurs affaires, les employés allant à leur bureau, les jeunes filles allant à leur magasin. Quelques-uns chantonnaient, mis en joie par la clarté.

Sur le bateau de Trouville les passagers montaient déjà. Pierre s'assit, tout à l'arrière, sur un banc de bois.

Il se demandait :

– A-t-elle été inquiétée par ma question sur le portrait, ou seulement surprise ? L'a-t-elle égaré ou caché ? Sait-elle où il est, ou bien ne sait-elle pas ? Si elle l'a caché, pourquoi ?

Et son esprit, suivant toujours la même marche, de déduction en déduction, conclut ceci :

Le portrait, portrait d'ami, portrait d'amant, était resté dans le salon bien en vue, jusqu'au jour où la femme, où la mère s'était aperçue, la première, avant tout le monde, que ce portrait ressemblait à son fils. Sans doute, depuis longtemps, elle épiait cette ressemblance ; puis, l'ayant découverte, l'ayant vue naître et comprenant que chacun pourrait, un jour ou l'autre, l'apercevoir aussi, elle avait enlevé, un soir, la petite peinture redoutable et l'avait cachée, n'osant pas la détruire.

Et Pierre se rappelait fort bien maintenant que cette miniature avait disparu longtemps, longtemps avant leur départ de Paris ! Elle avait disparu, croyait-il, quand la barbe de Jean, se mettant à pousser, l'avait rendu tout à coup pareil au jeune homme blond qui souriait dans le cadre.

Le mouvement du bateau qui partait troubla sa pensée et la dispersa ! Alors, s'étant levé, il regarda la mer.

Le petit paquebot sortit des jetées, tourna à gauche et soufflant, haletant, frémissant, s'en alla vers la côte lointaine qu'on apercevait dans la brume matinale. De place en place la voile rouge d'un lourd bateau de pêche immobile sur la mer plate avait l'air d'un gros rocher sortant de l'eau. Et la Seine descendant de Rouen semblait un large bras de mer séparant deux terres voisines.

En moins d'une heure on parvint au port de Trouville, et comme c'était le moment du bain, Pierre se rendit sur la plage.

De loin, elle avait l'air d'un long jardin plein de fleurs éclatantes. Sur la grande dune de sable jaune, depuis la jetée jusqu'aux Roches-Noires[1], les ombrelles de toutes les couleurs, les chapeaux de toutes les formes, les toilettes de toutes les nuances, par groupes devant les cabines, par lignes le long du flot ou dispersés çà et là, ressemblaient vraiment à des bouquets énormes dans une prairie

---

1. *Les Roches-Noires* : site qui délimite la plage de Trouville vers le nord-est.

démesurée. Et le bruit confus, proche et lointain des voix égrenées dans l'air léger, les appels, les cris d'enfants qu'on baigne, les rires clairs des femmes faisaient une rumeur continue et douce, mêlée à la brise insensible et qu'on aspirait avec elle.

Pierre marchait au milieu de ces gens, plus perdu, plus séparé d'eux, plus isolé, plus noyé dans sa pensée torturante, que si on l'avait jeté à la mer du pont d'un navire, à cent lieues au large. Il les frôlait, entendait, sans écouter, quelques phrases ; et il voyait, sans regarder, les hommes parler aux femmes et les femmes sourire aux hommes.

Mais tout à coup, comme s'il s'éveillait, il les aperçut distinctement ; et une haine surgit en lui contre eux, car ils semblaient heureux et contents.

Il allait maintenant frôlant les groupes, tournant autour, saisi par des pensées nouvelles. Toutes ces toilettes multicolores qui couvraient le sable comme un bouquet, ces étoffes jolies, ces ombrelles voyantes, la grâce factice des tailles emprisonnées, toutes ces inventions ingénieuses de la mode depuis la chaussure mignonne jusqu'au chapeau extravagant, la séduction du geste, de la voix et du sourire, la coquetterie enfin étalée sur cette plage lui apparaissaient soudain comme une immense floraison de la perversité féminine. Toutes ces femmes parées voulaient plaire, séduire, et tenter quelqu'un. Elles s'étaient faites belles pour les hommes, pour tous les hommes, excepté pour l'époux qu'elles n'avaient plus besoin de conquérir. Elles s'étaient faites belles pour l'amant d'aujourd'hui et l'amant de demain, pour l'inconnu rencontré, remarqué, attendu peut-être.

Et ces hommes, assis près d'elles, les yeux dans les yeux, parlant la bouche près de la bouche, les appelaient et les désiraient, les chassaient comme un gibier souple et fuyant, bien qu'il semblât si proche et si facile. Cette vaste plage n'était donc qu'une halle d'amour où les unes se vendaient, les autres se donnaient, celles-ci marchandaient leurs caresses et celles-là se promettaient seulement. Toutes ces femmes ne pensaient qu'à la même chose, offrir et faire désirer leur chair déjà donnée, déjà vendue, déjà promise à d'autres hommes. Et il songea que sur la terre entière c'était toujours la même chose.

Sa mère avait fait comme les autres, voilà tout ! Comme les autres ? – non ! Il existait des exceptions, et beaucoup, beaucoup ! Celles qu'il voyait autour de lui, des riches, des folles, des chercheuses d'amour, appartenaient en somme à la galanterie élégante et mondaine ou même à la galanterie tarifée, car on ne rencontrait pas sur les plages piétinées par la légion des désœuvrées, le peuple des honnêtes femmes enfermées dans la maison close [1].

La mer montait, chassant peu à peu vers la ville les premières lignes des baigneurs. On voyait les groupes se lever vivement et fuir, en emportant leurs sièges, devant le flot jaune qui s'en venait frangé d'une petite dentelle d'écume. Les cabines roulantes, attelées d'un cheval, remontaient aussi ; et sur les planches de la promenade, qui borde la plage d'un bout à l'autre, c'était maintenant une coulée continue, épaisse et lente, de foule élégante, formant deux courants contraires qui se coudoyaient et se mêlaient. Pierre, nerveux, exaspéré par ce frôlement, s'enfuit, s'enfonça dans la ville et s'arrêta pour déjeuner chez un simple marchand de vins, à l'entrée des champs.

Quand il eut pris son café, il s'étendit sur deux chaises devant la porte, et comme il n'avait guère dormi cette nuit-là, il s'assoupit à l'ombre d'un tilleul.

Après quelques heures de repos, s'étant secoué, il s'aperçut qu'il était temps de revenir pour reprendre le bateau, et il se mit en route, accablé par une courbature subite tombée sur lui pendant son assoupissement. Maintenant il voulait rentrer, il voulait savoir si sa mère avait retrouvé le portrait de Maréchal. En parlerait-elle la première, ou faudrait-il qu'il le demandât de nouveau ? Certes si elle attendait qu'on l'interrogeât encore, elle avait une raison secrète de ne point montrer ce portrait.

Mais lorsqu'il fut rentré dans sa chambre, il hésita à descendre pour le dîner. Il souffrait trop. Son cœur soulevé n'avait pas encore eu le temps de s'apaiser. Il se

---

1. Pour l'interprétation de ce lapsus, voir notre Présentation, p. 31.

décida pourtant, et il parut dans la salle à manger comme on se mettait à table.

Un air de joie animait les visages.

– Eh bien ! dit Roland, ça avance-t-il, vos achats ? Moi, je ne veux rien voir avant que tout soit installé.

Sa femme répondit :

– Mais oui, ça va. Seulement il faut longtemps réfléchir pour ne pas commettre d'impair. La question du mobilier nous préoccupe beaucoup.

Elle avait passé la journée à visiter avec Jean des boutiques de tapissiers et des magasins d'ameublement. Elle voulait des étoffes riches, un peu pompeuses, pour frapper l'œil. Son fils, au contraire, désirait quelque chose de simple et de distingué. Alors, devant tous les échantillons proposés ils avaient répété, l'un et l'autre, leurs arguments. Elle prétendait que le client, le plaideur a besoin d'être impressionné, qu'il doit ressentir, en entrant dans le salon d'attente, l'émotion de la richesse.

Jean au contraire, désirant n'attirer que la clientèle élégante et opulente, voulait conquérir l'esprit des gens fins par son goût modeste et sûr.

Et la discussion, qui avait duré toute la journée, reprit dès le potage.

Roland n'avait pas d'opinion. Il répétait :

– Moi, je ne veux entendre parler de rien. J'irai voir quand ce sera fini.

Mme Roland fit appel au jugement de son fils aîné :

– Voyons, toi, Pierre, qu'en penses-tu ?

Il avait les nerfs tellement surexcités qu'il eut envie de répondre par un juron. Il dit cependant sur un ton sec, où vibrait son irritation :

– Oh ! moi, je suis tout à fait de l'avis de Jean. Je n'aime que la simplicité, qui est, quand il s'agit de goût, comparable à la droiture quand il s'agit de caractère.

Sa mère reprit :

– Songe que nous habitons une ville de commerçants, où le bon goût ne court pas les rues.

Pierre répondit :

– Et qu'importe ? Est-ce une raison pour imiter les sots ? Si mes compatriotes sont bêtes ou malhonnêtes, ai-je besoin de suivre leur exemple ? Une femme ne commettra pas une faute pour cette raison que ses voisines ont des amants.

Jean se mit à rire :

– Tu as des arguments par comparaison qui semblent pris dans les maximes d'un moraliste.

Pierre ne répliqua point. Sa mère et son frère recommencèrent à parler d'étoffes et de fauteuils.

Il les regardait comme il avait regardé sa mère, le matin, avant de partir pour Trouville ; il les regardait en étranger qui observe, et il se croyait en effet entré tout à coup dans une famille inconnue.

Son père, surtout, étonnait son œil et sa pensée. Ce gros homme flasque, content et niais, c'était son père, à lui ! Non, non, Jean ne lui ressemblait en rien.

Sa famille ! Depuis deux jours une main inconnue et malfaisante, la main d'un mort, avait arraché et cassé, un à un, tous les liens qui tenaient l'un à l'autre ces quatre êtres. C'était fini, c'était brisé. Plus de mère, car il ne pourrait plus la chérir, ne la pouvant vénérer avec ce respect absolu, tendre et pieux, dont a besoin le cœur des fils ; plus de frère, puisque ce frère était l'enfant d'un étranger ; il ne lui restait qu'un père, ce gros homme, qu'il n'aimait pas, malgré lui.

Et tout à coup :

– Dis donc, maman, as-tu retrouvé ce portrait ?

Elle ouvrit des yeux surpris :

– Quel portrait ?

Le portrait de Maréchal.

– Non... c'est-à-dire oui... je ne l'ai pas retrouvé, mais je crois savoir où il est.

– Quoi donc ? demanda Roland.

Pierre lui dit :

– Un petit portrait de Maréchal qui était autrefois dans notre salon à Paris. J'ai pensé que Jean serait content de le posséder.

Roland s'écria :

– Mais oui, mais oui, je m'en souviens parfaitement ; je l'ai même vu encore à la fin de l'autre semaine. Ta mère l'avait tiré de son secrétaire en rangeant ses papiers. C'était jeudi ou vendredi. Tu te rappelles bien, Louise ? J'étais en train de me raser quand tu l'as pris dans un tiroir et posé sur une chaise à côté de toi, avec un tas de lettres dont tu as brûlé la moitié. Hein ? est-ce drôle que tu aies touché à ce portrait deux ou trois jours à peine avant l'héritage de Jean ? Si je croyais aux pressentiments, je dirais que c'en est un !

Mme Roland répondit avec tranquillité :

– Oui, oui, je sais où il est ; j'irai le chercher tout à l'heure.

Donc elle avait menti ! Elle avait menti en répondant, ce matin-là même, à son fils qui lui demandait ce qu'était devenue cette miniature : « Je ne sais pas trop... peut-être que je l'ai dans mon secrétaire. »

Elle l'avait vue, touchée, maniée, contemplée quelques jours auparavant, puis elle l'avait recachée dans le tiroir secret, avec des lettres, ses lettres à lui.

Pierre regardait sa mère, qui avait menti ! Il la regardait avec une colère exaspérée de fils trompé, volé dans son affection sacrée, et avec^b une jalousie d'homme longtemps aveugle qui découvre enfin une trahison honteuse. S'il avait été le mari de cette femme, lui, son enfant, il l'aurait saisie par les poignets, par les épaules ou par les cheveux, et jetée à terre, frappée, meurtrie, écrasée ! Et il ne pouvait rien dire, rien faire, rien montrer, rien révéler. Il était son fils, il n'avait rien à venger, lui, on ne l'avait pas trompé.

Mais oui, elle l'avait trompé dans sa tendresse, trompé dans son pieux respect. Elle se devait à lui irréprochable, comme se doivent toutes les mères à leurs enfants. Si la fureur dont il était soulevé arrivait presque à de la haine, c'est qu'il la sentait plus criminelle envers lui qu'envers son père lui-même.

L'amour de l'homme et de la femme est un pacte volontaire où celui qui faiblit n'est coupable que de perfidie ; mais quand la femme est devenue mère, son devoir a

grandi puisque la nature lui confie une race. Si elle suc-
combe alors, elle est lâche, indigne et infâme !

– C'est égal, dit tout à coup Roland en allongeant ses
jambes sous la table, comme il faisait chaque soir pour
siroter son verre de cassis, ça ^c n'est pas mauvais de vivre
à rien faire quand on a une petite aisance. J'espère que
Jean nous offrira des dîners extra, maintenant. Ma foi,
tant pis si j'attrape quelquefois mal à l'estomac.

Puis se tournant vers sa femme :

– Va donc chercher ce portrait, ma chatte, puisque tu
as fini de manger. Ça me fera plaisir aussi de le revoir.

Elle se leva, prit une bougie et sortit. Puis, après une
absence qui parut longue à Pierre, bien qu'elle n'eût pas
duré trois minutes, Mme Roland rentra, souriante, et
tenant par l'anneau un cadre doré de forme ancienne.

– Voilà, dit-elle, je l'ai retrouvé presque tout de suite.

Le docteur, le premier, avait tendu la main. Il reçut le
portrait, et, d'un peu loin, à bout de bras, l'examina. Puis,
sentant bien que sa mère le regardait, il leva lentement les
yeux sur son frère, pour comparer. Il faillit dire, emporté
par sa violence : « Tiens, cela ressemble à Jean. » S'il n'osa
pas prononcer ces redoutables paroles, il manifesta sa
pensée par la façon dont il comparait la figure vivante à
la figure peinte.

Elles avaient, certes, des signes communs : la même
barbe et le même front, mais rien d'assez précis pour permettre de déclarer : « Voilà le père, et voilà le fils. » C'était
plutôt un air de famille, une parenté de physionomies
qu'anime le même sang. Or, ce qui fut pour Pierre plus
décisif encore que cette allure des visages, c'est que sa
mère s'était levée, avait tourné le dos et feignait d'enfermer, avec trop de lenteur, le sucre et le cassis dans un
placard.

Elle avait compris qu'il savait, ou du moins qu'il soupçonnait !

– Passe-moi donc ça, disait Roland.

Pierre tendit la miniature et son père attira la bougie
pour bien voir ; puis il murmura d'une voix attendrie :

– Pauvre garçon ! dire qu'il était comme ça quand nous l'avons connu. Cristi ! comme ça va vite ! Il était joli homme, tout de même, à cette époque, et si plaisant de manière, n'est-ce pas, Louise ?

Comme sa femme ne répondait pas, il reprit :

– Et quel caractère égal ! Je ne lui ai jamais vu de mauvaise humeur. Voilà, c'est fini, il n'en reste plus rien... que ce qu'il a laissé à Jean. Enfin, on pourra jurer que celui-là s'est montré bon ami et fidèle jusqu'au bout. Même en mourant il ne nous a pas oubliés.

Jean, à son tour, tendit le bras pour prendre le portrait. Il le contempla quelques instants, puis, avec regret :

– Moi, je ne le reconnais pas du tout. Je ne me le rappelle qu'avec ses cheveux blancs.

Et il rendit la miniature à sa mère. Elle y jeta un regard rapide, vite détourné, qui semblait craintif ; puis de sa voix naturelle :

– Cela t'appartient maintenant, mon Jeannot, puisque tu es son héritier. Nous le porterons dans ton nouvel appartement.

Et comme on entrait au salon, elle posa la miniature sur la cheminée, près de la pendule, où elle était autrefois.

Roland bourrait sa pipe, Pierre et Jean allumèrent des cigarettes. Ils les fumaient ordinairement l'un en marchant à travers la pièce, l'autre assis, enfoncé dans un fauteuil, et les jambes croisées. Le père se mettait toujours à cheval sur une chaise et crachait de loin dans la cheminée.

Mme Roland, sur un siège bas, près d'une petite table qui portait la lampe, brodait, tricotait ou marquait du linge.

Elle commençait, ce soir-là, une tapisserie destinée à la chambre de Jean. C'était un travail difficile et compliqué dont le début exigeait toute son attention. De temps en temps cependant son œil qui comptait les points se levait et allait, prompt et furtif, vers le petit portrait du mort appuyé contre la pendule. Et le docteur qui traversait l'étroit salon en quatre ou cinq enjambées, les mains derrière le dos et la cigarette aux lèvres, rencontrait chaque fois le regard de sa mère.

On eût dit qu'ils s'épiaient, qu'une lutte venait de se déclarer entre eux ; et un malaise douloureux, un malaise insoutenable crispait le cœur de Pierre. Il se disait, torturé et satisfait pourtant : « Doit-elle souffrir en ce moment, si elle sait que je l'ai devinée ! » Et à chaque retour vers le foyer, il s'arrêtait quelques secondes à contempler le visage blond de Maréchal, pour bien montrer qu'une idée fixe le hantait. Et ce petit portrait, moins grand qu'une main ouverte, semblait une personne vivante, méchante, redoutable, entrée soudain dans cette maison et dans cette famille.

Tout à coup la sonnette de la rue tinta. Mme Roland, toujours si calme, eut un sursaut qui révéla le trouble de ses nerfs au docteur.

Puis elle dit : « Ça doit être Mme Rosémilly. » Et son œil anxieux encore une fois se leva vers la cheminée.

Pierre comprit, ou crut comprendre sa terreur et son angoisse. Le regard des femmes est perçant, leur esprit agile, et leur pensée soupçonneuse. Quand celle qui allait entrer apercevrait cette miniature inconnue, du premier coup, peut-être, elle découvrirait la ressemblance entre cette figure et celle de Jean. Alors elle saurait et comprendrait tout ! Il eut peur, une peur brusque et horrible que cette honte fût dévoilée, et se retournant, comme la porte s'ouvrait, il prit la petite peinture et la glissa sous la pendule sans que son père et son frère l'eussent vu.

Rencontrant de nouveau les yeux de sa mère, ils lui parurent changés, troubles et hagards.

– Bonjour, disait Mme Rosémilly, je viens boire avec vous une tasse de thé.

Mais pendant qu'on s'agitait autour d'elle pour s'informer de sa santé, Pierre disparut par la porte restée ouverte.

Quand on s'aperçut de son départ, on s'étonna. Jean, mécontent à cause de la jeune veuve qu'il craignait blessée, murmurait :

– Quel ours !

Mme Roland répondit :

– Il ne faut pas lui en vouloir, il est un peu malade aujourd'hui et fatigué d'ailleurs de sa promenade à Trouville.

– N'importe, reprit Roland, ce n'est pas une raison pour s'en aller comme un sauvage.

Mme Rosémilly voulut arranger les choses en affirmant :

– Mais non, mais non, il est parti à l'anglaise ; on se sauve toujours ainsi dans le monde quand on s'en va de bonne heure.

– Oh ! répondit Jean, dans le monde c'est possible, mais on ne traite pas sa famille à l'anglaise, et mon frère ne fait que cela, depuis quelque temps.

Rien ne survint chez les Roland pendant une semaine ou deux. Le père pêchait, Jean s'installait aidé de sa mère, Pierre, très sombre, ne paraissait plus qu'aux heures des repas.

Son père lui ayant demandé un soir :

– Pourquoi diable nous fais-tu une figure d'enterrement ? Ça n'est pas d'aujourd'hui que je le remarque !

Le docteur répondit :

– C'est que je sens terriblement le poids de la vie.

Le bonhomme n'y comprit rien et, d'un air désolé :

– Vraiment c'est trop fort. Depuis que nous avons eu le bonheur de cet héritage, tout le monde semble malheureux. C'est comme s'il nous était arrivé un accident, comme si nous pleurions quelqu'un !

– Je pleure quelqu'un en effet, dit Pierre.

– Toi ? Qui donc ?

– Oh ! quelqu'un que tu n'as pas connu, et que j'aimais trop.

Roland s'imagina qu'il s'agissait d'une amourette, d'une personne légère courtisée par son fils, et il demanda :

– Une femme, sans doute ?

– Oui, une femme.

– Morte ?

– Non, c'est pis, perdue.

– Ah !

Bien qu'il s'étonnât de cette confidence imprévue, faite devant sa femme, et du ton bizarre de son fils, le vieux n'insista point, car il estimait que ces choses-là ne regardent pas les tiers.

Mme Roland semblait n'avoir point entendu ; elle paraissait malade, étant très pâle. Plusieurs fois déjà son mari, surpris de la voir s'asseoir comme si elle tombait sur son siège, de l'entendre souffler comme si elle ne pouvait plus respirer, lui avait dit :

— Vraiment, Louise, tu as mauvaise mine, tu te fatigues trop sans doute à installer Jean ! Repose-toi un peu, sacristi ! Il n'est pas pressé, le gaillard, puisqu'il est riche.

Elle remuait la tête sans répondre.

Sa pâleur, ce jour-là, devint si grande que Roland, de nouveau, la remarqua.

— Allons, dit-il, ça ne va pas du tout, ma pauvre vieille, il faut te soigner.

Puis se tournant vers son fils :

— Tu le vois bien, toi, qu'elle est souffrante, ta mère. L'as-tu examinée, au moins ?

Pierre répondit :

— Non, je ne m'étais pas aperçu qu'elle eût quelque chose.

Alors Roland se fâcha :

— Mais ça crève les yeux, nom d'un chien ! À quoi ça te sert-il d'être docteur alors, si tu ne t'aperçois même pas que ta mère est indisposée ? Mais regarde-la, tiens, regarde-la. Non, vrai, on pourrait crever, ce médecin-là ne s'en douterait pas !

Mme Roland s'était mise à haleter, si blême que son mari s'écria[a] :

— Mais elle va se trouver mal.

— Non... non... ce n'est rien... ça va passer... ce n'est rien.

Pierre s'était approché, et la regardant fixement :

— Voyons, qu'est-ce que tu as ? dit-il.

Elle répétait, d'une voix basse, précipitée :

— Mais rien... rien... je t'assure... rien.

Roland était parti chercher du vinaigre ; il rentra, et tendant la bouteille à son fils :

— Tiens... mais soulage-la donc, toi. As-tu tâté son cœur, au moins ?

Comme Pierre se penchait pour prendre son pouls, elle retira sa main d'un mouvement si brusque qu'elle heurta une chaise voisine.

– Allons, dit-il d'une voix froide, laisse-toi soigner puisque tu es malade.

Alors elle souleva et lui tendit son bras. Elle avait la peau brûlante, les battements du sang tumultueux et saccadés. Il murmura :

– En effet, c'est assez sérieux. Il faudra prendre des calmants. Je vais te faire une ordonnance.

Et comme il écrivait, courbé sur son papier, un bruit léger de soupirs pressés, de suffocation, de souffles courts et retenus, le fit se retourner soudain.

Elle pleurait, les deux mains sur la face.

Roland, éperdu, demandait :

– Louise, Louise, qu'est-ce que tu as ? mais qu'est-ce que tu as donc ?

Elle ne répondait pas et semblait déchirée par un chagrin horrible et profond.

Son mari voulut prendre ses mains et les ôter de son visage. Elle résista, répétant :

– Non, non, non.

Il se tourna vers son fils.

– Mais qu'est-ce qu'elle a ? Je ne l'ai jamais vue ainsi.

– Ce n'est rien, dit Pierre, une petite crise de nerfs.

Et il lui semblait que son cœur à lui se soulageait à la voir ainsi torturée, que cette douleur allégeait son ressentiment, diminuait la dette d'opprobre de sa mère. Il la contemplait comme un juge satisfait de sa besogne.

Mais[b] soudain elle se leva, se jeta vers la porte, d'un élan si brusque qu'on ne put ni le prévoir ni l'arrêter ; et elle courut s'enfermer dans sa chambre.

Roland et le docteur demeurèrent face à face.

– Est-ce que tu y comprends quelque chose ? dit l'un.

– Oui, répondit l'autre, cela vient d'un simple petit malaise nerveux qui se déclare souvent à l'âge de maman. Il est probable qu'elle aura encore beaucoup de crises comme celle-là.

Elle en eut d'autres en effet, presque chaque jour, et que Pierre semblait provoquer d'une parole, comme s'il avait eu le secret de son mal étrange et inconnu. Il guettait sur sa figure les intermittences de repos, et, avec des ruses de tortionnaire, réveillait par un seul mot la douleur un instant calmée.

Et il souffrait autant qu'elle, lui ! Il souffrait affreusement de ne plus l'aimer, de ne plus la respecter et de la torturer. Quand il avait bien avivé la plaie saignante, ouverte par lui dans ce cœur de femme et de mère, quand il sentait combien elle était misérable et désespérée, il s'en allait seul, par la ville, si tenaillé par les remords, si meurtri par la pitié, si désolé de l'avoir ainsi broyée sous son mépris de fils, qu'il avait envie de se jeter à la mer, de se noyer pour en finir.

Oh ! comme il aurait voulu pardonner, maintenant ! mais il ne le pouvait point, étant incapable d'oublier. Si seulement il avait pu ne pas la faire souffrir ; mais il ne le pouvait pas non plus, souffrant toujours lui-même. Il rentrait aux heures des repas, plein de résolutions attendries, puis dès qu'il l'apercevait, dès qu'il voyait son œil, autrefois si droit et si franc, et fuyant à présent, craintif, éperdu, il frappait malgré lui, ne pouvant garder la phrase perfide qui lui montait aux lèvres.

L'infâme secret, connu d'eux seuls, l'aiguillonnait contre elle. C'était un venin qu'il portait à présent dans les veines et qui lui donnait des envies de mordre à la façon d'un chien enragé.

Rien ne le gênait plus pour la déchirer sans cesse, car Jean habitait maintenant presque tout à fait son nouvel appartement, et il revenait seulement pour dîner et pour coucher, chaque soir, dans sa famille.

Il s'apercevait souvent des amertumes et des violences de son frère, qu'il attribuait à la jalousie. Il se promettait bien de le remettre à sa place, et de lui donner une leçon un jour ou l'autre, car la vie de famille devenait fort pénible à la suite de ces scènes continuelles. Mais comme il vivait à part maintenant, il souffrait moins de ces brutalités ; et son amour de la tranquillité le poussait à la patience. La fortune, d'ailleurs, l'avait grisé, et sa pensée ne s'arrêtait plus guère qu'aux choses ayant pour lui un intérêt direct. Il arrivait, l'esprit plein de petits soucis nouveaux, préoccupé de la coupe d'une jaquette, de la forme d'un chapeau de feutre, de la grandeur convenable pour des cartes de visite. Et il parlait avec persistance de tous les détails de sa maison, de planches posées dans le placard de sa chambre pour serrer le linge, de portemanteaux installés dans le vestibule, de sonneries électriques [1] disposées pour prévenir toute pénétration clandestine dans le logis.

Il avait été décidé qu'à l'occasion de son installation, on ferait une partie de campagne à Saint-Jouin, et qu'on reviendrait prendre le thé, chez lui, après dîner. Roland voulait aller par mer, mais la distance et l'incertitude où l'on était d'arriver par cette voie, si le vent contraire soufflait, firent repousser son avis, et un break [2] fut loué pour cette excursion.

On partit vers dix heures afin d'arriver pour le déjeuner. La grand-route poudreuse se déployait à travers la campagne normande que les ondulations des plaines et les fermes entourées d'arbres font ressembler à un parc sans fin. Dans la voiture emportée au trot lent de deux gros chevaux, la famille Roland, Mme Rosémilly et le capitaine Beausire se taisaient, assourdis par le bruit des roues, et fermaient les yeux dans un nuage de poussière.

C'était l'époque des récoltes mûres. À côté des trèfles d'un vert sombre, et des betteraves d'un vert cru, les blés jaunes éclairaient la campagne d'une lueur dorée et blonde. Ils semblaient avoir bu la lumière du soleil tombée sur eux. On commençait à moissonner par places, et dans les champs attaqués par les faux on voyait les hommes se balancer en promenant au ras du sol leur grande lame en forme d'aile.

Après deux heures de marche, le break prit un chemin à gauche, passa près d'un moulin à vent qui tournait, mélancolique épave grise, à moitié pourrie et condamnée,

---

1. L'usage des sonnettes, fonctionnant à l'électricité voltaïque, est antérieur à celui de l'éclairage électrique. Comme on le verra au chapitre VII, l'appartement de Jean est éclairé avec des lampes et des bougies.
2. *Break* : voiture découverte, à quatre roues.

dernier survivant des vieux moulins, puis il entra dans une jolie cour et s'arrêta devant une maison coquette, auberge célèbre dans le pays.

La patronne, qu'on appelle la belle Alphonsine [1], s'en vint, souriante, sur sa porte, et tendit la main aux deux dames qui hésitaient devant le marchepied trop haut.

Sous une tente, au bord de l'herbage ombragé de pommiers, des étrangers déjeunaient déjà, des Parisiens venus d'Étretat ; et on entendait dans l'intérieur de la maison des voix, des rires et des bruits de vaisselle.

On dut manger dans une chambre, toutes les salles étant pleines. Soudain Roland aperçut contre la muraille des filets à salicoques [2].

– Ah ! ah ! cria-t-il, on pêche du bouquet ici ?

– Oui, répondit Beausire, c'est même l'endroit où on en prend le plus de toute la côte.

– Bigre ! si nous y allions après déjeuner ?

Il se trouvait justement que la marée était basse à trois heures ; et on décida que tout le monde passerait l'après-midi dans les rochers, à chercher des salicoques.

On mangea peu, pour éviter l'afflux de sang à la tête quand on aurait les pieds dans l'eau. On voulait d'ailleurs se réserver pour le dîner, qui fut commandé magnifique et qui devait être prêt dès six heures, quand on rentrerait.

Roland ne se tenait pas d'impatience. Il voulait acheter les engins spéciaux employés pour cette pêche, et qui ressemblent beaucoup à ceux dont on se sert pour attraper des papillons dans les prairies.

On les nomme lanets [3]. Ce sont de petites poches en filet attachées sur un cercle de bois, au bout d'un long bâton. Alphonsine, souriant toujours, les lui prêta. Puis elle aida les deux femmes à faire une toilette improvisée

1. L'aubergiste de Saint-Jouin, dont la réputation dépassait la Normandie, s'appelait en réalité « la belle Ernestine ». Maupassant lui a consacré une chronique dans le *Gil Blas*, le 1er août 1882.

2. *Salicoques* : crevettes grises ou roses (nom utilisé en Bretagne et en Normandie).

3. *Lanet* est un terme rare, en effet – le *Trésor de la langue française* l'ignore –, c'est pourquoi Maupassant tient à l'expliquer.

pour ne point mouiller leurs robes. Elle offrit des jupes, de gros bas de laine et des espadrilles. Les hommes ôtèrent leurs chaussettes et achetèrent chez le cordonnier du lieu des savates et des sabots.

Puis on se mit en route, le lanet sur l'épaule et la hotte sur le dos. Mme Rosémilly, dans ce costume, était tout à fait gentille, d'une gentillesse imprévue, paysanne et hardie.

La jupe prêtée par Alphonsine, coquettement relevée et fermée par un point de couture afin de pouvoir courir et sauter sans peur dans les roches, montrait la cheville et le bas du mollet, un ferme mollet de petite femme souple et forte. La taille était libre pour laisser aux mouvements leur aisance ; et elle avait trouvé, pour se couvrir la tête, un immense chapeau de jardinier, en paille jaune, aux bords démesurés, à qui une branche de tamaris, tenant un côté retroussé, donnait un air mousquetaire et crâne.

Jean, depuis son héritage, se demandait tous les jours s'il l'épouserait ou non. Chaque fois qu'il la revoyait, il se sentait décidé à en faire sa femme, puis, dès qu'il se trouvait seul, il songeait qu'en attendant on a le temps de réfléchir. Elle était moins riche que lui maintenant, car elle ne possédait qu'une douzaine de mille francs de revenu, mais en biens-fonds, en fermes et en terrains dans Le Havre, sur les bassins ; et cela, plus tard, pouvait valoir une grosse somme [1]. La fortune était donc à peu près équivalente, et la jeune veuve assurément lui plaisait beaucoup.

En la regardant marcher devant lui ce jour-là, il pensait : « Allons, il faut que je me décide. Certes, je ne trouverai pas mieux. »

Ils suivirent un petit vallon en pente, descendant du village vers la falaise ; et la falaise, au bout de ce vallon, dominait la mer de quatre-vingts mètres. Dans l'encadrement des côtes vertes, s'abaissant à droite et à gauche,

---

1. Le Havre, en effet, est en pleine expansion. À cela s'ajoute qu'aux yeux des classes moyennes de l'époque, les terres et l'immobilier constituaient des investissements plus sûrs encore que les obligations.

un grand triangle d'eau, d'un bleu d'argent sous le soleil, apparaissait au loin, et une voile, à peine visible, avait l'air d'un insecte là-bas. Le ciel plein de lumière se mêlait tellement à l'eau qu'on ne distinguait point du tout où finissait l'un et où commençait l'autre ; et les deux femmes, qui précédaient les trois hommes [1], dessinaient sur cet horizon clair leurs tailles serrées dans leurs corsages.

Jean, l'œil allumé, regardait fuir devant lui la cheville mince, la jambe fine, la hanche souple et le grand chapeau provocant de Mme Rosémilly. Et cette fuite activait son désir, le poussait aux résolutions décisives que prennent brusquement les hésitants et les timides. L'air tiède, où se mêlait à l'odeur des côtes, des ajoncs, des trèfles et des herbes, la senteur marine des roches découvertes, l'animait encore en le grisant doucement, et il se décidait un peu plus à chaque pas, à chaque seconde, à chaque regard jeté sur la silhouette alerte de la jeune femme ; il se décidait à ne plus hésiter, à lui dire qu'il l'aimait et qu'il désirait l'épouser. La pêche lui servirait, facilitant leur tête-à-tête ; et ce serait en outre un joli cadre, un joli endroit pour parler d'amour, les pieds dans un bassin d'eau limpide, en regardant fuir sous les varechs les longues barbes des crevettes.

Quand ils arrivèrent au bout du vallon, au bord de l'abîme, ils aperçurent un petit sentier qui descendait le long de la falaise, et sous eux, entre la mer et le pied de la montagne, à mi-côte à peu près, un surprenant chaos de rochers énormes, écroulés, renversés, entassés les uns sur les autres dans une espèce de plaine herbeuse et mouvementée qui courait à perte de vue vers le sud, formée par les éboulements anciens. Sur cette longue bande de broussailles et de gazon secouée, eût-on dit, par des sursauts de volcan, les rocs tombés semblaient les ruines d'une grande cité disparue qui regardait autrefois

---

1. Erreur de Maupassant : il y a quatre hommes.

l'Océan, dominée elle-même par la muraille blanche et sans fin de la falaise[1].

— Ça, c'est beau, dit en s'arrêtant Mme Rosémilly.

Jean l'avait rejointe, et, le cœur ému, lui offrait la main pour descendre l'étroit escalier taillé dans la roche.

Ils partirent en avant, tandis que Beausire, se raidissant sur ses courtes jambes, tendait son bras replié à Mme Roland étourdie par le vide.

Roland et Pierre venaient les derniers, et le docteur dut traîner son père, tellement troublé par le vertige, qu'il se laissait glisser, de marche en marche, sur son derrière.

Les jeunes gens, qui dévalaient en tête, allaient vite, et soudain ils aperçurent à côté d'un banc de bois qui marquait un repos vers le milieu de la valeuse[2], un filet d'eau claire jaillissant d'un petit trou de la falaise. Il se répandait d'abord en un bassin grand comme une cuvette qu'il s'était creusé lui-même, puis tombant en cascade haute de deux pieds à peine, il s'enfuyait à travers le sentier, où avait poussé un tapis de cresson, puis disparaissait dans les ronces et les herbes, à travers la plaine soulevée où s'entassaient les éboulements.

— Oh ! que j'ai soif, s'écria Mme Rosémilly.

Mais comment boire ? Elle essayait de recueillir dans le fond de sa main l'eau qui lui fuyait à travers les doigts. Jean eut une idée, mit une pierre dans le chemin ; et elle s'agenouilla dessus afin de puiser à la source même avec ses lèvres qui se trouvaient ainsi à la même hauteur.

Quand elle releva sa tête, couverte de gouttelettes brillantes semées par milliers sur la peau, sur les cheveux, sur les cils, sur le corsage, Jean penché vers elle murmura :

---

1. Le même paysage est décrit dans « La belle Ernestine », art. cité : « En sortant de chez Ernestine, on va voir la falaise de Saint-Jouin, la plus magnifique de côte. / Ce n'est plus la muraille droite et blanche d'Étretat, mais un chaos étrange de roches éboulées, les unes accumulées comme des ruines de châteaux anciens, les autres gisant çà et là au milieu d'herbes hautes où bouillonnent des sources. »

2. *Valeuse* : forme dialectale de *valleuse*, petite vallée suspendue, aboutissant à la mer et formant entaille dans une falaise (selon le Robert).

– Comme vous êtes jolie !

Elle répondit, sur le ton qu'on prend pour gronder un enfant :

– Voulez-vous bien vous taire ?

C'étaient les premières paroles un peu galantes qu'ils échangeaient.

– Allons, dit Jean fort troublé, sauvons-nous avant qu'on nous rejoigne.

Il apercevait, en effet, tout près d'eux maintenant, le dos du capitaine Beausire qui descendait à reculons afin de soutenir par les deux mains Mme Roland, et, plus haut, plus loin, Roland se laissait toujours glisser, calé sur son fond de culotte en se traînant sur les pieds et sur les coudes avec une allure de tortue, tandis que Pierre le précédait en surveillant ses mouvements.

Le ^d sentier moins escarpé devenait une sorte de chemin en pente contournant les blocs énormes tombés autrefois de la montagne. Mme Rosémilly et Jean se mirent à courir et furent bientôt sur le galet. Ils le traversèrent pour gagner les roches. Elles s'étendaient en une longue et plate surface couverte d'herbes marines et où brillaient d'innombrables flaques d'eau. La mer basse était là-bas, très loin, derrière cette plaine gluante de varechs, d'un vert luisant et noir.

Jean releva son pantalon jusqu'au-dessus du mollet et ses manches jusqu'au coude, afin de se mouiller sans crainte, puis il dit : « En avant ! » et sauta avec résolution dans la première mare rencontrée.

Plus prudente, bien que décidée aussi à entrer dans l'eau tout à l'heure, la jeune femme tournait autour de l'étroit bassin, à pas craintifs, car elle glissait sur les plantes visqueuses.

– Voyez-vous quelque chose ? disait-elle.

– Oui, je vois votre visage qui se reflète dans l'eau.

– Si vous ne voyez que cela, vous n'aurez pas une fameuse pêche.

Il murmura d'une voix tendre :

– Oh ! de toutes les pêches c'est encore celle que je préférerais faire.

Elle riait :

— Essayez donc, vous allez voir comme il passera à travers votre filet.

— Pourtant... si vous vouliez ?

— Je veux vous voir prendre des salicoques... et rien de plus... pour le moment.

— Vous êtes méchante. Allons plus loin, il n'y a rien ici.

Et il lui offrit la main pour marcher sur les rochers gras. Elle s'appuyait un peu craintive, et lui, tout à coup, se sentait envahi par l'amour, soulevé de désirs, affamé d'elle, comme si le mal qui germait en lui avait attendu ce jour-là pour éclore.

Ils arrivèrent bientôt auprès d'une crevasse plus profonde, où flottaient sous l'eau frémissante et coulant vers la mer lointaine par une fissure invisible, des herbes longues, fines, bizarrement colorées, des chevelures roses et vertes, qui semblaient nager.

Mme Rosémilly s'écria :

— Tenez, tenez, j'en vois une, une grosse, une très grosse là-bas !

Il l'aperçut à son tour, et descendit dans le trou résolument, bien qu'il se mouillât jusqu'à la ceinture.

Mais la bête remuant ses longues moustaches reculait doucement devant le filet. Jean la poussait vers les varechs, sûr de l'y prendre. Quand elle se sentit bloquée, elle glissa d'un brusque élan par-dessus le lanet, traversa la mare et disparut.

La jeune femme qui regardait, toute palpitante, cette chasse, ne put retenir ce cri :

– Oh ! maladroit.

Il fut vexé, et d'un mouvement irréfléchi traîna son filet dans un fond plein d'herbes. En le ramenant à la surface de l'eau, il vit dedans trois grosses salicoques transparentes, cueillies à l'aveuglette dans leur cachette invisible.

Il les présenta, triomphant, à Mme Rosémilly qui n'osait point les prendre, par peur de la pointe aiguë et dentelée dont leur tête fine est armée.

Elle s'y décida pourtant, et pinçant entre deux doigts le bout effilé de leur barbe, elle les mit, l'une après l'autre, dans sa hotte, avec un peu de varech qui les conserverait vivantes. Puis ayant trouvé une flaque d'eau moins creuse, elle y entra, à pas hésitants, un peu suffoquée par le froid qui lui saisissait les pieds, et elle se mit à pêcher elle-même. Elle était adroite et rusée, ayant la main souple et le flair de chasseur qu'il fallait. Presque à chaque coup, elle ramenait des bêtes trompées et surprises par la lenteur ingénieuse de sa poursuite.

Jean maintenant ne trouvait rien, mais il la suivait pas à pas, la frôlait, se penchait sur elle, simulait un grand désespoir de sa maladresse, voulait apprendre.

– Oh ! montrez-moi, disait-il, montrez-moi !

Puis, comme leurs deux visages se reflétaient, l'un contre l'autre, dans l'eau si claire dont les plantes noires du fond faisaient une glace limpide, Jean souriait à cette tête voisine qui le regardait d'en bas, et parfois, du bout des doigts, lui jetait un baiser qui semblait tomber dessus.

– Ah ! que vous êtes ennuyeux, disait la jeune femme ; mon cher, il ne faut jamais faire deux choses à la fois.

Il répondit :

– Je n'en fais qu'une. Je vous aime.

Elle se redressa, et d'un ton sérieux :

– Voyons, qu'est-ce qui vous prend depuis dix minutes, avez-vous perdu la tête ?

– Non, je n'ai pas perdu la tête. Je vous aime, et j'ose, enfin, vous le dire.

Ils étaient debout maintenant dans la mare salée qui les mouillait jusqu'aux mollets, et les mains ruisselantes appuyées sur leurs filets, ils se regardaient au fond des yeux.

Elle reprit, d'un ton plaisant et contrarié[e] :

– Que vous êtes malavisé de me parler de ça en ce moment. Ne pouviez-vous attendre un autre jour et ne pas me gâter ma pêche ?

Il murmura :

– Pardon, mais je ne pouvais plus me taire. Je vous aime depuis longtemps. Aujourd'hui vous m'avez grisé à me faire perdre la raison.

Alors, tout à coup, elle sembla en prendre son parti, se résigner à parler d'affaires et à renoncer aux plaisirs.

– Asseyons-nous sur ce rocher, dit-elle, nous pourrons causer tranquillement.

Ils grimpèrent sur le roc un peu haut, et lorsqu'ils y furent installés côte à côte, les pieds pendants, en plein soleil, elle reprit :

– Mon cher ami, vous n'êtes plus un enfant et je ne suis pas une jeune fille. Nous savons fort bien l'un et l'autre de quoi il s'agit, et nous pouvons poser toutes les conséquences de nos actes. Si vous vous décidez aujourd'hui à me déclarer votre amour, je suppose naturellement que vous désirez m'épouser.

Il ne s'attendait guère à cet exposé net de la situation, et il répondit niaisement :

– Mais oui.

– En avez-vous parlé à votre père et à votre mère ?

– Non, je voulais savoir si vous m'accepteriez.

Elle lui tendit sa main encore mouillée, et comme il y mettait la sienne avec élan :

– Moi, je veux bien, dit-elle. Je vous crois bon et loyal. Mais n'oubliez point que je ne voudrais pas déplaire à vos parents.

– Oh ! pensez-vous que ma mère n'a rien prévu et qu'elle vous aimerait comme elle vous aime si elle ne désirait pas un mariage entre nous ?

– C'est vrai, je suis un peu troublée.

Ils se turent. Et il s'étonnait, lui, au contraire, qu'elle fût si peu troublée, si raisonnable. Il s'attendait à des gentillesses galantes, à des refus qui disent oui, à toute une coquette comédie d'amour mêlée à la pêche, dans le clapotement de l'eau ! Et c'était fini, il se sentait lié, marié, en vingt paroles. Ils n'avaient plus rien à se dire puisqu'ils étaient d'accord, et ils demeuraient maintenant un peu embarrassés tous deux de ce qui s'était passé, si vite, entre eux, un peu confus même, n'osant plus parler, n'osant plus pêcher, ne sachant que faire.

La voix de Roland les sauva :

– Par ici, par ici, les enfants. Venez voir Beausire. Il vide la mer, ce gaillard-là.

Le capitaine, en effet, faisait une pêche merveilleuse. Mouillé jusqu'aux reins, il allait de mare en mare, reconnaissant d'un seul coup d'œil les meilleures places, et fouillant, d'un mouvement lent et sûr de son lanet, toutes les cavités cachées sous les varechs.

Et les belles salicoques transparentes, d'un blond gris, frétillaient au fond de sa main quand il les prenait d'un geste sec pour les jeter dans sa hotte.

Mme Rosémilly surprise, ravie, ne le quitta plus, l'imitant de son mieux, oubliant presque sa promesse et Jean qui suivait, rêveur, pour se donner tout entière à cette joie enfantine de ramasser des bêtes sous les herbes flottantes.

Roland s'écria tout à coup :

– Tiens, Mme Roland qui nous rejoint.

Elle était restée d'abord seule avec Pierre sur la plage, car ils n'avaient envie ni l'un ni l'autre de s'amuser à courir dans les roches et à barboter dans les flaques ; et pourtant ils hésitaient à demeurer ensemble. Elle avait peur de lui, et son fils avait peur d'elle et de lui-même, peur de sa cruauté qu'il ne maîtrisait point.

Ils s'assirent donc, l'un près de l'autre, sur le galet.

Et tous deux, sous la chaleur du soleil calmée par l'air marin, devant le vaste et doux horizon d'eau bleue moirée d'argent, pensaient en même temps : « Comme il aurait fait bon ici, autrefois [f]. »

Elle n'osait point parler à Pierre, sachant bien qu'il répondrait une dureté ; et il n'osait pas parler à sa mère sachant aussi que, malgré lui, il le ferait avec violence.

Du bout de sa canne il tourmentait les galets ronds, les remuait et les battait. Elle, les yeux vagues, avait pris entre ses doigts trois ou quatre petits cailloux qu'elle faisait passer d'une main dans l'autre, d'un geste lent et machinal. Puis son regard indécis, qui errait devant elle, aperçut, au milieu des varechs, son fils Jean qui pêchait avec Mme Rosémilly. Alors elle les suivit, épiant leurs mouvements, comprenant confusément, avec son instinct de mère, qu'ils ne causaient point comme tous les jours. Elle les vit se pencher côte à côte quand ils se regardaient dans l'eau, demeurer debout face à face quand ils interrogeaient leurs cœurs, puis grimper et s'asseoir sur le rocher pour s'engager l'un envers l'autre.

Leurs silhouettes se détachaient bien nettes, semblaient seules au milieu de l'horizon, prenaient dans ce large espace de ciel, de mer, de falaises, quelque chose de grand et de symbolique.

Pierre aussi les regardait, et un rire sec sortit brusquement de ses lèvres.

Sans se tourner vers lui, Mme Roland lui dit :

– Qu'est-ce que tu as donc ?

Il ricanait toujours :

– Je m'instruis. J'apprends comment on se prépare à être cocu.

Elle eut un sursaut de colère, de révolte, choquée du mot, exaspérée de ce qu'elle croyait comprendre.

– Pour qui dis-tu ça ?

– Pour Jean, parbleu ! C'est très comique de les voir ainsi !

Elle murmura, d'une voix basse, tremblante d'émotion :

– Oh ! Pierre, que tu es cruel ! Cette femme est la droiture même. Ton frère ne pourrait trouver mieux.

Il se mit à rire tout à fait, d'un rire voulu et saccadé :

– Ah ! ah ! ah ! La droiture même ! Toutes les femmes sont la droiture même... et tous leurs maris sont cocus. Ah ! ah ! ah !

Sans répondre elle se leva, descendit vivement la pente de galets, et, au risque de glisser, de tomber dans les trous cachés sous les herbes, de se casser la jambe ou le bras, elle s'en alla, courant presque, marchant à travers les mares, sans voir, tout droit devant elle, vers son autre fils.

En la voyant approcher, Jean lui cria :

– Eh bien ? maman, tu te décides ?

Sans répondre elle lui saisit le bras comme pour lui dire : « Sauve-moi, défends-moi. »

Il vit son trouble et, très surpris :

– Comme tu es pâle ! Qu'est-ce que tu as ?

Elle balbutia :

– J'ai failli tomber, j'ai eu peur sur ces roches.

Alors Jean la guida, la soutint, lui expliquant la pêche pour qu'elle y prît intérêt. Mais comme elle ne l'écoutait guère, et comme il éprouvait un besoin violent de se confier à quelqu'un, il l'entraîna plus loin et, à voix basse :

– Devine ce que j'ai fait ?

– Mais... mais... je ne sais pas.

– Devine.

– Je ne... je ne sais pas.

– Eh bien, j'ai dit à Mme Rosémilly que je désirais l'épouser.

Elle ne répondit rien, ayant la tête bourdonnante, l'esprit en détresse au point de ne plus comprendre qu'à peine. Elle répéta :

– L'épouser ?

– Oui, ai-je bien fait ? Elle est charmante, n'est-ce pas ?

– Oui... charmante... tu as bien fait.

– Alors tu m'approuves ?

– Oui... je t'approuve.

– Comme tu dis ça drôlement. On croirait que... que... tu n'es pas contente.

– Mais oui... je suis... contente.

– Bien vrai ?

– Bien vrai.

Et pour le lui prouver, elle le saisit à pleins bras et l'embrassa à plein visage, par grands baisers de mère.

Puis, quand elle se fut essuyé les yeux, où des larmes étaient venues, elle aperçut là-bas sur la plage un corps étendu sur le ventre, comme un cadavre, la figure dans le galet : c'était l'autre, Pierre, qui songeait, désespéré [g].

Alors elle emmena son petit Jean plus loin encore, tout près du flot, et ils parlèrent longtemps de ce mariage où se rattachait son cœur.

La mer montant les chassa vers les pêcheurs qu'ils rejoignirent, puis tout le monde regagna la côte. On réveilla Pierre qui feignait de dormir ; et le dîner fut très long, arrosé de beaucoup de vins.

Dans le break, en revenant, tous les hommes, hormis Jean, sommeillèrent. Beausire et Roland s'abattaient, toutes les cinq minutes, sur une épaule voisine qui les repoussait d'une secousse. Ils se redressaient alors, cessaient de ronfler, ouvraient les yeux, murmuraient : « Bien beau temps », et retombaient, presque aussitôt, de l'autre côté.

Lorsqu'on entra dans Le Havre, leur engourdissement était si profond qu'ils eurent beaucoup de peine à le secouer, et Beausire refusa même de monter chez Jean où le thé les attendait. On dut le déposer devant sa porte.

Le jeune avocat, pour la première fois, allait coucher dans son logis nouveau ; et une grande joie, un peu puérile, l'avait saisi tout à coup de montrer, justement ce soir-là, à sa fiancée l'appartement qu'elle habiterait bientôt.

La bonne était partie, Mme Roland ayant déclaré qu'elle ferait chauffer l'eau et servirait elle-même, car elle n'aimait pas laisser veiller les domestiques, par crainte du feu.

Personne, autre qu'elle, son fils et les ouvriers, n'était encore entré, afin que la surprise fût complète quand on verrait combien c'était joli.

Dans le vestibule, Jean pria qu'on attendît. Il voulait allumer les bougies et les lampes, et il laissa dans l'obscurité Mme Rosémilly, son père et son frère, puis il cria : « Arrivez ! » en ouvrant toute grande la porte à deux battants.

La galerie vitrée, éclairée par un lustre et des verres de couleur cachés dans les palmiers, les caoutchoucs et les fleurs, apparaissait d'abord pareille à un décor de théâtre. Il y eut une seconde d'étonnement. Roland, émerveillé de ce luxe, murmura : « Nom d'un chien », saisi par l'envie de battre des mains comme devant les apothéoses.

Puis on pénétra dans le premier salon, petit, tendu avec une étoffe vieil or, pareille à celle des sièges. Le grand salon de consultation très simple, d'un rouge saumon pâle, avait grand air.

Jean s'assit dans le fauteuil devant son bureau chargé de livres, et d'une voix grave, un peu forcée :

– Oui, Madame, les textes de loi sont formels et me donnent, avec l'assentiment que je vous avais annoncé, l'absolue certitude qu'avant trois mois l'affaire dont nous nous sommes entretenus recevra une heureuse solution.

Il regardait Mme Rosémilly qui se mit à sourire en regardant Mme Roland ; et Mme Roland, lui prenant la main, la serra.

Jean, radieux, fit une gambade de collégien et s'écria :

– Hein, comme la voix porte bien. Il serait excellent pour plaider, ce salon.

Il se mit à déclamer :

– Si l'humanité seule, si ce sentiment de bienveillance naturelle que nous éprouvons pour toute souffrance devait être le mobile de l'acquittement que nous sollicitons de vous, nous ferions appel à votre pitié, messieurs les jurés, à votre cœur de père et d'homme ; mais nous avons pour nous le droit, et c'est la seule question du droit que nous allons soulever devant vous...

Pierre regardait ce logis qui aurait pu être le sien, et il s'irritait des gamineries de son frère, le jugeant, décidément, trop niais et pauvre d'esprit.

Mme Roland ouvrit une porte à droite.

– Voici la chambre à coucher, dit-elle.

Elle avait mis à la parer tout son amour de mère. La tenture était en cretonne de Rouen qui imitait la vieille toile normande. Un dessin Louis XV – une bergère dans un médaillon que fermaient les becs unis de deux colombes – donnait aux murs, aux rideaux, au lit, aux fauteuils un air galant et champêtre tout à fait gentil.

– Oh ! c'est charmant, dit Mme Rosémilly, devenue un peu sérieuse, en entrant dans cette pièce.

– Cela vous plaît ? demanda Jean.

– Énormément.

– Si vous saviez comme ça me fait plaisir.

Ils se regardèrent une seconde, avec beaucoup de tendresse confiante au fond des yeux.

Elle[a] était gênée un peu cependant, un peu confuse dans cette chambre à coucher qui serait sa chambre nuptiale. Elle avait remarqué, en entrant, que la couche était très large, une vraie couche de ménage, choisie par Mme Roland qui avait prévu sans doute et désiré le prochain mariage de son fils ; et cette précaution de mère lui faisait plaisir cependant, semblait lui dire qu'on l'attendait dans la famille.

Puis quand on fut rentré dans le salon, Jean ouvrit brusquement la porte de gauche et on aperçut la salle à manger ronde, percée de trois fenêtres, et décorée en lanterne japonaise[1]. La mère et le fils avaient mis là toute la fantaisie dont[b] ils étaient capables. Cette pièce à meubles de bambou, à magots, à potiches, à soieries pailletées d'or, à stores transparents où des perles de verre semblaient des gouttes d'eau, à éventails cloués aux murs pour maintenir les étoffes, avec ses écrans, ses sabres, ses masques, ses grues faites en plumes véritables, tous ses menus bibelots de porcelaine, de bois, de papier, d'ivoire, de nacre et de bronze, avait l'aspect prétentieux et maniéré que donnent les mains inhabiles et les yeux ignorants aux choses qui exigent le plus de tact, de goût et d'éducation artiste. Ce fut celle cependant qu'on admira le plus. Pierre seul fit des réserves avec une ironie un peu amère dont son frère se sentit blessé.

Sur la table, les fruits se dressaient en pyramides, et les gâteaux s'élevaient en monuments.

---

1. Il y a erreur sur le terme : une *lanterne japonaise* est un objet en pierre, servant d'ornement de jardin au Japon. André Vial rappelle à propos de cette expression un passage de *Bel-Ami* où la chambre de Duroy, décorée dans son goût d'ancien sous-officier de la Coloniale, a « l'air de l'intérieur d'une lanterne en papier peint » (*Guy de Maupassant et l'art du roman*, Nizet, 1954, p. 271, note 2).

On n'avait guère faim ; on suça les fruits et on grignota les pâtisseries plutôt qu'on ne les mangea. Puis, au bout d'une heure, Mme Rosémilly demanda la permission de se retirer.

Il fut décidé que le père Roland l'accompagnerait à sa porte et partirait immédiatement avec elle, tandis que Mme Roland, en l'absence de la bonne, jetterait son coup d'œil de mère sur le logis afin que son fils ne manquât de rien.

— Faut-il revenir te chercher ? demanda Roland.

Elle hésita, puis répondit :

— Non, mon gros, couche-toi. Pierre me ramènera.

Dès qu'ils furent partis, elle souffla les bougies, serra les gâteaux, le sucre et les liqueurs dans un meuble dont la clef fut remise à Jean ; puis elle passa dans la chambre à coucher, entrouvrit le lit, regarda si la carafe était remplie d'eau fraîche et la fenêtre bien fermée.

Pierre et Jean étaient demeurés dans le petit salon, celui-ci encore froissé de la critique faite sur son goût, et celui-là de plus en plus agacé de voir son frère dans ce logis.

Ils fumaient assis tous les deux, sans se parler. Pierre tout à coup se leva :

— Cristi ! dit-il, la veuve avait l'air bien vanné ce soir, les excursions ne lui réussissent pas.

Jean se sentit soulevé soudain par une de ces promptes et furieuses colères de débonnaires blessés au cœur.

Le souffle lui manquait tant son émotion était vive, et il balbutia :

— Je te défends désormais de dire « la veuve » quand tu parleras de Mme Rosémilly.

Pierre se tourna vers lui, hautain :

— Je crois que tu me donnes des ordres. Deviens-tu fou, par hasard ?

Jean aussitôt s'était dressé :

— Je ne deviens pas fou, mais j'en ai assez de tes manières envers moi.

Pierre ricana :

– Envers toi ? Est-ce que tu fais partie de Mme Rosémilly ?

– Sache que Mme Rosémilly va devenir ma femme.

L'autre rit plus fort :

– Ah ! ah ! très bien. Je comprends maintenant pourquoi je ne devrai plus l'appeler « la veuve ». Mais tu as pris une drôle de manière pour m'annoncer ton mariage.

– Je te défends de plaisanter... tu entends... je te le défends.

Jean s'était approché, pâle, la voix tremblante, exaspéré de cette ironie poursuivant la femme qu'il aimait et qu'il avait choisie.

Mais Pierre soudain devint aussi furieux. Tout ce qui s'amassait en lui de colères impuissantes, de rancunes écrasées, de révoltes domptées depuis quelque temps et de désespoir silencieux, lui montant à la tête, l'étourdit comme un coup de sang.

– Tu oses ?... Tu oses ?... Et moi je t'ordonne de te taire, tu entends, je te l'ordonne.

Jean, surpris de cette violence, se tut quelques secondes, cherchant, dans ce trouble d'esprit où nous jette la fureur, la chose, la phrase, le mot, qui pourrait blesser son frère jusqu'au cœur.

Il reprit, en s'efforçant de se maîtriser pour bien frapper, de ralentir sa parole pour la rendre plus aiguë :

– Voilà longtemps que je te sais jaloux de moi, depuis le jour où tu as commencé à dire « la veuve » parce que tu as compris que cela me faisait mal.

Pierre poussa un de ces rires stridents et méprisants qui lui étaient familiers :

– Ah ! ah ! mon Dieu ! Jaloux de toi !... moi ?... moi ?... moi ?... et de quoi ?... de quoi, mon Dieu ?... de ta figure ou de ton esprit ?...

Mais Jean sentit bien qu'il avait touché la plaie de cette âme.

– Oui, tu es jaloux de moi, et jaloux depuis l'enfance ; et tu es devenu furieux quand tu as vu que cette femme me préférait et qu'elle ne voulait pas de toi.

Pierre bégayait, exaspéré de cette supposition :

– Moi... moi... jaloux de toi ? à cause de cette cruche, de cette dinde, de cette oie grasse ?...

Jean qui voyait porter ses coups reprit :

– Et le jour où tu as essayé de ramer plus fort que moi, dans la *Perle* ? Et tout ce que tu dis devant elle pour te faire valoir ? Mais tu crèves de jalousie ! Et quand cette fortune m'est arrivée, tu es devenu enragé, et tu m'as détesté, et tu l'as montré de toutes les manières, et tu as fait souffrir tout le monde, et tu n'es pas une heure sans cracher la bile qui t'étouffe.

Pierre ferma ses poings de fureur avec une envie irrésistible de sauter sur son frère et de le prendre à la gorge :

– Ah ! tais-toi, cette fois, ne parle point de cette fortune.

Jean s'écria :

– Mais la jalousie te suinte de la peau. Tu ne dis pas un mot à mon père, à ma mère ou à moi, où elle n'éclate. Tu feins de me mépriser parce que tu es jaloux ! tu cherches querelle à tout le monde parce que tu es jaloux. Et maintenant que je suis riche, tu ne te contiens plus, tu es devenu venimeux, tu tortures notre mère comme si c'était sa faute !...

Pierre avait reculé jusqu'à la cheminée, la bouche entrouverte, l'œil dilaté, en proie à une de ces folies de rage qui font commettre des crimes.

Il répéta d'une voix plus basse, mais haletante :

– Tais-toi, tais-toi donc !

– Non. Voilà longtemps que je voulais te dire ma pensée entière ; tu m'en donnes l'occasion, tant pis pour toi. J'aime une femme ! Tu le sais et tu la railles devant moi, tu me pousses à bout ; tant pis pour toi. Mais je casserai tes dents de vipère, moi ! Je te forcerai à me respecter.

– Te respecter, toi ?

– Oui, moi !

– Te respecter... toi... qui nous as tous déshonorés, par ta cupidité !

– Tu dis ? Répète... répète ?...

– Je dis qu'on n'accepte pas la fortune d'un homme quand on passe pour le fils d'un autre.

Jean demeurait immobile, ne comprenant pas, effaré devant l'insinuation qu'il pressentait :

— Comment ? Tu dis... répète encore ?

— Je dis ce que tout le monde chuchote, ce que tout le monde colporte, que tu es le fils de l'homme qui t'a laissé sa fortune. Eh bien ! un garçon propre n'accepte pas l'argent qui déshonore sa mère.

— Pierre... Pierre... Pierre... y songes-tu ?... Toi... c'est toi... toi... qui prononces cette infamie ?

— Oui... moi... c'est moi. Tu ne vois donc point que j'en crève de chagrin depuis un mois, que je passe mes nuits sans dormir et mes jours à me cacher comme une bête, que je ne sais plus ce que je dis ni ce que je fais, ni ce que je deviendrai tant je souffre, tant je suis affolé de honte et de douleur, car j'ai deviné d'abord et je sais maintenant.

— Pierre... Tais-toi... Maman est dans la chambre à côté ! Songe qu'elle peut nous entendre... qu'elle nous entend...

Mais il fallait qu'il vidât son cœur ! et il dit tout, ses soupçons, ses raisonnements, ses luttes, sa certitude, et l'histoire du portrait encore une fois disparu.

Il parlait par phrases courtes, hachées, presque sans suite, des phrases d'halluciné.

Il semblait maintenant avoir oublié Jean et sa mère dans la pièce voisine. Il parlait comme si personne ne l'écoutait, parce qu'il devait parler, parce qu'il avait trop souffert, trop comprimé et refermé sa plaie. Elle avait grossi comme une tumeur, et cette tumeur venait de crever, éclaboussant tout le monde. Il s'était mis à marcher comme il faisait presque toujours ; et les yeux fixes devant lui, gesticulant, dans une frénésie de désespoir, avec des sanglots dans la gorge, des retours de haine contre lui-même, il parlait comme s'il eût confessé sa misère et la misère des siens, comme s'il eût jeté sa peine à l'air invisible et sourd où s'envolaient ses paroles.

Jean éperdu, et presque convaincu soudain par l'énergie aveugle de son frère, s'était adossé contre la porte derrière laquelle il devinait que leur mère les avait entendus.

Elle ne pouvait point sortir ; il fallait passer par le salon. Elle n'était point revenue ; donc elle n'avait pas osé.

Pierre tout à coup frappant du pied, cria :

– Tiens, je suis un cochon d'avoir dit ça !

Et il s'enfuit, nu-tête, dans l'escalier.

Le bruit de la grande porte de la rue, retombant avec fracas, réveilla Jean de la torpeur profonde où il était tombé. Quelques secondes s'étaient écoulées, plus longues que des heures, et son âme s'était engourdie dans un hébétement d'idiot. Il sentait bien qu'il lui faudrait penser tout à l'heure, et agir, mais il attendait, ne voulant même plus comprendre, savoir, se rappeler, par peur, par faiblesse, par lâcheté. Il était de la race des temporiseurs qui remettent toujours au lendemain ; et quand il lui fallait, sur-le-champ, prendre une résolution, il^c cherchait encore, par instinct, à gagner quelques moments.

Mais le silence profond qui l'entourait maintenant, après les vociférations de Pierre, ce silence subit des murs, des meubles, avec cette lumière vive des six bougies et des deux lampes, l'effraya si fort tout à coup qu'il eut envie de se sauver aussi.

Alors il secoua sa pensée, il secoua son cœur, et il essaya de réfléchir.

Jamais il n'avait rencontré une difficulté dans sa vie. Il est des hommes qui se laissent aller comme l'eau qui coule. Il avait fait ses classes avec soin, pour n'être pas puni, et terminé ses études de droit avec régularité parce que son existence était calme. Toutes les choses du monde lui paraissaient naturelles sans éveiller autrement son attention. Il aimait l'ordre, la sagesse, le repos par tempérament, n'ayant point de replis dans l'esprit ; et il demeurait, devant cette catastrophe, comme un homme qui tombe à l'eau sans avoir jamais nagé.

Il essaya de douter d'abord. Son frère avait menti par haine et par jalousie ?

Et pourtant, comment aurait-il été assez misérable pour dire de leur mère une chose pareille s'il n'avait pas été lui-même égaré par le désespoir ? Et puis Jean gardait dans l'oreille, dans le regard, dans les nerfs, jusque dans

le fond de la chair, certaines paroles, certains cris de souffrance, des intonations et des gestes de Pierre, si douloureux qu'ils étaient irrésistibles, aussi irrécusables que la
certitude.

Il demeurait trop écrasé pour faire un mouvement ou
pour avoir une volonté. Sa ^d détresse devenait intolérable ;
et il sentait que, derrière la porte, sa mère était là qui avait
tout entendu et qui attendait.

Que faisait-elle ? Pas un mouvement, pas un frisson,
pas un souffle, pas un soupir ne révélait la présence d'un
être derrière cette planche. Se serait-elle sauvée ? Mais par
où ? Si elle s'était sauvée... elle avait donc sauté de la
fenêtre dans la rue !

Un sursaut de frayeur le souleva, si prompt et si dominateur qu'il enfonça plutôt qu'il n'ouvrit la porte et se
jeta dans sa chambre.

Elle semblait vide. Une seule bougie l'éclairait, posée
sur la commode.

Jean s'élança vers la fenêtre, elle était fermée, avec les
volets clos. Il se retourna, fouillant les coins noirs de son
regard anxieux, et il s'aperçut que les rideaux du lit
avaient été tirés. Il y courut et les ouvrit. Sa mère était
étendue sur sa couche, la figure enfouie dans l'oreiller
qu'elle avait ramené de ses deux mains crispées sur sa tête,
pour ne plus entendre.

Il la crut d'abord étouffée. Puis, l'ayant ^e saisie par les
épaules, il la retourna sans qu'elle lâchât l'oreiller qui lui
cachait le visage et qu'elle mordait pour ne pas crier.

Mais le contact de ce corps raidi, de ces bras crispés,
lui communiqua la secousse de son indicible torture.
L'énergie et la force dont elle retenait avec ses doigts et
avec ses dents la toile gonflée de plumes sur sa bouche,
sur ses yeux et sur ses oreilles pour qu'il ne la vît point et
ne lui parlât pas, lui fît deviner, par la commotion qu'il
reçut, jusqu'à quel point on peut souffrir. Et son cœur,
son simple cœur, fut déchiré de pitié. Il n'était pas un juge,
lui, même un juge miséricordieux, il était un homme plein
de faiblesse et ^f un fils plein de tendresse. Il ne se rappela
rien de ce que l'autre lui avait dit, il ne raisonna pas et ne

discuta point, il toucha seulement de ses deux mains le corps inerte de sa mère, et ne pouvant arracher l'oreiller de sa figure, il cria, en baisant sa robe :

— Maman, maman, ma pauvre maman, regarde-moi !

Elle aurait semblé morte si tous ses membres n'eussent été parcourus d'un frémissement presque insensible, d'une vibration de corde, tendue. Il répétait :

— Maman, maman, écoute-moi. Ça n'est pas vrai. Je sais bien que ça n'est pas vrai.

Elle eut un spasme, une suffocation, puis tout à coup elle sanglota dans l'oreiller. Alors tous ses nerfs se détendirent, ses muscles raidis s'amollirent, ses doigts s'entrouvrant lâchèrent la toile ; et il lui découvrit la face.

Elle était toute pâle, toute blanche, et de ses paupières fermées on voyait couler des gouttes d'eau. L'ayant enlacée par le cou, il lui baisa les yeux, lentement, par grands baisers désolés qui se mouillaient à ses larmes, et il disait toujours :

— Maman, ma chère maman, je sais bien que ça n'est pas vrai. Ne pleure pas, je le sais ! Ça n'est pas vrai !

Elle se souleva, s'assit, le regarda, et avec un de ces efforts de courage qu'il faut, en certains cas, pour se tuer, elle lui dit :

— Non, c'est vrai, mon enfant.

Et ils restèrent sans paroles, l'un devant l'autre. Pendant quelques instants encore elle suffoqua, tendant la gorge, en renversant la tête pour respirer, puis elle se vainquit de nouveau et reprit :

— C'est vrai, mon enfant. Pourquoi mentir ? C'est vrai. Tu ne me croirais pas, si je mentais.

Elle avait l'air d'une folle. Saisi de terreur, il tomba à genoux près du lit en murmurant :

— Tais-toi, maman, tais-toi.

Elle s'était levée, avec une résolution et une énergie effrayantes.

— Mais je n'ai plus rien à te dire, mon enfant, adieu.

Et elle marcha vers la porte.

Il la saisit à pleins bras, criant :

— Qu'est-ce que tu fais, maman, où vas-tu ?

– Je ne sais pas... est-ce que je sais... je n'ai plus rien à faire... puisque je suis toute seule.

Elle se débattait pour s'échapper. La retenant, il ne trouvait qu'un mot à lui répéter :

– Maman... maman... maman...

Et elle disait dans ses efforts pour rompre cette étreinte :

– Mais non, mais non, je ne suis plus ta mère maintenant, je ne suis plus rien pour toi, pour personne, plus rien, plus rien ! Tu n'as plus ni père ni mère, mon pauvre enfant... adieu.

Il comprit brusquement que s'il la laissait partir il ne la reverrait jamais, et, l'enlevant, il la porta sur un fauteuil, l'assit de force, puis s'agenouillant et formant une chaîne de ses bras :

– Tu ne sortiras point d'ici, maman ; moi je t'aime, et je te garde. Je te garde toujours, tu es à moi.

Elle murmura d'une voix accablée :

– Non, mon pauvre garçon, ça n'est plus possible. Ce soir tu pleures, et demain tu me jetterais dehors. Tu ne me pardonnerais pas non plus.

Il répondit avec un si grand élan de si sincère amour :
– Oh ! moi ? moi ? Comme tu me connais peu ! – qu'elle poussa un cri, lui prit la tête par les cheveux, à pleines mains, l'attira avec violence et le baisa éperdument à travers la figure.

Puis elle demeura immobile, la joue contre la joue de son fils, sentant, à travers sa barbe, la chaleur de sa chair ; et elle lui dit, tout bas, dans l'oreille :

– Non, mon petit Jean. Tu ne me pardonnerais pas demain. Tu le crois et tu te trompes. Tu m'as pardonné ce soir, et ce pardon-là m'a sauvé la vie ; mais il ne faut plus que tu me voies.

Il répéta, en l'étreignant :

– Maman, ne dis pas ça !

– Si, mon petit, il faut que je m'en aille. Je ne sais pas où, ni comment je m'y prendrai, ni ce que je dirai, mais il le faut. Je n'oserais plus te regarder, ni t'embrasser, comprends-tu ?

Alors, à son tour, il lui dit, tout bas, dans l'oreille :

— Ma petite mère, tu resteras, parce je le veux, parce que j'ai besoin de toi. Et tu vas me jurer de m'obéir, tout de suite.

— Non, mon enfant.

— Oh ! maman, il le faut, tu entends. Il le faut.

— Non, mon enfant, c'est impossible. Ce serait nous condamner tous à l'enfer. Je sais ce que c'est, moi, que ce supplice-là, depuis un mois. Tu es attendri, mais quand ce sera passé, quand tu me regarderas comme me regarde Pierre, quand tu te rappelleras ce que je t'ai dit !... Oh ! mon petit Jean, songe... songe que je suis ta mère !...

— Je ne veux pas que tu me quittes, maman. Je n'ai que toi.

— Mais pense, mon fils, que nous ne pourrons plus nous voir sans rougir tous les deux, sans que je me sente mourir de honte et sans que tes yeux fassent baisser les miens.

— Ça n'est pas vrai, maman.

— Oui, oui, oui, c'est vrai ! Oh ! j'ai compris, va, toutes les luttes de ton pauvre frère, toutes, depuis le premier jour. Maintenant, lorsque je devine son pas dans la maison, mon cœur saute à briser ma poitrine, lorsque j'entends sa voix, je sens que je vais m'évanouir. Je t'avais encore, toi ! Maintenant, je ne t'ai plus. Oh ! mon petit Jean, crois-tu que je pourrais vivre entre vous deux ?

— Oui, maman. Je t'aimerai tant que tu n'y penseras plus.

— Oh ! oh ! comme si c'était possible !

— Oui, c'est possible.

— Comment veux-tu que je n'y pense plus entre ton frère et toi ? Est-ce que vous n'y penserez plus, vous ?

— Moi. Je te le jure !

— Mais tu y penseras à toutes les heures du jour.

— Non, je te le jure. Et puis, écoute : si tu pars, je m'engage et je me fais tuer.

Elle fut bouleversée par cette menace puérile et étreignit Jean en le caressant avec une tendresse passionnée. Il reprit :

— Je t'aime plus que tu ne crois, va, bien plus, bien plus. Voyons, sois raisonnable. Essaye de rester seulement huit jours. Veux-tu me promettre huit jours ? Tu ne peux pas me refuser ça ?

Elle ^g posa ses deux mains sur les épaules de Jean, et le tenant à la longueur de ses bras :

— Mon enfant... tâchons d'être calmes et de ne pas nous attendrir. Laisse-moi te parler d'abord. Si je devais une seule fois entendre sur tes lèvres ce que j'entends depuis un mois dans la bouche de ton frère, si je devais une seule fois voir dans tes yeux ce que je lis dans les siens, si je devais deviner rien que par un mot ou par un regard que je te suis odieuse comme à lui... une heure après, tu entends, une heure après... je serais partie pour toujours.

— Maman, je te jure...

— Laisse-moi parler... Depuis un mois j'ai souffert tout ce qu'une créature peut souffrir. À partir du moment où j'ai compris que ton frère, que mon autre fils me soupçonnait, et qu'il devinait, minute par minute, la vérité, tous les instants de ma vie ont été un martyre qu'il est impossible de t'exprimer.

Elle avait une voix si douloureuse que la contagion de sa torture emplit de larmes les yeux de Jean.

Il voulut l'embrasser, mais elle le repoussa.

— Laisse-moi... écoute... j'ai encore tant de choses à te dire pour que tu comprennes... mais tu ne comprendras pas... c'est que... si je devais rester... il faudrait... Non, je ne peux pas !...

— Dis, maman, dis.

— Eh bien ! oui. Au moins je ne t'aurai pas trompé... Tu veux que je reste avec toi, n'est-ce pas ? Pour cela, pour que nous puissions nous voir encore, nous parler, nous rencontrer toute la journée dans la maison, car je n'ose plus ouvrir une porte dans la peur de trouver ton frère derrière elle, pour cela il faut, non pas que tu me pardonnes, – rien ne fait plus de mal qu'un pardon, – mais que tu ne m'en veuilles pas de ce que j'ai fait... Il faut que tu te sentes assez fort, assez différent de tout le monde pour te dire que tu n'es pas le fils de Roland, sans rougir de cela et sans me mépriser !... Moi j'ai assez souffert... j'ai trop souffert, je ne peux plus, non, je ne peux plus ! Et ce n'est pas d'hier, va, c'est de longtemps... Mais tu ne pourras jamais comprendre ça, toi ! Pour que nous puissions encore vivre ensemble, et nous embrasser, mon petit Jean, dis-toi bien que si j'ai été la maîtresse de ton père, j'ai été encore plus sa femme, sa vraie femme, que je n'en ai pas honte au fond du cœur, que je ne regrette rien, que je l'aime encore tout mort qu'il est, que je l'aimerai toujours, que je n'ai aimé que lui, qu'il a été toute ma vie, toute ma joie, tout mon espoir, toute ma consolation, tout, tout, tout pour moi, pendant si longtemps ! Écoute, mon petit, devant Dieu qui m'entend, je n'aurais jamais rien eu de bon dans l'existence, si je ne l'avais pas rencontré, jamais rien, pas une tendresse, pas une douceur, pas une de ces heures qui nous font tant regretter de vieillir, rien ! Je lui dois tout ! Je n'ai eu que lui au monde, et puis vous deux, ton frère et toi. Sans vous ce serait vide, noir et vide comme la nuit. Je n'aurais jamais aimé rien, rien connu, rien désiré, je n'aurais pas seulement pleuré, car j'ai pleuré, mon petit Jean. Oh ! oui, j'ai pleuré, depuis que nous sommes venus ici. Je m'étais donnée à lui tout entière, corps et âme, pour toujours, avec bonheur, et pendant plus de dix ans j'ai été sa femme comme il a été mon mari devant Dieu qui nous avait faits l'un pour l'autre. Et puis, j'ai compris qu'il m'aimait moins. Il était toujours bon et prévenant, mais je n'étais plus pour lui ce que j'avais été. C'était fini ! Oh ! que j'ai pleuré !... Comme c'est misérable et trompeur, la vie !... Il n'y a rien qui dure... Et nous sommes arrivés ici ; et jamais je ne l'ai plus revu, jamais il n'est venu... Il promettait dans toutes ses lettres !... Je l'attendais toujours !... et je ne l'ai plus revu !... et voilà qu'il est mort !... Mais il nous aimait encore puisqu'il a pensé à toi. Moi je l'aimerai jusqu'à mon dernier soupir, et je ne le renierai jamais, et je t'aime parce que tu es son enfant, et je ne pourrais pas avoir honte de lui devant toi ! Comprends-tu ? je ne pourrais pas ! Si tu veux que je reste, il faut que tu acceptes d'être son fils et que nous parlions de lui quelquefois, et que tu l'aimes un peu, et que nous pensions à lui quand nous nous regarderons. Si tu ne veux pas, si tu ne peux pas, adieu, mon petit, il est impossible que nous restions ensemble maintenant ! je ferai ce que tu décideras.

Jean répondit d'une voix douce :

– Reste, maman.

Elle le serra dans ses bras et se remit à pleurer ; puis elle reprit, la joue contre sa joue :

– Oui, mais Pierre ? Qu'allons-nous devenir avec lui !

Jean murmura :

– Nous trouverons quelque chose. Tu ne peux plus vivre auprès de lui.

Au souvenir de l'aîné elle fut crispée d'angoisse.

– Non, je ne puis plus, non ! non !

Et se jetant sur le cœur de Jean, elle s'écria, l'âme en détresse :

– Sauve-moi de lui, toi, mon petit, sauve-moi, fais quelque chose, je ne sais pas... trouve... sauve-moi !

– Oui, maman, je chercherai.

– Tout de suite... il faut... Tout de suite... ne me quitte pas ! J'ai si peur de lui... si peur !

– Oui, je trouverai. Je te promets.

– Oh ! mais vite, vite ! Tu ne comprends pas ce qui se passe en moi quand je le vois.

Puis elle lui murmura tout bas, dans l'oreille :

– Garde-moi ici, chez toi.

Il hésita, réfléchit et comprit, avec son bon sens positif, le danger de cette combinaison.

Mais il dut raisonner longtemps, discuter, combattre avec des arguments précis son affolement et sa terreur.

– Seulement ce soir, disait-elle, seulement cette nuit. Tu feras dire demain à Roland que je me suis trouvée malade.

– Ce n'est pas possible, puisque Pierre est rentré. Voyons, aie du courage. J'arrangerai tout, je te le promets, dès demain. Je serai à neuf heures à la maison. Voyons, mets ton chapeau. Je vais te reconduire.

– Je ferai ce que tu voudras, dit-elle avec un abandon enfantin, craintif et reconnaissant.

Elle essaya de se lever [h] ; mais la secousse avait été trop forte ; elle ne pouvait encore se tenir sur ses jambes.

Alors il lui fit boire de l'eau sucrée, respirer de l'alcali [1], et il lui lava les tempes avec du vinaigre. Elle se laissait faire, brisée et soulagée comme après un accouchement.

Elle put enfin marcher et prit son bras. Trois heures sonnaient quand ils passèrent à l'hôtel de ville.

Devant la porte de leur logis il l'embrassa et lui dit : « Adieu, maman, bon courage. »

Elle monta, à pas furtifs, l'escalier silencieux, entra dans sa chambre, se dévêtit bien vite, et se glissa, avec l'émotion retrouvée des adultères anciens, auprès de Roland qui ronflait.

Seul dans la maison, Pierre ne dormait pas et l'avait entendue revenir.

---

1. *Alcali* est utilisé comme synonyme d'*ammoniaque* à l'époque.

VIII

Quand il fut rentré dans son appartement, Jean s'affaissa sur un divan, car les chagrins et les soucis qui donnaient à son frère des envies de courir et de fuir comme une bête chassée, agissant diversement sur sa nature somnolente, lui cassaient les jambes et les bras. Il se sentait mou à ne plus faire un mouvement, à ne pouvoir gagner son lit, mou de corps et d'esprit, écrasé et désolé. Il n'était point frappé, comme l'avait été Pierre, dans la pureté de son amour filial, dans cette dignité secrète qui est l'enveloppe des cœurs fiers, mais accablé par un coup du destin qui menaçait en même temps ses intérêts les plus chers.

Quand son âme enfin se fut calmée, quand sa pensée se fut éclaircie ainsi qu'une eau battue et remuée, il envisagea la situation qu'on venait de lui révéler. S'il eût appris de toute autre manière le secret de sa naissance, il se serait assurément indigné et aurait ressenti un profond chagrin ; mais après sa querelle avec son frère, après cette délation violente et brutale ébranlant ses nerfs, l'émotion poignante de la confession de sa mère le laissa sans énergie pour se révolter. Le choc reçu par sa sensibilité avait été assez fort pour emporter, dans un irrésistible attendrissement, tous les préjugés et toutes les saintes susceptibilités de la morale naturelle. D'ailleurs, il n'était pas un homme de résistance. Il n'aimait lutter contre personne et encore moins contre lui-même ; il se résigna donc, et par un penchant instinctif, par un amour inné du repos, de la vie douce et tranquille, il s'inquiéta aussitôt des perturbations qui allaient surgir autour de lui et l'atteindre du même coup. Il les pressentait inévitables, et, pour les écarter, il se décida à des efforts surhumains d'énergie et d'activité. Il fallait que tout de suite, dès le lendemain, la difficulté fût tranchée, car il avait aussi par instants ce besoin impérieux des solutions immédiates qui constitue toute la force des faibles, incapables de vouloir longtemps. Son esprit d'avocat, habitué d'ailleurs à démêler et à étudier les situations compliquées, les questions d'ordre intime, dans les familles troublées, découvrit immédiatement toutes les conséquences prochaines de l'état d'âme de son frère. Malgré lui il en envisageait les suites à un point de vue presque professionnel, comme s'il eût réglé les relations futures de clients après une catastrophe d'ordre moral. Certes un contact continuel avec Pierre lui devenait impossible. Il l'éviterait facilement en restant chez lui, mais il était encore inadmissible que leur mère continuât à demeurer sous le même toit que son fils aîné.

Et longtemps il médita, immobile sur les coussins, imaginant et rejetant des combinaisons sans trouver rien qui pût le satisfaire.

Mais une idée soudaine l'assaillit : – Cette fortune qu'il avait reçue, un honnête homme la garderait-il ?

Il se répondit : « Non », d'abord, et se décida à la donner aux pauvres. C'était dur, tant pis. Il vendrait son mobilier et travaillerait comme un autre, comme travaillent tous ceux qui débutent. Cette résolution virile et douloureuse fouettant son courage, il se leva et vint poser son front contre les vitres. Il avait été pauvre, il redeviendrait pauvre. Il n'en mourrait pas, après tout. Ses yeux regardaient le bec de gaz qui brûlait en face de lui de l'autre côté de la rue. Or, comme une femme attardée passait sur le trottoir, il songea brusquement à Mme Rosémilly, et il reçut au cœur la secousse des émotions profondes nées en nous d'une pensée cruelle. Toutes les conséquences désespérantes de sa décision lui apparurent en même temps. Il devrait renoncer à épouser cette femme, renoncer au bonheur, renoncer à tout. Pouvait-il agir ainsi, maintenant qu'il s'était engagé vis-à-vis d'elle ? Elle l'avait accepté le sachant riche. Pauvre, elle l'accepterait encore ; mais avait-il le droit de lui demander, de lui imposer ce sacrifice ? Ne valait-il pas mieux garder cet argent comme un dépôt qu'il restituerait plus tard aux indigents ?

Et dans son âme où l'égoïsme prenait des masques honnêtes, tous les intérêts déguisés luttaient et se combattaient. Les scrupules premiers cédaient la place aux raisonnements ingénieux, puis reparaissaient, puis s'effaçaient de nouveau.

Il revint s'asseoir, cherchant un motif décisif, un prétexte tout-puissant pour fixer ses hésitations et convaincre sa droiture native. Vingt fois déjà il s'était posé cette question : « Puisque je suis le fils de cet homme, que je le sais et que je l'accepte, n'est-il pas naturel que j'accepte aussi son héritage ? » Mais cet argument ne pouvait empêcher le « non » murmuré par la conscience intime.

Soudain il songea : « Puisque je ne suis pas le fils de celui que j'avais cru être mon père, je ne puis plus rien accepter de lui, ni de son vivant, ni après sa mort. Ce ne serait ni digne ni équitable. Ce serait voler mon frère. »

Cette nouvelle manière de voir l'ayant soulagé, ayant apaisé sa conscience, il retourna vers la fenêtre.

« Oui, se disait-il, il faut que je renonce à l'héritage de ma famille, que je le laisse à Pierre tout entier, puisque je ne suis pas l'enfant de son père. Cela est juste. Alors n'est-il pas juste aussi que je garde l'argent de mon père à moi ? »

Ayant reconnu qu'il ne pouvait profiter de la fortune de Roland, s'étant décidé à l'abandonner intégralement, il consentit donc et se résigna à garder celle de Maréchal, car en repoussant l'une et l'autre il se trouverait réduit à la pure mendicité.

Cette affaire délicate une fois réglée, il revint à la question de la présence de Pierre dans la famille. Comment l'écarter ? Il désespérait de découvrir une solution pratique, quand le sifflet d'un vapeur entrant au port sembla lui jeter une réponse en lui suggérant une idée.

Alors il s'étendit tout habillé sur son lit et rêvassa jusqu'au jour.

Vers neuf heures il sortit pour s'assurer si l'exécution de son projet était possible. Puis, après quelques démarches et quelques visites, il se rendit à la maison de ses parents. Sa mère l'attendait enfermée dans sa chambre.

— Si tu n'étais pas venu, dit-elle, je n'aurais jamais osé descendre.

On entendit aussitôt Roland qui criait dans l'escalier :

— On ne mange donc point aujourd'hui, nom d'un chien !

On ne répondit pas, et il hurla :

— Joséphine, nom de Dieu ! qu'est-ce que vous faites ?

La voix de la bonne sortit des profondeurs du sous-sol :

— V'là, M'sieu, qué qui faut ?

— Où est Madame ?

— Madame est en haut avec m'sieu Jean !

Alors il vociféra en levant la tête vers l'étage supérieur :

— Louise ?

Mme Roland entrouvrit la porte et répondit :

— Quoi ? mon ami.

— On^a ne mange donc pas, nom d'un chien !

— Voilà, mon ami, nous venons.

Et elle descendit, suivie de Jean.

Roland s'écria en apercevant le jeune homme :

— Tiens, te voilà, toi ! Tu t'embêtes déjà dans ton logis.

— Non, père, mais j'avais à causer avec maman ce matin.

Jean s'avança, la main ouverte, et quand il sentit se refermer sur ses doigts l'étreinte paternelle du vieillard, une émotion bizarre et imprévue le crispa, l'émotion des séparations et des adieux sans espoir de retour.

Mme Roland demanda :

— Pierre n'est pas arrivé ?

Son mari haussa les épaules :

— Non, mais tant pis, il est toujours en retard. Commençons sans lui.

Elle se tourna vers Jean :

— Tu devrais aller le chercher, mon enfant ; ça le blesse quand on ne l'attend pas.

— Oui, maman, j'y vais.

Et le jeune homme sortit.

Il [b] monta l'escalier, avec la résolution fiévreuse d'un craintif qui va se battre.

Quand il eut heurté la porte, Pierre répondit :

– Entrez.

Il entra.

L'autre écrivait, penché sur sa table.

– Bonjour, dit Jean.

Pierre se leva.

– Bonjour.

Et ils se tendirent la main comme si rien ne s'était passé.

– Tu ne descends pas déjeuner ?

– Mais... c'est que... j'ai beaucoup à travailler.

La voix de l'aîné tremblait, et son œil anxieux demandait au cadet ce qu'il allait faire.

– On t'attend.

– Ah ! est-ce que... est-ce que notre mère est en bas ?...

– Oui, c'est même elle qui m'a envoyé te chercher.

– Ah ! alors... je descends.

Devant la porte de la salle il hésita à se montrer le premier ; puis il l'ouvrit d'un geste saccadé, et il aperçut son père et sa mère assis à table, face à face.

Il s'approcha d'elle d'abord sans lever les yeux, sans prononcer un mot, et [c] s'étant penché il lui tendit son front à baiser comme il faisait depuis quelque temps, au lieu de l'embrasser sur les joues comme jadis. Il devina qu'elle approchait sa bouche, mais il ne sentit point les lèvres sur sa peau, et il se redressa, le cœur battant, après ce simulacre de caresse.

Il se demandait : « Que se sont-ils dit, après mon départ ? »

Jean répétait avec tendresse « mère » et « chère maman », prenait soin d'elle, la servait et lui versait à boire. Pierre alors comprit qu'ils avaient pleuré ensemble, mais il ne put pénétrer leur pensée ! Jean croyait-il sa mère coupable ou son frère un misérable ?

Et tous les reproches qu'il s'était faits d'avoir dit l'horrible chose l'assaillirent de nouveau, lui serrant la gorge et lui fermant la bouche, l'empêchant de manger et de parler.

Il était envahi maintenant par un besoin de fuir intolérable, de quitter cette maison qui n'était plus sienne, ces gens qui ne tenaient plus à lui que par d'imperceptibles liens. Et il aurait voulu partir sur l'heure, n'importe où, sentant que c'était fini, qu'il ne pouvait plus rester près d'eux, qu'il les torturerait toujours malgré lui, rien que par sa présence, et qu'ils lui feraient souffrir sans cesse un insoutenable supplice.

Jean parlait, causait avec Roland. Pierre n'écoutant pas, n'entendait point. Il crut sentir cependant une intention dans la voix de son frère et prit garde au sens des paroles.

Jean disait :

– Ce sera, paraît-il, le plus beau bâtiment de leur flotte. On parle de six mille cinq cents tonneaux [1]. Il fera son premier voyage le mois prochain.

Roland s'étonnait :

– Déjà ! Je croyais qu'il ne serait pas en état de prendre la mer cet été.

– Pardon ; on a poussé les travaux avec ardeur pour que la première traversée ait lieu avant l'automne. J'ai passé ce matin aux bureaux de la Compagnie et j'ai causé avec un des administrateurs.

– Ah ! ah ! lequel ?

– M. Marchand, l'ami particulier du président du conseil d'administration.

– Tiens, tu le connais ?

– Oui. Et puis j'avais un petit service à lui demander.

– Ah ! alors tu me feras visiter en grand détail la *Lorraine* [2] dès qu'elle entrera dans le port, n'est-ce pas ?

– Certainement, c'est très facile !

---

1. *Tonneau* : unité de volume valant 2,83 m^3, utilisée pour définir la jauge d'un navire.
2. Les paquebots portaient souvent des noms de province (voir p. 65, note 3). Le nom *Lorraine*, de plus, en renvoyant à la question de l'Alsace-Lorraine, prend une résonance patriotique (voir aussi p. 203, note 1).

Jean paraissait hésiter, chercher ses phrases, poursuivre une introuvable transition. Il reprit :

— En somme, c'est une vie très acceptable qu'on mène sur ces grands transatlantiques. On passe plus de la moitié des mois à terre dans deux villes superbes, New York et Le Havre, et le reste en mer avec des gens charmants. On peut même faire là des connaissances très agréables et très utiles pour plus tard, oui, très utiles, parmi les passagers. Songe que le capitaine, avec les économies sur le charbon, peut arriver à vingt-cinq mille francs par an, sinon plus...

Roland fit un « bigre ! » suivi d'un sifflement, qui témoignaient d'un profond respect pour la somme et pour le capitaine.

Jean reprit :

— Le commissaire de bord peut atteindre dix mille, et le médecin a cinq mille de traitement fixe, avec logement, nourriture, éclairage, chauffage, service, etc., etc. Ce qui équivaut à dix mille au moins, c'est très beau.

Pierre, qui avait levé les yeux, rencontra ceux de son frère, et le comprit.

Alors, après une hésitation, il demanda :

— Est-ce très difficile à obtenir, les places de médecin sur un transatlantique ?

— Oui et non. Tout dépend des circonstances et des protections.

Il y eut un long silence, puis le docteur reprit :

— C'est le mois prochain que part la *Lorraine* ?

— Oui, le sept.

Et ils se turent.

Pierre songeait. Certes ce serait une solution s'il pouvait s'embarquer comme médecin sur ce paquebot. Plus tard on verrait ; il le quitterait peut-être. En attendant il y gagnerait sa vie sans demander rien à sa famille. Il avait dû, l'avant-veille, vendre sa montre, car maintenant il ne tendait plus la main devant sa mère ! Il n'avait donc aucune ressource, hors celle-là, aucun moyen de manger d'autre pain que le pain de la maison inhabitable, de dormir dans un autre lit, sous un autre toit. Il dit alors, en hésitant un peu :

– Si je pouvais, je partirais volontiers là-dessus, moi.

Jean demanda :

– Pourquoi ne pourrais-tu pas ?

– Parce que je ne connais personne à la Compagnie transatlantique.

Roland demeurait stupéfait :

– Et tous tes beaux projets de réussite, que deviennent-ils ?

Pierre murmura :

– Il y a des jours où il faut savoir tout sacrifier, et renoncer aux meilleurs espoirs. D'ailleurs, ce n'est qu'un début, un moyen d'amasser quelques milliers de francs pour m'établir ensuite.

Son père, aussitôt, fut convaincu :

– Ça, c'est vrai. En deux ans tu peux mettre de côté six ou sept mille francs, qui bien employés te mèneront loin. Qu'en penses-tu, Louise ?

Elle répondit d'une voix basse, presque inintelligible :

– Je pense que Pierre a raison.

Roland s'écria :

– Mais je vais en parler à M. Poulin, que je connais beaucoup ! Il est juge au tribunal de commerce et il s'occupe des affaires de la Compagnie. J'ai aussi M. Lenient, l'armateur, qui est intime avec un des vice-présidents.

Jean demandait à son frère :

– Veux-tu que je tâte aujourd'hui même M. Marchand ?

– Oui, je veux bien.

Pierre reprit, après avoir songé quelques instants :

– Le meilleur moyen serait peut-être encore d'écrire à mes maîtres de l'École de médecine qui m'avaient en grande estime. On embarque souvent sur ces bateaux-là des sujets médiocres. Des lettres très chaudes des professeurs Mas-Roussel, Rémusot, Flache et Borriquel[1] enlèveraient la chose en une heure mieux que toutes les

---

1. Noms imaginaires. Ceux de Mas-Roussel et de Rémusot étaient déjà portés par des médecins dans *Mont-Oriol*.

recommandations douteuses. Il suffirait de faire présenter
ces lettres par ton ami M. Marchand au conseil d'administration.

Jean approuvait tout à fait :

– Ton idée est excellente, excellente !

Et il souriait, rassuré, presque content, sûr du succès,
étant incapable de s'affliger longtemps.

– Tu vas leur écrire aujourd'hui même, dit-il.

– Tout à l'heure, tout de suite. J'y vais. Je ne prendrai
pas de café ce matin, je suis trop nerveux.

Il se leva et sortit.

Alors Jean se tourna vers sa mère :

– Toi, maman, qu'est-ce que tu fais ?

– Rien... Je ne sais pas.

– Veux-tu venir avec moi jusque chez Mme Rosémilly ?

– Mais... oui... oui...

– Tu sais... il est indispensable que j'y aille aujourd'hui.

– Oui... oui... C'est vrai.

– Pourquoi ça, indispensable ? – demanda Roland,
habitué d'ailleurs à ne jamais comprendre ce qu'on disait
devant lui.

– Parce que je lui ai promis d'y aller.

– Ah ! très bien. C'est différent, alors.

Et il se mit à bourrer sa pipe, tandis que la mère et le
fils montaient l'escalier pour prendre leurs chapeaux.

Quand ils furent dans la rue, Jean lui demanda :

– Veux-tu mon bras, maman ?

Il ne le lui offrait jamais, car ils avaient l'habitude de
marcher côte à côte. Elle accepta et s'appuya sur lui.

Ils ne parlèrent point pendant quelque temps, puis il
lui dit :

– Tu vois que Pierre consent parfaitement à s'en aller.

Elle murmura :

– Le pauvre garçon !

– Pourquoi ça, le pauvre garçon ? Il ne sera pas malheureux du tout sur la *Lorraine*.

– Non... je sais bien, mais je pense à tant de choses.

Longtemps elle songea, la tête baissée, marchant du
même pas que son fils, puis avec cette voix bizarre qu'on

prend par moments pour conclure une longue et secrète pensée :

– C'est vilain, la vie ! Si on y trouve une fois un peu de douceur, on est coupable de s'y abandonner et on le paye bien cher plus tard.

Il dit, très bas :

– Ne parle plus de ça, maman.

– Est-ce possible ? j'y pense tout le temps.

– Tu oublieras.

Elle ^d se tut encore, puis, avec un regret profond :

– Ah ! comme j'aurais pu être heureuse en épousant un autre homme !

À présent, elle s'exaspérait contre Roland, rejetant sur sa laideur, sur sa bêtise, sur sa gaucherie, sur la pesanteur de son esprit et l'aspect commun de sa personne toute la responsabilité de sa faute et de son malheur. C'était à cela, à la vulgarité de cet homme, qu'elle devait de l'avoir trompé, d'avoir désespéré un de ses fils et fait à l'autre la plus douloureuse confession dont pût saigner le cœur d'une mère.

Elle murmura : « C'est si affreux pour une jeune fille d'épouser un mari comme le mien. » Jean ne répondait pas. Il pensait à celui dont il avait cru jusqu'ici être le fils, et peut-être à la notion confuse qu'il portait depuis long-temps de la médiocrité paternelle, l'ironie constante de son frère, l'indifférence dédaigneuse des autres et jusqu'au mépris de la bonne pour Roland avaient-ils préparé son âme à l'aveu terrible de sa mère. Il lui en coûtait moins d'être le fils d'un autre ; et après la grande secousse d'émotion de la veille, s'il n'avait pas eu le contre-coup de révolte, d'indignation et de colère redouté par Mme Roland, c'est que depuis bien longtemps il souffrait inconsciemment de se sentir l'enfant de ce lourdaud bonasse.

Ils étaient arrivés devant la maison de Mme Rosémilly.

Elle habitait, sur la route de Sainte-Adresse, le deu-xième étage d'une grande construction qui lui apparte-nait. De ses fenêtres on découvrait toute la rade du Havre.

En apercevant Mme Roland qui entrait la première, au lieu de lui tendre les mains comme toujours, elle ouvrit les bras et l'embrassa, car elle devinait l'intention de sa démarche.

Le mobilier du salon, en velours frappé [1], était toujours recouvert de housses. Les murs, tapissés de papier à fleurs, portaient quatre gravures achetées par le premier mari, le capitaine. Elles représentaient des scènes maritimes et sentimentales. On voyait sur la première la femme d'un pêcheur agitant un mouchoir sur une côte, tandis que disparaît à l'horizon la voile qui emporte son homme. Sur la seconde, la même femme, à genoux sur la même côte, se tord les bras en regardant au loin, sous un ciel plein d'éclairs, sur une mer de vagues invraisemblables, la barque de l'époux qui va sombrer.

Les deux autres gravures représentaient des scènes analogues dans une classe supérieure de la société.

Une jeune femme blonde rêve, accoudée sur le bordage d'un grand paquebot qui s'en va. Elle regarde la côte déjà lointaine d'un œil mouillé de larmes et de regrets.

Qui a-t-elle laissé derrière elle ?

Puis, la même jeune femme assise près d'une fenêtre ouverte sur l'Océan est évanouie dans un fauteuil. Une lettre vient de tomber de ses genoux sur le tapis.

Il est donc mort, quel désespoir !

Les visiteurs, généralement, étaient émus et séduits par la tristesse banale de ces sujets transparents et poétiques. On comprenait tout de suite, sans explication et sans recherche, et on plaignait les pauvres femmes, bien qu'on ne sût pas au juste la nature du chagrin de la plus distinguée. Mais ce doute même aidait à la rêverie. Elle avait dû perdre son fiancé ! L'œil, dès l'entrée, était attiré invinciblement vers ces quatre sujets et retenu comme par une fascination. Il ne s'en écartait que pour y revenir toujours, et toujours contempler les quatre expressions des deux femmes qui se ressemblaient comme deux sœurs. Il se dégageait surtout du dessin net, bien fini, soigné,

---

1. *Velours frappé* : velours à dessins imprimés en relief.

distingué à la façon d'une gravure de mode, ainsi que du cadre bien luisant, une sensation de propreté et de rectitude qu'accentuait encore le reste de l'ameublement.

Les sièges demeuraient rangés suivant un ordre invariable, les uns contre la muraille, les autres autour du guéridon. Les rideaux blancs, immaculés, avaient des plis si droits et si réguliers qu'on avait envie de les friper un peu ; et jamais un grain de poussière ne ternissait le globe où la pendule dorée, de style Empire, une mappemonde portée par Atlas agenouillé, semblait mûrir comme un melon d'appartement.

Les deux femmes en s'asseyant modifièrent un peu la place normale de leurs chaises.

— Vous n'êtes pas sortie aujourd'hui ? demandait Mme Roland.

— Non. Je vous avoue que je suis un peu fatiguée.

Et elle rappela, comme pour en remercier Jean et sa mère, tout le plaisir qu'elle avait pris à cette excursion et à cette pêche.

— Vous savez, disait-elle, que j'ai mangé ce matin mes salicoques. Elles étaient délicieuses. Si vous voulez, nous recommencerons un jour ou l'autre cette partie-là...

Le jeune homme l'interrompit :

— Avant d'en commencer une seconde, si nous terminions la première ?

— Comment ça ? Mais il me semble qu'elle est finie.

— Oh ! Madame, j'ai fait, de mon côté, dans ce rocher de Saint-Jouin, une pêche que je veux aussi rapporter chez moi.

Elle prit un air naïf et malin :

— Vous ? Quoi donc ? Qu'est-ce que vous avez trouvé ?

— Une femme ! Et nous venons, maman et moi, vous demander si elle n'a pas changé d'avis ce matin.

Elle se mit à sourire :

— Non, Monsieur, je ne change jamais d'avis, moi.

Ce fut lui qui lui tendit alors sa main toute grande, où elle fit tomber la sienne d'un geste vif et résolu. Et il demanda :

— Le plus tôt possible, n'est-ce pas ?

– Quand vous voudrez.

– Six semaines ?

– Je n'ai pas d'opinion. Qu'en pense ma future belle-mère ?

Mme Roland répondit avec un sourire un peu mélancolique :

– Oh ! moi, je ne pense rien. Je vous remercie seulement d'avoir bien voulu Jean, car vous le rendrez très heureux.

– On fera ce qu'on pourra, maman.

Un^e peu attendrie, pour la première fois, Mme Rosémilly se leva et, prenant à pleins bras Mme Roland, l'embrassa longtemps comme un enfant ; et sous cette caresse nouvelle une émotion puissante gonfla le cœur malade de la pauvre femme. Elle n'aurait pu dire ce qu'elle éprouvait. C'était triste et doux en même temps. Elle avait perdu un fils, un grand fils, et on lui rendait à la place une fille, une grande fille.

Quand elles se retrouvèrent face à face, sur leurs sièges, elles se prirent les mains, et restèrent ainsi, se regardant et se souriant, tandis que Jean semblait presque oublié d'elles.

Puis elles parlèrent d'un tas de choses auxquelles il fallait songer pour ce prochain mariage, et quand tout fut décidé, réglé, Mme Rosémilly parut soudain se souvenir d'un détail et demanda :

– Vous avez consulté M. Roland, n'est-ce pas ?

La même rougeur couvrit soudain les joues de la mère et du fils. Ce fut la mère qui répondit :

– Oh ! non, c'est inutile !

Puis elle hésita, sentant qu'une explication était nécessaire, et elle reprit :

– Nous faisons tout sans lui rien dire. Il suffit de lui annoncer ce que nous avons décidé.

Mme Rosémilly, nullement surprise, souriait, jugeant cela bien naturel, car le bonhomme comptait si peu.

Quand Mme Roland se retrouva dans la rue avec son fils :

– Si nous allions chez toi, dit-elle. Je voudrais bien me reposer.

Elle se sentait sans abri, sans refuge, ayant l'épouvante de sa maison.

Ils entrèrent chez Jean.

Dès qu'elle sentit la porte fermée derrière elle, elle poussa un gros soupir comme si cette serrure l'avait mise en sûreté ; puis, au lieu de se reposer, comme elle l'avait dit, elle commença à ouvrir les armoires, à vérifier les piles de linge, le nombre des mouchoirs et des chaussettes. Elle changeait l'ordre établi pour chercher des arrangements plus harmonieux, qui plaisaient davantage à son œil de ménagère ; et quand elle eut disposé les choses à son gré, aligné les serviettes, les caleçons et les chemises sur leurs tablettes spéciales, divisé tout le linge en trois classes principales, linge de corps, linge de maison et linge de table, elle se recula pour contempler son œuvre, et elle dit :

– Jean, viens donc voir comme c'est joli.

Il se leva et admira pour lui faire plaisir.

Soudain, comme il s'était rassis, elle s'approcha de son fauteuil à pas légers, par-derrière, et, lui enlaçant le cou de son bras droit, elle l'embrassa en posant sur la cheminée un petit objet enveloppé dans un papier blanc, qu'elle tenait de l'autre main.

Il demanda :

– Qu'est-ce que c'est ?

Comme elle ne répondait pas, il comprit, en reconnaissant la forme du cadre :

– Donne ! dit-il.

Mais elle feignit de ne pas entendre, et retourna vers ses armoires. Il se leva, prit vivement cette relique doulou-reuse et, traversant l'appartement, alla l'enfermer à dou-ble ᶠ tour, dans le tiroir de son bureau. Alors elle essuya du bout de ses doigts une larme au bord de ses yeux, puis elle dit, d'une voix un peu chevrotante :

– Maintenant, je vais voir si ta nouvelle bonne tient bien ta cuisine. Comme elle est sortie en ce moment, je pourrai tout inspecter pour me rendre compte.

IX

Les lettres de recommandation des professeurs Mas-Roussel, Rémusot, Flache et Borriquel, écrites dans les termes les plus flatteurs pour le Dr Pierre Roland, leur élève, avaient été soumises par M. Marchand au conseil de la Compagnie transatlantique, appuyées par MM. Poulin, juge au tribunal de commerce, Lenient, gros armateur, et Marival, adjoint au maire du Havre, ami particulier du capitaine Beausire.

Il se trouvait que le médecin de la *Lorraine* n'était pas encore désigné, et Pierre eut la chance d'être nommé en quelques jours.

Le pli qui l'en prévenait lui fut remis par la bonne Joséphine, un matin, comme il finissait sa toilette.

Sa première émotion fut celle du condamné à mort à qui on annonce sa peine commuée ; et il sentit immédiatement sa souffrance adoucie un peu par la pensée de ce départ et de cette vie calme, toujours bercée par l'eau qui roule, toujours errante, toujours fuyante.

Il vivait maintenant dans la maison paternelle en étranger muet et réservé. Depuis le soir où il avait laissé s'échapper devant son frère l'infâme secret découvert par lui, il sentait qu'il avait brisé les dernières attaches avec les siens. Un remords le harcelait d'avoir dit cette chose à Jean. Il se jugeait odieux, malpropre, méchant, et cependant il était soulagé d'avoir parlé.

Jamais il ne rencontrait plus le regard de sa mère ou le regard de son frère. Leurs yeux pour s'éviter avaient pris une mobilité surprenante et des ruses d'ennemis qui redoutent de se croiser. Toujours il se demandait : « Qu'a-t-elle pu dire à Jean ? A-t-elle avoué ou a-t-elle nié ? Que croit mon frère ? Que pense-t-il d'elle, que pense-t-il de moi ? » Il ne devinait pas et s'en exaspérait. Il ne leur parlait presque plus d'ailleurs, sauf devant Roland, afin d'éviter ses questions.

Quand il eut reçu la lettre lui annonçant sa nomination, il la présenta, le jour même, à sa famille. Son père, qui avait une grande tendance à se réjouir de tout, battit des mains. Jean répondit d'un ton sérieux, mais l'âme pleine de joie :

— Je te félicite de tout mon cœur, car je sais qu'il y avait beaucoup de concurrents. Tu dois cela certainement aux lettres de tes professeurs.

Et sa mère baissa la tête en murmurant :

— Je suis bien heureuse que tu aies réussi.

Il alla, après le déjeuner, aux bureaux de la Compagnie, afin de se renseigner sur mille choses ; et il demanda le nom du médecin de la *Picardie* qui devait partir le lendemain, pour s'informer près de lui de tous les détails de sa vie nouvelle et des particularités qu'il y devait rencontrer.

Le Dr Pirette étant à bord, il s'y rendit, et il fut reçu dans une petite chambre de paquebot par un jeune homme à barbe blonde qui ressemblait à son frère. Ils causèrent longtemps.

On entendait dans les profondeurs sonores de l'immense bâtiment une grande agitation confuse et continue, où la chute des marchandises entassées dans les cales se mêlait aux pas, aux voix, au mouvement des machines chargeant les caisses, aux sifflets des contremaîtres et à la rumeur des chaînes traînées ou enroulées sur les treuils par l'haleine rauque de la vapeur qui faisait vibrer un peu le corps entier du gros navire.

Mais lorsque Pierre eut quitté son collègue et se retrouva dans la rue, une tristesse nouvelle s'abattit sur lui, et l'enveloppa comme ces brumes qui courent sur la mer, venues du bout du monde et qui portent dans leur épaisseur insaisissable quelque chose de mystérieux et d'impur comme le souffle pestilentiel de terres malfaisantes et lointaines.

En ses heures de plus grande souffrance il ne s'était jamais senti plongé ainsi dans un cloaque de misère. C'est que la dernière déchirure était faite ; il ne tenait plus à rien. En arrachant de son cœur les racines de toutes ses tendresses, il n'avait pas éprouvé encore cette détresse de chien perdu qui venait soudain de le saisir.

Ce n'était plus une douleur morale et torturante, mais l'affolement d'une bête sans abri, une angoisse matérielle d'être errant qui n'a plus de toit et que la pluie, le vent, l'orage, toutes les forces brutales du monde vont assaillir. En mettant le pied sur ce paquebot, en entrant dans cette chambrette balancée sur les vagues, la chair de l'homme qui a toujours dormi dans un lit immobile et tranquille s'était révoltée contre l'insécurité de tous les lendemains futurs. Jusqu'alors elle s'était sentie protégée, cette chair, par le mur solide enfoncé dans la terre qui le tient, et par la certitude du repos à la même place, sous le toit qui résiste au vent. Maintenant, tout ce qu'on aime braver dans la chaleur du logis fermé deviendrait un danger et une constante souffrance.

Plus de sol sous les pas, mais la mer qui roule, qui gronde et engloutit. Plus d'espace autour de soi, pour se promener, courir, se perdre par les chemins, mais quelques mètres de planches pour marcher comme un condamné au milieu d'autres prisonniers. Plus d'arbres, de jardins, de rues, de maisons, rien que de l'eau et des nuages. Et sans cesse il sentirait remuer ce navire sous ses pieds. Les jours d'orage il faudrait s'appuyer aux cloisons, s'accrocher aux portes, se cramponner aux bords de la couchette étroite pour ne point rouler par terre. Les jours de calme il entendrait la trépidation ronflante de l'hélice et sentirait fuir ce bateau qui le porte, d'une fuite continue, régulière, exaspérante.

Et il se trouvait condamné à cette vie de forçat vagabond, uniquement parce que sa mère s'était livrée aux caresses d'un homme.

Il allait devant lui, défaillant à présent sous la mélancolie désolée des gens qui vont s'expatrier.

Il ne se sentait plus au cœur ce mépris hautain, cette haine dédaigneuse pour les inconnus qui passent, mais une triste envie de leur parler, de leur dire qu'il allait quitter la France, d'être écouté et consolé. C'était, au fond de lui, un besoin honteux de pauvre qui va tendre la main, un besoin timide et fort de sentir quelqu'un souffrir de son départ.

Il songea à Marowsko. Seul le vieux Polonais l'aimait assez pour ressentir une vraie et poignante émotion ; et le docteur se décida tout de suite à l'aller voir.

Quand il entra dans la boutique, le pharmacien, qui pilait des poudres au fond d'un mortier de marbre, eut un petit tressaillement et quitta sa besogne :

– On ne vous aperçoit plus jamais ? dit-il.

Le jeune homme expliqua qu'il avait eu à entreprendre des démarches nombreuses, sans en dévoiler le motif, et il s'assit en demandant :

– Eh bien ! les affaires vont-elles ?

Elles n'allaient pas, les affaires. La concurrence était terrible, le malade rare et pauvre dans ce quartier travailleur. On n'y pouvait vendre que des médicaments à bon marché ; et les médecins n'y ordonnaient point ces remèdes rares et compliqués sur lesquels on gagne cinq cents pour cent. Le bonhomme conclut :

– Si ça dure encore trois mois comme ça, il faudra fermer boutique. Si je ne comptais pas sur vous, mon bon docteur, je me serais déjà mis à cirer des bottes.

Pierre sentit son cœur se serrer, et il se décida brusquement à porter le coup, puisqu'il le fallait :

– Oh ! moi... moi... je ne pourrai plus vous être d'aucun secours. Je quitte Le Havre au commencement du mois prochain.

Marowsko ôta ses lunettes, tant son émotion fut vive :

– Vous... vous... qu'est-ce que vous dites là ?

– Je dis que je m'en vais, mon pauvre ami.

Le vieux demeurait atterré, sentant crouler son dernier espoir, et il se révolta soudain contre cet homme qu'il avait suivi, qu'il aimait, en qui il avait eu tant de confiance, et qui l'abandonnait ainsi.

Il bredouilla :

– Mais vous n'allez pas me trahir à votre tour, vous ?

Pierre se sentait tellement attendri qu'il avait envie de l'embrasser :

– Mais je ne vous trahis pas. Je n'ai point trouvé à me caser ici et je pars comme médecin sur un paquebot transatlantique.

– Oh ! monsieur Pierre ! Vous m'aviez si bien promis de m'aider à vivre !

– Que voulez-vous ! Il faut que je vive moi-même. Je n'ai pas un sou de fortune.

Marowsko répétait :

– C'est mal, c'est mal, ce que vous faites. Je n'ai plus qu'à mourir de faim, moi. À mon âge, c'est fini. C'est mal. Vous abandonnez un pauvre vieux qui est venu pour vous suivre. C'est mal.

Pierre voulait s'expliquer, protester, donner ses raisons, prouver qu'il n'avait pu faire autrement ; le Polonais n'écoutait point, révolté de cette désertion, et il finit par dire, faisant allusion sans doute à des événements politiques :

– Vous autres Français, vous ne tenez pas vos promesses [1].

---

1. Lors du soulèvement de 1830 contre les Russes, les Polonais comptaient sur l'aide des Français, mais leurs espoirs furent déçus. La répression russe fut sanglante. Pour justifier le refus du gouvernement français

Alors Pierre se leva, froissé à son tour, et le prenant d'un peu haut :

— Vous êtes injuste, père Marowsko. Pour se décider à ce que j'ai fait, il faut de puissants motifs ; et vous devriez le comprendre. Au revoir. J'espère que je vous retrouverai plus raisonnable.

Et il sortit.

— Allons, pensait-il, personne n'aura pour moi un regret sincère.

Sa pensée cherchait, allant à tous ceux qu'il connaissait, ou qu'il avait connus, et elle retrouva, au milieu de tous les visages défilant dans son souvenir, celui de la fille de brasserie qui lui avait fait soupçonner sa mère.

Il hésita, gardant contre elle une rancune instinctive, puis soudain, se décidant, il pensa : « Elle avait raison, après tout. » Et il s'orienta pour retrouver sa rue.

La brasserie était, par hasard, remplie de monde et remplie aussi de fumée. Les consommateurs, bourgeois et ouvriers, car c'était un jour de fête, appelaient, riaient, criaient, et le patron lui-même servait, courant de table en table, emportant des bocks vides et les rapportant pleins de mousse.

Quand Pierre eut trouvé une place, non loin du comptoir, il attendit, espérant que la bonne le verrait et le reconnaîtrait.

Mais elle passait et repassait devant lui, sans un coup d'œil, trottant menu sous ses jupes avec un petit dandinement gentil.

Il finit par frapper la table d'une pièce d'argent. Elle accourut :

— Que désirez-vous, Monsieur ?

Elle ne le regardait pas, l'esprit perdu dans le calcul des consommations servies.

— Eh bien ! fit-il, c'est comme ça qu'on dit bonjour à ses amis ?

Elle fixa ses yeux sur lui, et d'une voix pressée :

---

d'intervenir, le ministre de la Guerre, le maréchal Sébastiani, aurait prononcé la phrase devenue proverbiale : « L'ordre règne à Varsovie. »

– Ah ! c'est vous. Vous allez bien. Mais je n'ai pas le temps aujourd'hui. C'est un bock que vous voulez ?

– Oui, un bock.

Quand elle l'apporta, il reprit :

– Je viens te faire mes adieux. Je pars.

Elle répondit avec indifférence :

– Ah bah ! Où allez-vous ?

– En Amérique.

– On dit que c'est un beau pays.

Et rien de plus. Vraiment il fallait être bien malavisé pour lui parler ce jour-là. Il y avait trop de monde au café !

Et Pierre s'en alla vers la mer. En arrivant sur la jetée il vit la *Perle* qui rentrait portant son père et le capitaine Beausire. Le matelot Papagris ramait ; et les deux hommes, assis à l'arrière, fumaient leur pipe avec un air de parfait bonheur. Le docteur songea en les voyant passer : « Bienheureux les simples d'esprit. »

Et il s'assit sur un des bancs du brise-lames pour tâcher de s'engourdir dans une somnolence de brute.

Quand il rentra, le soir, à la maison, sa mère lui dit, sans oser lever les yeux sur lui :

– Il va te falloir un tas d'affaires pour partir, et je suis un peu embarrassée. Je t'ai commandé tantôt ton linge de corps et j'ai passé chez le tailleur pour les habits ; mais n'as-tu besoin de rien autre, de choses que je ne connais pas, peut-être ?

Il ouvrit la bouche pour dire : « Non, de rien. » Mais il songea qu'il lui fallait au moins accepter de quoi se vêtir décemment, et ce fut d'un ton très calme qu'il répondit :

– Je ne sais pas encore, moi ; je m'informerai à la Compagnie.

Il s'informa, et on lui remit la liste des objets indispensables. Sa mère, en la recevant de ses mains, le regarda pour la première fois depuis bien longtemps, et elle avait au fond des yeux l'expression si humble, si douce, si triste, si suppliante des pauvres chiens battus qui demandent grâce.

Le 1er octobre, la[a] *Lorraine*, venant de Saint-Nazaire, entra au port du Havre, pour en repartir le 7 du[b] même mois à destination de New York ; et Pierre Roland dut prendre possession de la petite cabine flottante où serait désormais emprisonnée sa vie.

Le lendemain, comme il sortait, il rencontra dans l'escalier sa mère qui l'attendait et qui murmura d'une voix à peine intelligible.

– Tu ne veux pas que je t'aide à t'installer sur ce bateau ?

– Non, merci, tout est fini.

Elle murmura :

– Je désire tant voir ta chambrette.

– Ce n'est pas la peine. C'est très laid et très petit.

Il passa, la laissant atterrée, appuyée au mur, et la face blême.

Or Roland, qui visita la *Lorraine*, ce jour-là même, ne parla pendant le dîner que de ce magnifique navire et s'étonna beaucoup que sa femme n'eût aucune envie de le connaître puisque leur fils allait s'embarquer dessus.

Pierre ne vécut guère dans sa famille pendant les jours qui suivirent. Il était nerveux, irritable, dur, et sa parole brutale semblait fouetter tout le monde. Mais la veille de son départ il parut soudain très changé, très adouci. Il[c] demanda, au moment d'embrasser ses parents avant d'aller coucher à bord pour la première fois :

– Vous viendrez me dire adieu, demain sur le bateau ?

Roland s'écria :

– Mais oui, mais oui, parbleu. N'est-ce pas, Louise ?

– Mais certainement, dit-elle tout bas.

Pierre reprit :

– Nous partons à onze heures juste. Il faut être là-bas à neuf heures et demie au plus tard.

– Tiens ! s'écria son père, une idée. En te quittant nous courrons bien vite nous embarquer sur la *Perle* afin de t'attendre hors des jetées et de te voir encore une fois. N'est-ce pas, Louise ?

– Oui, certainement.

Roland reprit :

– De cette façon, tu ne nous confondras pas avec la foule qui encombre le môle quand partent les transatlantiques. On ne peut jamais reconnaître les siens dans le tas. Ça te va ?

– Mais oui, ça me va. C'est entendu.

Une [d] heure plus tard il était étendu dans son petit lit marin, étroit et long comme un cercueil. Il y resta longtemps, les yeux ouverts, songeant à tout ce qui s'était passé depuis deux mois [e] dans sa vie, et surtout dans son âme. À force d'avoir souffert et fait souffrir les autres, sa douleur agressive et vengeresse s'était fatiguée, comme une lame émoussée. Il n'avait presque plus le courage d'en vouloir à quelqu'un et de quoi que ce fût, et il laissait aller sa révolte à vau-l'eau à la façon de son existence. Il se sentait tellement las de lutter, las de frapper, las de détester, las de tout, qu'il n'en pouvait plus et tâchait d'engourdir son cœur dans l'oubli, comme on tombe dans le sommeil. Il entendait vaguement autour de lui les bruits nouveaux du navire, bruits légers, à peine perceptibles en cette nuit calme du port ; et de sa blessure jusque-là si cruelle il ne sentait plus aussi que les tiraillements douloureux des plaies qui se cicatrisent.

Il avait dormi profondément quand le mouvement des matelots le tira de son repos. Il faisait jour, le train de marée arrivait au quai amenant les voyageurs de Paris.

Alors il erra sur le navire au milieu de ces gens affairés, inquiets, cherchant leurs cabines, s'appelant, se questionnant et se répondant au hasard, dans l'effarement du voyage commencé. Après qu'il eut salué le capitaine et serré la main de son compagnon le commissaire du bord, il entra dans le salon où quelques Anglais sommeillaient déjà dans les coins. La grande pièce aux murs de marbre blanc encadrés de filets d'or prolongeait indéfiniment dans les glaces la perspective de ses longues tables flanquées de deux lignes illimitées de sièges tournants, en velours grenat. C'était bien là le vaste hall flottant et cosmopolite où devaient manger en commun les gens riches de tous les continents. Son luxe opulent était celui des grands hôtels, des théâtres, des lieux publics, le luxe imposant et banal qui satisfait l'œil des millionnaires. Le docteur allait passer dans la partie du navire réservée à la seconde classe, quand il se souvint qu'on avait embarqué la veille au soir un grand troupeau d'émigrants, et il descendit dans l'entrepont. En y pénétrant, il fut saisi par une odeur nauséabonde d'humanité pauvre et malpropre, puanteur de chair nue plus écœurante que celle du poil ou de la laine des bêtes. Alors, dans une sorte de souterrain obscur et bas, pareil aux galeries des mines, Pierre aperçut des centaines d'hommes, de femmes et d'enfants étendus sur des planches superposées ou grouillant par tas sur le sol[1]. Il ne distinguait point les visages mais voyait vaguement cette foule sordide en haillons, cette foule de misérables vaincus par la vie, épuisés, écrasés, partant avec une femme maigre et des enfants exténués pour une terre inconnue, où ils espéraient ne point mourir de faim, peut-être.

Et songeant au travail passé, au travail perdu, aux efforts stériles, à la lutte acharnée, reprise chaque jour en vain, à l'énergie dépensée par ces gueux, qui allaient recommencer encore, sans savoir où, cette existence d'abominable misère, le docteur eut envie de leur crier : « Mais foutez-vous donc à l'eau avec vos femelles et vos petits ! » Et son cœur fut tellement étreint par la pitié qu'il s'en alla, ne pouvant supporter leur vue.

Son père, sa mère, son frère et Mme Rosémilly l'attendaient déjà dans sa cabine.

– Si tôt, dit-il.

– Oui, répondit Mme Roland d'une voix tremblante, nous voulions avoir le temps de te voir un peu.

---

1. Selon la *Petite Histoire du Havre illustrée* de Beaucamp et Le Grix, en 1893, les mesures moyennes d'un transatlantique sont les suivantes : longueur : 100 mètres et plus ; largeur : 12 mètres ; profondeur : 8 mètres. Une cabine de première classe coûte de 400 à 600 francs, une cabine de seconde classe coûte 300 francs, et une place à l'entrepont où voyagent les émigrants, 125 francs (« une partie de l'entrepont leur tient lieu de dortoir. Leurs lits ressemblent un peu à des caisses d'emballage qu'on aurait fixées, les unes au-dessus des autres », *op. cit.*, p. 235).

Il la regarda. Elle était en noir, comme si elle eût porté un deuil, et il s'aperçut brusquement que ses cheveux, encore gris le mois dernier, devenaient tout blancs à présent.

Il eut grand-peine à faire asseoir les quatre personnes dans sa petite demeure, et il sauta sur son lit. Par la porte restée ouverte on voyait passer une foule nombreuse comme celle d'une rue un jour de fête, car tous les amis des embarqués et une armée de simples curieux avaient envahi l'immense paquebot. On se promenait dans les couloirs, dans les salons, partout, et des têtes s'avançaient jusque dans la chambre tandis que des voix murmuraient au-dehors : « C'est l'appartement du docteur. »

Alors Pierre poussa la porte ; mais dès qu'il se sentit enfermé avec les siens, il eut envie de la rouvrir, car l'agitation du navire trompait leur gêne et leur silence.

Mme Rosémilly voulut enfin parler :

– Il vient bien peu d'air par ces petites fenêtres, dit-elle.

– C'est un hublot, répondit Pierre.

Il en montra l'épaisseur qui rendait le verre capable de résister aux chocs les plus violents, puis il expliqua longuement le système de fermeture. Roland à son tour demanda :

– Tu as ici même la pharmacie ?

Le docteur ouvrit une armoire et fit voir une bibliothèque de fioles qui portaient des noms latins sur des carrés de papier blanc.

Il en prit une pour énumérer les propriétés de la matière qu'elle contenait, puis une seconde, puis une troisième, et il fit un vrai cours de thérapeutique qu'on semblait écouter avec grande attention.

Roland répétait en remuant la tête :

– Est-ce intéressant cela !

On frappa doucement contre la porte.

– Entrez ! cria Pierre.

Et le capitaine Beausire parut.

Il dit, en tendant la main :

– Je viens tard parce que je n'ai pas voulu gêner vos épanchements.

Il dut aussi s'asseoir sur le lit. Et le silence recommença.

Mais, tout à coup, le capitaine prêta l'oreille. Des commandements lui parvenaient à travers la cloison, et il annonça :

– Il est temps de nous en aller si nous voulons embarquer dans la *Perle* pour vous voir encore à la sortie, et vous dire adieu en pleine mer.

Roland père y tenait beaucoup, afin d'impressionner les voyageurs de la *Lorraine* sans doute, et il se leva avec empressement :

– Allons, adieu, mon garçon.

Il embrassa Pierre sur ses favoris, puis rouvrit la porte.

Mme Roland ne bougeait point et demeurait les yeux baissés, très pâle.

Son mari lui toucha le bras :

– Allons, dépêchons-nous, nous n'avons pas une minute à perdre.

Elle se dressa, fit un pas vers son fils et lui tendit, l'une après l'autre, deux joues de cire blanche, qu'il baisa sans dire un mot. Puis il serra la main de Mme Rosémilly, et celle de son frère en lui demandant :

– À quand ton mariage ?

– Je ne sais pas encore au juste. Nous le ferons coïncider avec un de tes voyages [1].

Tout le monde enfin sortit de la chambre et remonta sur le pont encombré de public, de porteurs de paquets et de marins.

La vapeur ronflait dans le ventre énorme du navire qui semblait frémir d'impatience.

– Adieu, dit Roland toujours pressé.

– Adieu, répondit Pierre debout au bord d'un des petits ponts de bois qui faisaient communiquer la *Lorraine* avec le quai.

---

1. Selon la *Petite Histoire du Havre illustrée* de Beaucamp et Le Grix (*ibid.*, p. 232), en 1893, la traversée entre Le Havre et New York se faisait en six ou sept jours.

Il serra de nouveau toutes les mains et sa famille
s'éloigna.

– Vite, vite, en voiture ! criait le père.

Un fiacre les attendait qui les conduisit à l'avant-port
où Papagris tenait la *Perle* toute prête à prendre le large.

Il n'y avait aucun souffle d'air ; c'était un de ces jours
secs et calmes d'automne, où la mer polie semble froide
et dure comme de l'acier.

Jean saisit un aviron, le matelot borda [1] l'autre et ils se
mirent à ramer. Sur le brise-lames, sur les jetées, jusque
sur les parapets de granit, une foule innombrable,
remuante et bruyante, attendait la *Lorraine*.

La *Perle* passa entre ces deux vagues humaines et fut
bientôt hors du môle.

Le capitaine Beausire, assis entre les deux femmes,
tenait la barre et il disait :

– Vous allez voir que nous nous trouverons juste sur
sa route, mais là, juste.

Et les deux rameurs tiraient de toute leur force pour
aller le plus loin possible. Tout à coup Roland s'écria :

– La voilà. J'aperçois sa mâture et ses deux cheminées.
Elle sort du bassin.

– Hardi ! les enfants, répétait Beausire.

Mme Roland prit son mouchoir dans sa poche et le posa
sur ses yeux.

Roland était debout, cramponné au mat ; il annonçait :

– En ce moment elle évolue dans l'avant-port... Elle ne
bouge plus... Elle se remet en mouvement... Elle a dû
prendre son remorqueur... Elle marche... bravo !... Elle
s'engage dans les jetées !... Entendez-vous la foule qui
crie... bravo !... c'est le *Neptune* qui la tire... je vois son
avant maintenant... la voilà, la voilà... Nom de Dieu, quel
bateau ! Nom de Dieu ! regardez donc !...

Mme Rosémilly et Beausire se retournèrent ; les deux
hommes cessèrent de ramer ; seule Mme Roland ne remua
point.

---

1. *Border un aviron* : le mettre sur le bord du bateau, prêt à servir.

L'immense paquebot, traîné par un puissant remorqueur qui avait l'air, devant lui, d'une chenille, sortait lentement et royalement du port. Et le peuple havrais massé sur les môles, sur la plage, aux fenêtres, emporté soudain par un élan patriotique[1] se mit à crier : « Vive la *Lorraine* ! » acclamant et applaudissant ce départ magnifique, cet enfantement d'une grande ville maritime qui donnait à la mer sa plus belle fille.

Mais Elle, dès qu'elle eut franchi l'étroit passage enfermé entre deux murs de granit, se sentant libre enfin, abandonna son remorqueur, et elle partit toute seule comme un énorme monstre courant sur l'eau.

– La voilà... la voilà !... criait toujours Roland. Elle vient droit sur nous.

Et Beausire, radieux, répétait :

– Qu'est-ce que je vous avais promis, hein ? Est-ce que je connais leur route ?

Jean, tout bas, dit à sa mère :

– Regarde, maman, elle approche.

Et Mme Roland découvrit ses yeux aveuglés par les larmes.

La *Lorraine* arrivait, lancée à toute vitesse dès sa sortie du port, par ce beau temps clair, calme. Beausire, la lunette braquée, annonça :

– Attention ! M. Pierre est à l'arrière, tout seul, bien en vue. Attention !

Haut comme une montagne et rapide comme un train, le navire, maintenant, passait presque à toucher la *Perle*.

Et Mme Roland, éperdue, affolée, tendit les bras vers lui, et elle vit son fils, son fils Pierre, coiffé de sa casquette galonnée, qui lui jetait à deux mains des baisers d'adieu.

Mais il s'en allait, il fuyait, disparaissait, devenu déjà tout petit, effacé comme une tache imperceptible sur le gigantesque bâtiment. Elle s'efforçait de le reconnaître encore et ne le distinguait plus.

Jean lui avait pris la main :

---

1. Allusion à la perte de l'Alsace-Lorraine à l'issue de la guerre franco-prussienne.

– Tu as vu ? dit-il.

– Oui, j'ai vu. Comme il est bon !

Et on retourna vers la ville.

– Cristi ! ça va vite, déclarait Roland avec une conviction enthousiaste.

Le paquebot, en effet, diminuait de seconde en seconde comme s'il eût fondu dans l'Océan. Mme Roland tournée vers lui le regardait s'enfoncer à l'horizon vers une terre inconnue, à l'autre bout du monde. Sur ce bateau que rien ne pouvait arrêter, sur ce bateau qu'elle n'apercevrait plus tout à l'heure, était son fils, son pauvre fils. Et il lui semblait que la moitié de son cœur s'en allait avec lui, il lui semblait aussi que sa vie était finie, il lui semblait encore qu'elle ne reverrait jamais plus son enfant.

– Pourquoi pleures-tu, demanda son mari, puisqu'il sera de retour avant un mois ?

Elle balbutia :

– Je ne sais pas. Je pleure parce que j'ai mal.

Lorsqu'ils furent revenus à terre, Beausire les quitta tout de suite pour aller déjeuner chez un ami. Alors Jean partit en avant avec Mme Rosémilly, et Roland dit à sa femme :

– Il a une belle tournure, tout de même, notre Jean.

– Oui, répondit la mère.

Et comme elle avait l'âme trop troublée pour songer à ce qu'elle disait, elle ajouta :

– Je suis bien heureuse qu'il épouse Mme Rosémilly.

Le bonhomme fut stupéfait :

– Ah bah ! Comment ? Il va épouser Mme Rosémilly ?

– Mais oui. Nous comptions te demander ton avis aujourd'hui même.

– Tiens ! tiens ! Y a-t-il longtemps qu'il est question de cette affaire-là ?

– Oh ! non. Depuis quelques jours seulement. Jean voulait être sûr d'être agréé par elle avant de te consulter.

Roland se frottait les mains :

– Très bien, très bien. C'est parfait. Moi je l'approuve absolument.

Comme ils allaient quitter le quai et prendre le boulevard François-Ier, sa femme se retourna encore une fois pour jeter un dernier regard sur la haute mer ; mais elle ne vit plus rien qu'une petite fumée grise, si lointaine, si légère qu'elle avait l'air d'un peu de brume.

FIN[f]

VARIANTES

Le lecteur trouvera dans la Note sur l'édition (p. 35-36) toutes les précisions utiles à la lecture de ces variantes.

VARIANTES DU « ROMAN »

Titre. *Ms, FSL : le titre n'est pas mis entre guillemets. Dans FSL, il est suivi de cette annonce de la rédaction :* Nous avons la bonne fortune d'offrir aujourd'hui à nos lecteurs la primeur de l'étude sur le roman contemporain que Guy de Maupassant a placée en tête de son roman *Pierre et Jean*, qui paraît lundi chez l'éditeur Paul Ollendorff.

l. 3-5. *Ms.* la [condamnation du genre d'étude] <critique du genre d'étude psychologique> que j'ai essayé dans

l. 6. *Ms.* veux [parler] m'occuper du

l. 1-7. *Le premier paragraphe manque dans FSL. Le texte commence ainsi :* ... Je veux m'occuper du Roman en général, dit M. de Maupassant dans sa préface : / « Je

l. 8-9. *Ms.* que [je publie] <paraît> un

l. 13-14. *Ms.* parler. / [Il semblerait] On

l. 14. *Ms.* répondre [de la meme] par

l. 21. *Ms.* famille [d *une lettre illisible*] d'artistes

l. 25. *Ms.* qui, [après Gargantua et Pantagruel] après

l. 26-27. *Ms.* les <Liaisons dangereuses> Werther

l. 27-28. *Ms.* Harlowe, [*lettre illisible*] Émile

l. 29. *Ms.* Mauprat, [*lettre illisible*] Le

l. 29. *Ms.* Goriot [et] la

l. 30-31. *Ms.* Maupin, <Notre Dame de Paris> Salammbo

l. 31. *Ms.* Salammbo [et] Madame

l. 31-32. *Ms.* Bovary <Adolphe> M.

l. 32-33. *Ms.* etc etc ose

l. 45. *Ms.* histoire [racontée] écrite

l. 47. *Ms.* roman [Adolphe de [M.] Benjamin Constant] Le

l. 49-50. *Ms.* établir [un rapprochement de] [<comparaison>] <une comparaison> entre

l. 51-52. *Ms.* Dumas [et Le rouge et le no] [Mademoiselle de Maupin] <Mme Bovary de Flaubert> [et] M. de Camors

l. 57. *Ms.* Il semble[r] cependant

l. 62. *Ms.* rejettent, [toutes les productions] à

l. 65. *Ms.* critique [éclai] intelligent

l. 67. *Ms.* faits, [mais] [et qui semble] [<paraît>] [le plus rare au monde, ra] [la faculté] et

l. 68-69. *Ms.* nouvelles. / [Il me semble] Tous

l. 70. *Ms.* absolu [qu'ils ont], droit

l. 71. *Ms.* indiscutable [de concevoir] [<d'im>] [et d'exécuter suivant] [<et>] de

l. 71-72. *Ms.* composer [et d'observer] <c'est à dire d'imaginer ou d'observer> suivant

l. 73. *Ms.* l'art. [Leur génie] <Le talent> provient

l. 73. *Ms.* de [leur] <l'> originalité

l. 73-74. *Ms.* est [leur] <une> manière <spéciale> de

l. 76. *Ms.* qu'il [se] s'en

l. 79-80. *Ms.* une [vision] <manière> nouvelle. [La plus gran] Un critique, [pour] <qui> mériterait

l. 83. *Ms.* valeur <artiste> de

l. 83-84. *Ms.* soumet. [Ses ?] Sa

l. 84-85. *Ms.* absorber [si] <assez> complètement

l. 85-86. *Ms.* puisse [apprécier] <découvrir> et

l. 86. *Ms.* les [choses meme] livres

l. 86. *Ms.* même [qu'il n'aime pas] qu'il

l. 86-87. *Ms.* comme [lecteur] <homme> et

l. 89. *Ms.* d'où il[s] résulte[nt] qu'ils

l. 90-91. *Ms.* complimentent [sans mesure et] sans

l. 93-94. *Ms.* esprit, [apprécie l'écrivain] demande [<uniquement>] à

l. 94. *Ms.* goût <pré>dominant, [qui le pousse] [et il appelle] et

l. 95. *Ms.* de <remarquable ou de> bien

l. 96. *Ms.* ou [la page] <le passage> qui [satisfait] plaît

l. 102-103. *Ms.* moi. / [Épouvantez] <Attendrissez> moi

l. 111. *Ms.* vous [plaira] <conviendra le mieux> suivant

l. 25-114. *FSL.* diverses... / Le critique *Vingt-trois paragraphes manquent, du 10ᵉ (Or, le critique qui, après Manon Lescaut [...]) au 32ᵉ (L'artiste essaie, réussit ou échoue.).*

l. 115. *Ms.* n'a <pas> le

l. 115-117. *Ms.* préoccuper [ni des tendances [ni des] / Cela

l. 117. *Ms.* été [dit cent] <écrit déjà> mille

l. 117-118. *Ms.* le [redire] répéter

l. 120. *Ms.* vision <déformée> surhumaine

l. 120-121. *Ms.* , poétique [et magnifique] <attendrissante, charmante ou superbe> de

l. 125. *Ms.* faut [ad] admettre

l. 127-128. *Ms.* valeur intrinsèque en [ad] acceptant

l. 130. *Ms.* écrivain [d'ecr ?] de

l. 131. *Ms.* œuvre [réelle] réaliste

l. 131-132. *Ms.* réaliste, [c'est faire le procès] [c'est lui] c'est vouloir [lui imposer un tempérament] le

l. 132. *Ms.* tempérament, [c'est] récuser

l. 135-136. *Ms.* voir [beau ou de voir] <les choses belles ou> laid<es>, [de voir] petit<es> ou [de voir] épique<s> [de voir] gracieu<ses> *en surcharge sur* [x] ou [de voir] sinistre<s> c'est

l. 141. *Ms.* artiste. [Pour juger un Idéaliste soyons] [Soyons] <Devenons> poétiquement

l. 142. *Ms.* lui [de] <que> son

l. 144-145. *Ms.* vérité [diffère de sa combinaison] dans la

l. 149. *Ms.* qui [transforme] <transform<e> *en surcharge sur* [ait]> la

l. 149-150. *Ms.* vérité <constante,> brutale

l. 150-151. *Ms.* en [faire une vérité relative] <tirer une aventure exceptionnelle> et

l. 151. *Ms.* séduisante [doit] [<devait>] <doit> sans

l. 152-153. *Ms.* événements, <à son gré> les

l. 153. *Ms.* les [combiner] préparer et

l. 154. *Ms.* l'émouvoir [et] <ou> l'attendrir.

l. 156. *Ms.* dénouement ; [et il les dispose *deux lettres illisibles*] [dispose et gradue tous les incidents à sa fantaisie pour concourir à l'effet *deux lettres illisibles*] [Tous] Les

l. 156. *Ms.* incidents [les plus *mot illisible*] sont

l. 158. *Ms.* est [toujours] un

l. 158. *Ms.* capital <et décisif> [terminant tout l'intérêt éveillé] [terminant] satisfaisant

l. 159. *Ms.* début, [arretant] mettant

l. 159-160. *Ms.* une [terme] <barrière> à

l. 160. *Ms.* l'intérêt [satisfait] et

l. 161. *Ms.* racontée [que les personnages les plus attachants] qu'on

l. 163-164. *Ms.* attachants. / [Tout] <Le Romancier> <A> *en surcharge sur* [a]u contraire [le romancier] qui

l. 169. *Ms.* forcer [à dégager nous-mêmes] à

l. 170. *Ms.* événements [qui nous entourent]. À

l. 170. *Ms.* vu [et observé, d'avoir pensé et rêvé] <et médité> il

l. 171. *Ms.* choses, [les hommes] les faits

l. 173. *Ms.* observations [médit] réfléchies.

l. 173-174. *Ms.* cette [large] vision [du] <personnelle du> monde

l. 175. *Ms.* communiquer [non point en l'expliquant mais en évoquant] <en la reproduisant> dans

l. 178. *Ms.* scrupuleuse [vraisemblance] [<exactitude>] <ressemblance>. Il

l. 179. *Ms.* adroite [si simple et] si

l. 180. *Ms.* impossible [de la] d'en

l. 183. *Ms.* de [commencer] [raconter] <machiner> une

l. 186-187. *Ms.* transitions [inappréciables] <naturelles> jusqu'à

l. 190. *Ms.* comment [une âme] [un germe] [le germe des] [se] <se> développent

l. 192-193. *Ms.* milieux [différents] <sociaux>, comment

l. 196. *Ms.* consistera <donc> point

l. 197. *Ms.* l'émotion [<ni>] <ou> dans

l. 197. *Ms.* charme [ou dans] [des faits,] [mais dans] dans

l. 197-198. *Ms.* attachant [et] <ou> dans [un dénouement unique] <une catastrophe> émouvante

l. 199. *Ms.* groupement [très] adroit

l. 199. *Ms.* des [menus] <petits> faits

l. 200. *Ms.* l'œuvre. [Il donne dans] S'il

l. 202. *Ms.* de [toutes *corrigé en* tous] [les existences qui l'entourent] <les êtres qui l'ont entourée> sa

l. 203. *Ms.* caractéristique [de cette existence], il

l. 206-207. *Ms.* spéciale, [donner une valeur propre et cachée] tous

l. 208. *Ms.* qui [appartiennent] donnent

l. 208-209. *Ms.* donnent [à l'œuvre une] <au livre sa portée sa> valeur

l. 210-211. *Ms.* de [construire et de] composer

l. 212. *Ms.* critiques, <et> qu'ils

l. 212-213. *Ms.* qu'ils [ne voient pas et] ne [comprennent pas] <découvrent> [<point>] <pas> tous

l. 213. *Ms.* fils [si] si minces

l. 214. *Ms.* invisibles [mis à la place] employés

l. 214. *Ms.* par [les] <certains> artistes

l. 215. *Ms.* qui [a] <avait> nom

l. 216-217. *Ms.* l'Intrigue. / [En somme le romancier écrit l'histoire de l'âme, l'histoire du cœur et de l'intelligence humaine à l'état normal] / En

l. 217. *Ms.* somme <si> le

l. 220. *Ms.* normal [et pour tirer un] Pour

l. 221. *Ms.* qu'il [cherche] <poursuit> c'est-à-dire

l. 222. *Ms.* la <simple> réalité

l. 225. *Ms.* n'employer [à cette démonstration] que

l. 125-227. *FSL.* toute la vérité....... / *ligne de points* / Mais en se plaçant *Onze paragraphes manquent, du 37ᵉ (*Il faut admettre avec un égal intérêt [...]*) au 47ᵉ (*En somme, si le Romancier d'hier [...]*).

l. 228. *Ms.* artistes [on peut] <réalistes on doit> discuter

l. 230-231. *Ms.* vérité. » / [Le vrai peut, quelquefois, n'être pas vraisemblable.] / [Leur intention était de nous montrer] / Leur

l. 231. *Ms.* la [<signification>] philosophi<e> *en surcharge sur* philosophi[que] de

l. 233. *Ms.* corriger [la vie elle-même] <les événements> au

l. 235-236. *Ms.* vraisemblable. / [Ils cherch] Le

l. 237. *Ms.* vie, [mais à nous en donner l'] mais

l. 241-242. *Ms.* énumérer [tous] les [menus] [tout petits] multitudes

l. 242. *Ms.* qui [se trouvent] emplissent

l. 245-246. *Ms.* vérité. / [Or la vie <notre vie> qui passe,] [la vie <notre vie> qui coule est faite des choses les plus différentes, les plus contraires, les plus disparates <les plus imprévues>. L'artiste ayant choisi son thème ne prendra donc dans cette vie [faite de <cent>] <encombrée de> hasards et de [*mot illisible*] futilités que les détails utiles à son sujet.] / [Or] La

l. 246. *Ms.* vie <en outre> est [faite] <composée> des

l. 248. *Ms.* est [<*mot illisible*>] brutale

l. 249. *Ms.* pleine [d'accidents brusques] <de> [<*mot illisible*>] [de catastrophes subites] <catastrophes [brusques] inexplicables> [de faits] illogiques

l. 250. *Ms.* qui [déroutent la raison et] doivent

l. 250-252. *Ms.* chapitre [« accidents »] <u>faits divers</u> / <Voilà pourquoi> L'artiste

l. 255. *Ms.* rejettera <tout> le

l. 255-256. *Ms.* à-côté [; tout l'inutile.] / Un

l. 257. *Ms.* gens [<de faits di>] qui

l. 260. *Ms.* d'un<e> [fiacre] <voiture> au

l. 264. *Ms.* les [événements] <faits> ou

l. 265. *Ms.* précautions [à] [de] et

l. 267. *Ms.* adresse [du plan et] de

l. 270. *Ms.* suivant [la] leur

l. 255-272. *FSL.* tout l'à-côté..... / *ligne de points* / Faire vrai *Trois paragraphes manquent, du 56ᵉ (*Un exemple entre mille :*) au 58ᵉ (*La vie encore [...]*)*.

l. 274. *Ms.* pêle-mêle [et l'invraisemblance] de

l. 276. *Ms.* Réalistes [qui sont des artistes] <de talent> devraient

l. 277. *Ms.* s'appeler, [plus que tous les autres] [<*un mot illisible*>] <plutôt> des

l. 281-282. *Ms.* de [réalités diverses] <vérités> qu'il

l. 282. *Ms.* Et [notre] nos

l. 283-284. *Ms.* organes diversement impressionnés, [par les mêmes] comprennent

l. 288-289. *Ms.* poétique, [*mot illisible*] sentimentale, [tri] joyeuse [tris] mélancolique [ou] <sale ou> lugubre

l. 290. *Ms.* Et [l'artiste] <l'écrivain> n'a

l. 290-291. *Ms.* reproduire [cette illusion] fidèlement

l. 291. *Ms.* les [moyens d] procédés

l. 293. *Ms.* une [conception] <convention> humaine !

l. 299. *Ms.* puisqu'elles sont simplement

l. 300-301. *Ms.* s'analyse. / [Je veux cependant exposer quelques] / Il

l. 304. *Ms.* roman [simplement] objectif.

l. 307-308. *Ms.* n'accordant [qu] au

l. 310-311. *Ms.* donc écrire

l. 316. *Ms.* l'âme agissant[e] sous

l. 318. *Ms.* de l'Objectivi<té> *en surcharge sur* Objectivi[sme] (quel

l. 318-319. *Ms.* mot !) pretend<a>nt *en surcharge sur* pretend[e]nt au

l. 320. *Ms.* qui [se passe sous nos yeux] <a lieu dans la vie> évitent

l. 322-323. *Ms.* les [fa] personnages

l. 323. *Ms.* et les [faits] événements

l. 326-327. *Ms.* l'existence. [On gagne à procéder ainsi le mouvement] [a] [a concevoir le roman de cette manière] [<l'art>] Le Roman conçu

l. 329. *Ms.* vie [grouillante] [en un] remuante.

l. 330. *Ms.* d'expliquer [pourquoi un personnage] longuement

l. 331-332. *Ms.* personnage [ils] <les écrivains objectifs> cherchent [pour montrer cet état] l'action ; *FSL.* objectifs chercheront l'action

l. 332-333. *Ms.* d'âme fera accomplir

l. 334. *Ms.* le feront se

l. 336. *Ms.* de [to] sa

l. 337. *Ms.* toutes [ses tendances] <ses> volontés

l. 339. *Ms.* en feront la

l. 339. *Ms.* carcasse [de l'*une lettre illisible*] de
l. 346. *Ms.* mobiles [qui conduisent leur agitation] auxquels
l. 346-347. *FSL.* ne racontent point les mobiles auxquels ils nous obéissent. *[Erreur évidente.]*
l. 348. *Ms.* de [ceci] <ce> que, à
l. 350. *Ms.* nature [d'une manière assez exacte pour savoir l] assez
l. 351. *Ms.* circonstances. / Mais si
l. 352. *Ms.* dire <avec précision> : « tel
l. 356-357. *Ms.* de son <ses> instincts [qui] qui
l. 357. *Ms.* pas [les] <pareils aux> nôtres
l. 358. *Ms.* dont [tous] les
l. 360. *Ms.* Quelque soit
l. 360-361. *Ms.* faible <doux> sans
l. 364. *Ms.* exubérant [et] sensuel
l. 367. *Ms.* qu'il [pourrait] <peut> fort
l. 368-369. *Ms.* vie. / [En somme pour faire de la psychologie pure] En
l. 369-370. *Ms.* pure [se substitue simplement] <ne peut que se substituer> à
l. 373. *Ms.* nous [et] qui
l. 374. *Ms.* imposent [leur] leurs
l. 374. *Ms.* perceptions [et] déterminent
l. 374-375. *Ms.* sensibilité [et] [nous] [font de nous un être] <créent en nous une [intelligence] âme> essentiellement
l. 376. *Ms.* de [tous les êtres] <toutes celles> qui
l. 377. *Ms.* par [l'] le
l. 378. *Ms.* sens, [notre connaiss] nos
l. 378. *Ms.* nous <ne *en surcharge sur* [pré] pouvons
l. 382-383. *Ms.* assassin <d'un voleur [ou d'un bourgeois] ou d'un honnête homme,> d'une
l. 386. *Ms.* assassin, <voleur,> courtisane
l. 388-389. *Ms.* ferais <qu'est-ce que *je* penserais> comment [est] est-ce
l. 393-397. *Ms.* infranchissable [et] <L'adresse consiste à ne pas laisser reconnaître ce *moi* par le lecteur sous tous les masques divers qui nous servent à le cacher.> Mais
l. 397-398. *Ms.* vue [de la sincérité <absolue>] <de la complète exactitude,> la
l. 400-401. *Ms.* travail. / [Ne nous fachons donc contre aucune théorie puisqu[e]'elles sont toutes *un mot illisible* l'expression <généralisée> d'un tempérament qui s'ala s'analyse.] / Voici
l. 402. *Ms.* est [beau et] respectable
l. 407. *Ms.* maîtres [admirables de] <aux> natures
l. 408. *Ms.* variées [de] <au[x]> génie[s] si
l. 408. *Ms.* multiple [certain] que
l. 409. *Ms.* dit ? [Or] Qui
l. 411. *Ms.* phrase [une pensée] qui
l. 411-412. *Ms.* trouve [déjà] <<déjà> à peu près pareille,> quelque
l. 414. *Ms.* l'impression [de n'être plus qu'une pa] d'être
l. 416. *Ms.* soit <presque> familière
l. 419. *Ms.* connus [ignore cette angoisse et ce découragement de ceux] écrit
l. 421-422. *Ms.* désœuvrée. <Mais> ceux

l. 422. *Ms.* qui pèse tous

l. 423. *Ms.* ceux [ceux] que

l. 426-427. *Ms.* arrivent [*deux lettres illisibles*] [<à consi>] <à juger> l'art

l. 428. *Ms.* nous [révèlent] <dévoilent> à

l. 430. *Ms.* phrases, tout

l. 431-432. *Ms.* surprenante, [puis] mais

l. 438. *Ms.* mêmes. [Mais] <L> *en surcharge sur* [l]es autres

l. 441. *Ms.* continuité [du] de

l. 441-442. *Ms.* l'effort. / [Et pourtant que de livres sont jetés chaque jour aux librairies] / Deux

l. 444-450. *Ms.* Flaubert. / <Si je parle ici d'eux et de moi c'est que leurs conseils, résumés en [quelques] peu de lignes [pourront] <seront> peut-être [être] utiles [à quelqu'] à quelques jeunes gens moins confiants <en eux-mêmes> qu'on ne l'est d'ordinaire quand on débute dans les lettres.> / Bouilhet

l. 451. *Ms.* de [conquérir] gagner

l. 452. *Ms.* Flaubert, [que les plus] [m'a fait comprendre cette <cet> vérité que les plus] <à force de me répéter> que

l. 453. *FSL.* suffisent à l'immortalité, s'ils

l. 454. *Ms.* irréprochables [et] <et s'ils> contiennent

l. 454-455. *Ms.* l'essence [même] du

l. 455-456. *Ms.* homme, [ne fut-il pas un poëte] <même> de [premier] <second> ordre

l. 458. *Ms.* jour [d'inspi] de

l. 459. *Ms.* rencontre [d'un sujet *deux lettres illisibles*] heureuse

l. 460. *Ms.* tendances [artistes] de

l. 460. *Ms.* esprit, [peuvent] amener

l. 461-463. *Ms, FSL.* unique et parfaite. / Je

l. 463-464. *Ms* compris [plus tard que les plus grands écrivains ne laissent guère] <ensuite que les écrivains les plus connus n'ont presque jamais laissé> plus

l. 465. *Ms.* chance de rencontrer et

l. 468. *Ms.* facultés, tout<e> [notre talent] <notre valeur> toute

l. 473. *Ms.* aurez [un j] du

l. 474. *Ms, FSL.* prouve de l'intelligence

l. 475. *FSL.* n'oubliez pas ceci

l. 475-476. *Ms.* talent [ainsi qu'une] − suivant

l. 479-481. *Ms.* plaisais. [Mon oncle Alfred Le Poittevin avait été d'ailleurs le plus aimé de ses amis et il me trouvait <d'ailleurs> une ressemblance physique avec ce mort toujours regretté.] [Mon oncle Alfred Le Poittevin qui avait été le plus aimé le plus de ses amis.] < car il s'était mis à m'appeler en riant son disciple.> / <Pendant [cinq] <sept> ans> je fis

l. 482-483. *Ms.* détestable. <Il n'en est rien resté.> [Il] <Le maître> lisait <tout *en surcharge sur un mot illisible*>, puis

l. 484. *Ms.* déjeunant, [faisait] <développait> ses

l. 491. *Ms.* regarder [les moindres choses comme les plus grandes] <tout ce qu'on veut exprimer> assez

l. 492-493. *Ms.* pour [q] <en> découvrir [quelque chose] <un aspect> qui

l. 493. *Ms.* n'ait jamais été vu[e] et dit[e] par

l. **494.** *Ms.* l'inexploré, [<trouvons-le. – Et puis il n'y a pas de>] parce

l. **495.** *Ms.* qu'avec [des] <le> souvenir[s] de

l. **497-498.** *Ms.* d'inconnu. [Trouvons] <Trouvons> le.

l. **498.** *Ms.* flambe [ou] <et> un

l. **499.** *Ms.* plaine [res] demeurons

l. **499.** *Ms.* demeurons [assez longtemps devant] <en face de> ce feu

l. **499-500.** *Ms.* feu et [devant] <de> cet

l. **500.** *Ms.* arbre [pour que dans notr] [devant notre regard] jusqu'à

l. **500-501.** *Ms.* plus <pour nous> à

l. **501.** *Ms.* arbre [ou] <et> à

l. **504-505.** *Ms.* deux <grains de sable, deux> mouches

l. **505.** *Ms.* deux [*mot illisible*] <mains> ou

l. **505.** *Ms.* ou deux [yeux] <nez> absolument

l. **506.** *Ms.* il [m'a forcé] <me forçait> à

l. **506.** *Ms.* en [deux ou trois] <quelques> phrases

l. **507.** *Ms.* de [façon à montrer] <manière à le particulariser nettement> à

l. **509.** *Ms.* objets de même [nature] race

l. **509.** *Ms.* ou de même [nature] espèce.

l. **510 et 519.** *Ms. Les guillemets sont absents.*

l. **511.** *Ms.* un portier qui

l. **512.** *Ms.* devant [un cheval] <une station> de fiacre<s> montrez-moi

l. **513.** *Ms.* épicier [*mot illisible*] <et> ce portier, [sa] [leur fa] leur

l. **513-514.** *Ms.* apparence <physique> contenant

l. **514.** *Ms.* contenant [exprimée par] <aussi>, indiquée par [*mot illisible*] l'adresse [de] de

l. **516.** *Ms.* ou <avec> aucun

l. **517.** *Ms.* autre portier, et

l. **517.** *Ms.* et [indi] faites-moi

l. **518.** *Ms.* quoi [le] [<votre>] <un> cheval

l. **518.** *Ms.* ressemble [en rien] <pas> aux

l. **519.** *Ms.* qui [l'entourent.] le [*lettres illisibles*] suivent

l. **519-520.** *Ms.* précédent. » / [Sachons enfin avoir l'œil assez perçant] [<Ayez enfin l'œil assez perspicace pour découvrir>] / [Quand (*sic*) à la manière d'exprimer] / J'ai

l. **520.** *Ms.* J'ai [dit] <développé> ailleurs

l. **520-521.** *Ms.* Elles [ressemblent beaucoup à] <ont de grands rapports avec> la

l. **522-523.** *Ms.* d'exposer. / Quelque soit

l. **525.** *Ms.* qualifier. [Il fallait] Il

l. **526.** *Ms.* qu'on [l'] <les> ait découvert<s> *en surcharge sur* [e] ce

l. **527.** *Ms.* ne [se] jamais <se> contenter

l. **528-529.** *Ms.* supercheries [*un mot illisible*], même

l. **529.** *Ms.* clowneries <de [mots] langage> pour

l. **529-530.** *Ms.* pour [tourner] <éviter> la

l. **538.** *Ms.* extrême [subtilité] <lucidité> toutes

l. **540.** *Ms.* de [mots] [termes] <de noms de verbes et d'adjectifs> aux

l. **541-542.** *Ms.* différentes, [diversement] <[di] diversement> construites

l. **542.** *Ms.* construites, [<et> coupées] ingénieusement

l. 543-544. *Ms.* sonorités [intentionnelles.] <et de rythmes savants> [Soyons en somme des grammairiens <artistes> <plutôt que> et non pas des collectionneurs de termes rares.] <Efforçons-nous d'être> des linguistes excellents

l. 546. *Ms. Un ou deux mots illisibles ajoutés en marge, puis biffés.*

l. 548-549. *Ms.* l'emplir [de sens profonds] <de sous-entendus>, d'intentions <secrètes et> non

l. 549. *Ms.* formulées [qui s'imposent (?)], que

l. 549-550. *Ms.* d'inventer [des mots nouveaux] <des expressions nouvelles> ou

l. 550. *Ms.* ou de <re>chercher [dans des vieux livres inconnus toutes les expressions hors d'usage toutes celles] au

l. 552. *Ms.* signification, <et> qui

l. 554. *Ms.* pure, [claire] que

l. 555. *Ms.* les [faux] écrivains <maniérés> n'ont

l. 555. *Ms.* pu [troubler de leurs préciosités ou] et

l. 557 *Ms.* modes [prétentieuses] ses

l. 564. *Ms. Pas d'italiques ni de soulignement dans le manuscrit.*

l. 570. *FSL ne comporte pas de date.*

VARIANTES DE *PIERRE ET JEAN*

Chapitre I

a. *Ms.* eh bien !... [G] [Simon] Gérôme !

b. *Ms.* d'ordre, une [de ces] <économe> bourgeoise[s] [comptables] <un peu [rêveuse] sentimentale>, douée

c. *Ms.* cours, d'origine anglaise, mort à la mer l'année d'avant. La

d. *Ms.* entrer [l'Amérique] <la Normandie> ? / Jean *Par la suite aussi, « l'Amérique » sera corrigé dans le manuscrit en « la Normandie ».*

e. *Ms.* une [petite] femme de [cinquante ans] <quarante-huit ans et> qui

f. *Ms.* peu, si peu, son

g. *Ms.* ogre <dévorant *en surcharge sur* dévorateur> qui de temps en temps [aussi] semblait repu et [vomis] rejetait

h. *Ms.* Belle-Normande, dans le quartier d'Ingouville. La

i. grandir et [qu'il s'est habitué à aimer comme un fils. Ce sont les termes mêmes de cet acte] <qu'il juge digne de legs. À défaut d'acceptation de la part de M. Jean, l'héritage irait aux enfants abandonnés.> / Le

Chapitre II

a. *Ms.* maître de [ses sensations] <soi> et on subit des émotions [involontaires] <spontanées et persistantes> contre

b. *Ms.* l'être [pensant] <instinctif> et créant en lui un courant d'idées et de sensations douloureuses ou joyeuses [absolument] contraires à celles que [la raison] [à celles que *mot raturé, illisible*] [l'être supérieur] [*ligne raturée,* *illisible*] désire, qu'appelle, que juge bonnes et saines l'être [cultivé] [<intel-ligent>] <pensant> devenu

c. *Ms.* nature [bonne et molle] <douce et tendre>, très

Chapitre III

a. *Ms.* jour, à [dix] vingt francs l'un [au commencement] cela lui ferait au minimum [36 000] [trente-six] <soixante-douze> mille francs par an, [soit quarante] <même soixante-quinze> mille, car le chiffre de dix malades était [aussi] [comme le prix de dix francs] inférieur à la réalisation certaine. Après midi, il recevrait dans son cabinet une <autre> moyenne [de vingt malades] <de dix visiteurs> à

b. *Ms.* ça. / [Mais] Pierre [qui n'était point consulté] <à son tour> donna

c. *Ms.* jusqu'ici, [sinon douce et bonne,] lui

d. *Ms.* boutiquier *[sic]*, [rien qu'un ventre où semblait tombé <descendu peu à peu> sa poitrine, et des joues flasques, un] [un de ces ventres d'homme assis] rien qu'un ventre où semblait [descendue sa poitrine] <réfugié le reste de son corps> un de ces ventres mous d'hommes toujours assis, qui n'ont [plus] <plus> [ni jambes, ni bras] ni cuisses, ni poitrine, [l'immobilité] ni bras, ni cou, [tout et] le fond de leur chaise ayant tassé toute leur [viande] <matière> au

Chapitre IV

a. *Ms.* cœur. <Et quand tu as été guéri, tu ne te figures pas comme il fut content et comme il t'embrassait. C'est à partir de ce moment-là que nous sommes devenus de grands amis.> / Et

b. *Ms.* terrible [, contre cette évidence éclatante]. / Et

c. *Ms.* son [ombre] [fantôme] <ombre> : « Maréchal...

Chapitre V

a. *Ms.* Maréchal. [Mais lui-même d'ailleurs n'avait rien de son père dans [la fig] le visage et comme moins dans la pensée.] Il

b. *Ms.* exaspérée [d'époux trompé] [<d'homme>] [<de fils>] <de fils trompé,> [volé dans] <volé dans> son affection sacrée [de fils] [d'homme] [déçu dans la sainte] [et avec] [déçu] <et> avec

c. *Ms.* cassis, [Maréchal est un bon zig et il m'ôte une rude épine du pied], ça

Chapitre VI

a. *Ms.* que [Jean] <son mari> s'écria :

b. *Ms.* besogne [, comme un inquisiteur devait contempler les [torturés] [tor-tionnés] [suppliciés]]. / Mais

c. *Ms.* Alphonsine, en souvenir des jours anciens, s'en

d. *Ms.* Pierre le[s] [suivait avec un air de profond dédain] <précédait en surveillant ses mouvements.> / Le

e. *Ms.* ton <plaisant et> contrarié

f. *Ms.* temps : [– Comme il ferait bon sans] < « Comme il aurait fait bon
ici> autrefois. »

g. *Ms.* qui [songeait] [<pleurait aussi>] <songeait> désespéré.

Chapitre VII

a. *Ms.* confiante [et tranqui] au fond des yeux [et une grande envie de
s'embrasser qui leur venait]. / Elle

b. *Ms.* fantaisie [artiste] dont

c. *Ms.* résolution [virile], il

d. *Ms.* certitude. / [Et ne sachant que faire [écrasé] trop écrasé même pour
souffrir, il avait envie de se mettre à pleurer comme les petits enfants] <[Et]
Il demeurait <trop> écrasé pour faire un mouvement ou pour avoir une
volonté.> / Sa

e. *Ms.* crut [morte] <d'abord> étouffée [<et morte>] [et il arracha]. [Il la
saisit par les reins et la retourna.] [Il] <Puis,> l'ayant

f. *Ms.* souffrir. [<Il sentit [comprit] quel> [L'être couché devant lui avait
atteint la limite] [avait atteint la limite de la douleur humaine] Et son cœur,
son [cœur simple] <simple cœur,> fut déchiré de pitié. Il n'était pas un
juge, lui, [il] <même un juge [bienveillant] <miséricordieux> il> était un
homme plein de larmes et

g. *Ms.* enfant. [*Seize paragraphes plus haut.*] / [– Oui, maman.] / <– Si
maman.> / [Puis *deux mots raturés illisibles*] <Puis s'écartant devant elle
un peu, mais toujours à genoux / – « Écoute, je te jure, moi, que pas une
fois je ne penserai à ce que tu m'as dit tout à l'heure. / – Tu ne pourrais
pas ? / – Je pourrai. [Et puis qu'est-ce que ça me fait] Et puis... et puis...
et puis je t'aime plus que ne crois. Jure. / – Non. / – Écoute, maman,
promets-moi... / Elle

h. *Ms.* repoussa. [*Vingt-cinq paragraphes plus haut.*] – Laisse-moi parler.
– Eh bien, mon enfant, malgré cela, malgré tout ce que je viens d'endurer
depuis le jour où tu as hérité de cet argent jusqu'à ce soir, et ce soir surtout... ce soir,... tu comprends... malgré cela je ne regrette rien de ce que
j'ai fait... Tu veux que je reste. Je resterai si tu me le dis encore quand tu
m'auras écoutée jusqu'au bout... Je ne regrette rien. Si tu m'aimes assez
pour me garder, il faut que tu gardes avec moi le souvenir et l'amour de
ton père, de ton vrai père... et que tu acceptes d'être son fils comme
j'accepte, moi, d'avoir été [aimée par lui] [<une femme adultère>] sa maîtresse... Laisse-moi parler... Si je t'aime tant,... toi... toi... toi... plus fort
que ton frère... c'est que tu es son fils, à lui... Écoute... j'ai épousé un
homme [que je n'aimais] <dont je ne voulais> pas, parce que mon père et
ma mère [l'ont voulu] <m'y ont forcée>... j'ai [couché] dormi dans son lit
et pleuré de [chagrin] <dégoût> dans ses bras... Et [je n'aurais jamais
connu, jamais,] <je serais morte sans avoir goûté un instant de bonheur,>
et je ne t'aurais pas, toi, si je n[e l]'avais rencontré [lui] <ton père>. Tout
ce que j'ai eu de [bonheur, de gaîté, de tendresse] <bon, de doux, de cher,

de chaud,> mes pauvres rêves, les quelques jours clairs de mon existence, c'est à lui que je les dois. Je lui dois. Je lui dois tout, [d'avoir pensé, d'avoir tressailli] d'avoir pensé, d'avoir aimé, même d'avoir pleuré et d'avoir souffert. Et je l'aime encore tout mort qu'il [soit] <est>, je l'aime presque autant que toi, mon petit Jean. Comprends-tu, comprends-tu, dis, comprends-tu ? On m'avait donné à quelqu'un... Est-ce que je savais ? [Mais] Je me suis reprise et donnée à [lui] <un autre>, et je ne veux pas le renier, même aujourd'hui. Toi, maintenant, tu es tout ce qui me reste de lui, et si je t'aime tant, c'est pour ça [; et si tu me reproches d]. / Faut-il rester ou faut-il partir. Je ferai ce que tu voudras ? / Il dit, d'une voix douce / – Reste maman. / – Alors tu veux bien être son fils ? / [– Je veux bien] <Il ne répondit pas et l'embrassa.> / Elle l'étreignit longtemps. Puis, redevenue [tout à coup] <soudain> la femme d'ordre et de chiffres qu'elle avait été toute sa vie : / – Écoute, puisque tu veux bien – [j'ai] je pensé à tout – puisque tu veux bien, tu garderas son héritage, n'est-ce pas ? / [Il hésita.] [<Il eut un sursaut>] <Il fit un mouvement de révolte,> n'ayant point prévu cette conséquence. / Elle reprit avec angoisse : « – Oui, tu le garderas, puisque tu es son fils, ça n'est pas possible autrement. Et qu'est-ce qu'on dirait maintenant si tu le refusais ? Et puis comment le refuserais-tu, puisque tu es son fils, et que tu le sais, et que tu veux bien ? / Il [lui dit] <répondit> pour la calmer / – [Écoute,] Nous parlerons de ça plus tard. / Elle ne voulait pas. / – Non... non... aujourd'hui, tout de suite. / Et, avec un[e] [mobilité] <entêtement> tout[e] féminin[e], acharnée à cette idée nouvelle, réglant comme une question d'intérêt commercial, par une combinaison ingénieuse, cette délicate affaire d'intérêt sentimental, elle raisonna tendrement. / – [Écoute] Voici, mon petit Jean. Comprends-moi bien. Maintenant que tu connais ton père, tu ne voudrais rien accepter de monsieur Roland, n'est-ce pas, <ni aujourd'hui, ni plus tard> Donc tu n'aurais rien, jamais, puisqu'on ne m'a pas donné de dot, à moi. Alors je dirai à mon mari de laisser toute [sa] <notre> fortune à Pierre en [lui] faisant [comprendre] <valoir> que tu n'en as pas besoin, toi, puisque tu es riche de ton côté. [Alors] <Et> ce sera très juste <ainsi> [Comme] Ton frère aura l'argent de son père et toi l'argent du tien. / Elle trouvait cela très juste : et c'était très juste en effet et Jean fut sans réponse, sans arguments et sans résistance. / Il reprit après un court silence : / – Comme tu vas souffrir en te retrouvant en face de Pierre / Elle répondit en l'embrassant – Oh, maintenant, [qu'est-ce que ça] puisque tu m'aimes ! / Mais il comprit avec un [sens] <sentiment> plus précis de la [situation] <réalité> qu'elle ne pouvait, tous les jours, affronter [l'œil et les] le regard et les allusions terribles du fils aîné. / – Non, non, dit-il, il faut [que Pierre s'en aille] <trouver quelque chose.> Mets ton chapeau, je vais te reconduire, et nous parlerons de cela, [avec l] demain [; en déjeunant à la maison]. / [La] <Une> volonté [lui] <énergique> était [venue] <née> soudain en lui, du besoin de secourir sa mère, et [la] <une> résolution d'agir sans tarder et sans hésiter. / – Je ferai ce que tu voudras », dit-elle, avec un abandon enfantin, tendre et reconnaissant, et elle essaya de se lever.

Chapitre VIII

a. *Ms. Le début du chapitre se présente ainsi :* VIII / Roland entra à l'heure ordinaire, le lendemain, dans la salle à manger pour déjeuner. Le couvert était mis, mais personne ne paraissait. / Il s'assit et attendit, puis, au bout de cinq minutes, furieux de ce retard, il ouvrit la porte et cria / − On

b. *Ms.* sortit. / Il ne s'était point couché, et n'avait pas dormi. Après avoir quitté sa mère, quand son âme fut calmée, [éclaircie comme une eau trouble et] <quand sa pensée se fut éclaircie ainsi qu'une eau battue et> remuée [devenue trouble] il accepta [résolument] [sans] la situation nouvelle qu'[elle] <on> venait de lui révéler. Le choc reçu par sa sensibilité avait été si [violent qu'il n'avait] fort qu'il [avait] <emportait *en surcharge sur* emporté>, dans un irrésistible attendrissement, tous les préjugés établis et toutes les revendications de la morale [enseignée] <naturelle>. D'ailleurs, il n'était pas un homme de longue résistance ; il [n'aimait] n'aimait lutter contre personne, et encore moins contre lui-même, il se résigna donc [et céda. Il se mit à chercher le moyen d'éloigner Pierre qui rendrait conduirait le bénéficiaire des solutions immédiates qui constituent] <et par un penchant instinctif [s'inquiéta des perturbations] par [un amour du repos de la vie] un amour inné du repos, de la vie douce et tranquille, il s'inquiéta <aussitôt> des perturbations qui allaient [agiter son existence] <surgir autour de lui et l'atteindre du même coup.> Il les pressentait inévitables et terribles, et pour les écarter se décida à des efforts surhumains d'énergie et d'activité. Il fallait que tout de suite, dès le lendemain, la [situation fût tran] difficulté fût tranchée, car il avait aussi par instants [dans des crises sombres pour] ce besoin impérieux des solutions immédiates qui constitue toute la force des faibles, incapables de vouloir longtemps.> [Alors, il se mit à songer à la vie nouvelle que [leur] créerait cette situation [<que leur créerait naturellement cette révélation>]] Son [âme] <esprit> d'avocat habitué[e] d'ailleurs à démêler et à [résoudre] <étudier> les [difficultés et les complications de droit et] <situations compliquées>, les questions d'ordre intime dans les familles troublées [fut immédiatement préoccupé par le côté] <découvrit immédiatement toutes> les conséquences [immédiates de cette situation anormale.] <prochaines de l'état d'âme de son frère.> / Malgré lui, il en envisageait les suites [au] <d'un> point de vue presque professionnel, comme s'il eût réglé les relations possibles [de clients très chers après une catastrophe] de clients après une catastrophe d'ordre moral. Certes, un contact continuel avec Pierre lui devenait impossible. Il l'éviterait facilement en [demeurant] <restant> chez lui, mais il était encore plus inadmissible que leur mère continuât à [vivre] <demeurer> sous le même toit que son [autre] fils <aîné>. / Et longtemps il marcha de long en large dans son salon, imaginant et rejetant des combinaisons, ne trouvant rien qui pût le satisfaire, car au fond [du] <de son> cœur une <autre préoccupation secrète> était [cachée qu'il ne s'avouait pas à lui-même], <cachée qu'il ne s'avouait pas à lui-même,> celle [d'assurer avant tout son repos et] de ne pas compromettre son mariage. / Il faisait grand jour quand il trouva ce moyen si longtemps cherché. Il se lava, <se r'habilla *en surcharge sur* s'habilla>, sortit pour s'assurer que l'exécution en était possible ; et maintenant il allait sonder adroitement les intentions de son frère, en déjeunant. / [intolérable leur vie. / Ce moyen il l'avait trouvé croyait-il et il voulait sonder [hab] adroitement les intentions de son frère en déjeunant.] Il

c. *Ms.* sans [oser] lever les yeux, sans [oser] prononcer un mot, [avec un tel air de souffrance et de remords qu'elle devina bien le déchirement de son âme, et quand il se pencha] et

d. *Ms.* oublieras. / – Oh maintenant c'est impossible, j'ai fait trop de mal à mon pauvre Pierre. / Elle se tut encore.] Elle

e. *Ms.* pourra, [madame] <maman>. / Un

f. *Ms.* droit, elle [lui] murmura : / – Mon [petit Jean] <enfant> je te l'ai apporté. Tu le cacheras bien et tu le regarderas de temps en temps. / Et de l'autre main elle lui offrait un [objet] petit objet, [bien] enveloppé dans un papier blanc. / Il demanda / – Qu'est-ce que c'est ? / Elle répondit tout bas / – Tu [regarderas] <le verras> quand je ne serai plus ici. / <Alors> il comprit en reconnaissant la forme du cadre / – Donne ? dit-il. / Mais avant de [le] lui remettre [de se séparer de lui pour toujours car elle s'était juré] <le portrait de son père dont> elle se séparait pour toujours, elle posa sur l'enveloppe un long baiser d'adieu, [puis car elle avait dramatisé cette rupture <en se jurant> comme on fait pour briser un lien d'amour pour ne plus [le] revoir jamais la figure [peinte] <peinte> de son ami. / [Puis] Lorsque [Jean] son fils eut enfermé [à double tour] cette image, à double

Chapitre IX

a. *Ms.* grâce. / [Or,] Le [cinq septembre] <premier octobre> la

b. *Ms.* le [douze] <sept> du

c. *Ms.* adouci. [Comme si un ressort de résistance s'était brisé dans son âme.] Il

d. *Ms.* entendu. / [Il les baisa l'un et l'autre, sur les joues, sincèrement, et puis partit.] / Une

e. *Ms.* depuis [un] <deux> mois

f. *Ms.* vit [rien] [plus] <plus> rien [qu'une fumée] [qu'un petit nu] qu'une petite fumée grise, si lointaine, si légère qu'elle semblait un nuage. / Fin

DOSSIER

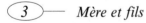

« LE ROMAN » : UN DOUBLE DISCOURS

La rédaction du « Roman » suit de peu la publication du « Manifeste des Cinq », attaque violente de la jeune génération contre Zola et le naturalisme. Certains commentateurs en ont conclu que Maupassant y cherche à se démarquer de l'école incriminée. Mais il n'a pas de raison de se sentir visé par les contempteurs de Zola [1]. « Le roman », s'il est une réponse à leur provocation, c'est plutôt en tant que « manifeste de modération artistique » – le mot est de Geoff Woollen [2] –, expression d'une doctrine qui postule la liberté de l'écrivain, garantie par l'impartialité de la critique.

Un incident donnera à ces idées leur poids de réalité [3]. Le 7 janvier 1888, deux jours avant la sortie de *Pierre et Jean* en librairie, « Le roman » paraît dans le *Supplément littéraire* du *Figaro*, mais, la rédaction ayant fait pratiquer des coupures dans le texte – par Paul Bonnetain, l'un des signataires du « Manifeste des Cinq [4] » –, le sens de certains propos, en particulier de ceux qui se rapportent à

---

1. Cf. Présentation, p. 10.
2. « "Roland furieux" and "Le roman d'analyse pure" », *French Studies Bulletin*, 1983, n° 7, p. 11.
3. Albert Lumbroso a publié le dossier de cette « affaire » dans *Souvenirs sur Maupassant. Sa dernière maladie. Sa mort*, Rome, Bocca, 1895 ; Genève/Paris, Slatkine, 1981, p. 421-432.
4. Cf. une lettre de Maupassant à Octave Mirbeau [janvier 1888], *Corr.*, t. III, p. 24, et cette note d'Edmond de Goncourt dans son journal, le 8 janvier 1888 : « La causerie du *Grenier* est aujourd'hui sur le *Supplément littéraire* du *Figaro*, tripoté par Bonnetain et Geffroy, sous la direction occulte de Daudet » (Edmond et Jules de Goncourt, *Journal. Mémoires de la vie littéraire*, éd. Robert Ricatte [1956], Robert Laffont, « Bouquins », 1989, t. III, p. 87).

l'impartialité obligée du critique [1], se trouve dénaturé. Un procès est engagé – il se terminera par un arrangement à l'amiable –, occasion pour Maupassant de montrer qu'il est prêt à défendre devant un tribunal la liberté de l'écrivain.

Militer pour cette liberté, c'est refuser toute appartenance à une école quelconque, y compris la réaliste et la naturaliste. Mais Maupassant n'est pas aussi libre qu'il le croit. Implicitement, il parle *pro domo*, accordant la supériorité à la famille de romanciers dont lui-même est issu. Autrement dit, « Le roman » est un double discours. Comme cet aspect n'a jamais été relevé par les commentateurs, il est intéressant de le regarder de plus près.

Maupassant tient, d'une part, un discours doctrinaire explicite sur la liberté et l'impartialité, mais, d'autre part, ce discours est constamment contredit – à l'insu de l'auteur ? – par des options implicites, qui s'y insinuent au moyen de raisonnements fautifs ou de glissements de sens. De là une impression d'incohérence qui explique, en partie, le peu de succès rencontré par ce texte. Jules Lemaitre note un manque de clarté et s'en étonne : « Vous, si lucide d'ordinaire [2] ! » Selon Anatole France, « M. de Maupassant fait la théorie du roman comme les lions feraient celle du courage [3] »... en réservant au réalisme, ajouterait-on volontiers, la part du lion. L'auteur met les fautes au compte du *Figaro* – ceux qui critiquent son essai n'auraient lu que la version tronquée [4] –, mais le texte intégral n'est pas exempt non plus de confusions. En voici les plus importantes.

Maupassant oppose deux grandes catégories de romans que le critique doit accueillir, déclare-t-il, « avec un égal intérêt » (p. 44). Ce sont le roman poétique ou idéaliste, qui « transforme la vérité constante, brutale et déplai-

1. Cf. lettre de Maupassant à Émile Straus, 15 janvier 1888, *Corr.*, t. III, p. 12.

2. Lettre à Maupassant [janvier 1888], citée par Jacques Suffel, dans *Corr.*, t. III, p. 8.

3. « M. Guy de Maupassant critique et romancier (*Pierre et Jean*) », *Le Temps*, 15 janvier 1888.

4. Cf. lettre à Émile Straus, 15 janvier 1888, *Corr.*, t. III, p. 12.

sante » pour l'embellir (p. 45), et le roman réaliste ou naturaliste, qui propose de montrer « Rien que la vérité et toute la vérité » (p. 47). Mensonge *versus* vérité : le discours implicite situe l'opposition des deux types de roman sur le plan moral, où le réalisme véridique apparaît nécessairement supérieur à l'idéalisme mensonger. Mais, s'il en est ainsi, comment le critique peut-il considérer les deux sortes de roman « avec un égal intérêt » ? Un glissement de sens permet de sortir de cette impasse. Le propos se déplace du plan de la morale à celui de la connaissance, le terme « vérité » étant utilisé désormais dans le sens d'image exacte de la réalité. Dans le manuscrit, ce changement de sens s'effectue sous nous yeux : nos organes « créent autant de réalités qu'il y a d'hommes sur terre », écrit d'abord Maupassant, puis il biffe « réalités » et lui substitue « vérités [1] ». Or, dans ces conditions, il n'y a que *des* vérités, *la* vérité n'existe pas. Par conséquent, ni le roman réaliste ni le roman idéaliste ne peuvent la montrer. Autrement dit, les deux se valent : ils méritent « un égal intérêt ». Mais qu'en est-il alors de leur différence ?

Ce serait une question d'art, de composition. Le romancier idéaliste travaille avec cette « ficelle unique » qu'est l'« intrigue », il « machin[e] une aventure » qu'il veut intéressante, il raconte « les crises de la vie ». Le romancier réaliste, au contraire, excelle dans « le groupement adroit de petits faits » relevant de « l'état normal » de la vie, et compose son roman de façon à en rendre les fils « presque invisibles » (p. 46-47). L'écrivain est libre de choisir l'une ou l'autre méthode ; lui contester ce droit serait « vouloir le forcer à modifier son tempérament » (p. 44) – choisir l'écriture idéaliste ou l'écriture réaliste serait donc une affaire de tempérament. Seulement, plus loin, le romancier idéaliste est appelé « Romancier d'hier », et le romancier réaliste, « Romancier d'aujourd'hui » (p. 47). Faudrait-il en conclure qu'il existe un tempérament d'hier et un tempérament d'aujourd'hui ? Ou plutôt que Maupassant, ayant

---

1. Cf. « Le roman », p. 211, variante des lignes 281-282.

établi l'égalité des deux catégories de romans, manifeste tout de même sa préférence en insinuant que le roman idéaliste est tombé en désuétude, tandis que le roman réaliste est de pleine actualité ?

Même attitude contradictoire devant un autre couple de catégories, « le roman d'analyse pure » et « le roman objectif ». D'un côté, Maupassant veut l'impartialité : il faut « les admettre l'un[e] et l'autre » (p. 49). De l'autre côté, il privilégie le roman objectif : si le romancier en adopte la méthode – celle-ci consiste à éviter « toute dissertation sur les motifs, et [à] se borne[r] à faire passer sous nos yeux les personnages et les événements » –, son roman « y gagne » en intérêt et même en vraisemblance, « car les gens [...] ne nous racontent point les mobiles auxquels ils obéissent » (p. 49-50). D'où l'on conclut que le romancier qui suit la méthode de l'analyse – qui expose les mobiles des personnages – n'y gagne rien.

Pourquoi cette ambiguïté constante ? Certes, il y a la maladresse du lion peu doué pour la théorie. Mais il est plus important d'observer que le double discours du « Roman » correspond à un changement de position en cours [1] : Maupassant s'éloigne du réalisme qui travaille, selon lui, avec des personnages à identité instable, pour s'orienter vers le roman psychologique où l'analyse, par la mise en valeur de la subjectivité, promet de consolider les identités. C'est ce mouvement qui commande le double discours du « Roman ». Au niveau implicite, l'auteur fait preuve de fidélité à ses origines réalistes et naturalistes, alors même qu'il craint l'effet délétère de cette tendance pour l'identité. Au niveau explicite, doctrinaire, en prônant l'égalité de toutes les tendances, il exprime un besoin d'absolutiser la différence.

C'est dans cette perspective qu'on comprend aussi l'ajout à cette dissertation sur le roman d'un morceau d'autobiographie intellectuelle que les commentateurs appellent « la leçon de Flaubert [2] ». Maupassant y cite les préceptes du

---

1. Cf. Présentation, p. 8 *sq.*
2. Cf. « Le roman », p. 54-55.

maître. Le devoir de l'écrivain est de présenter son objet de façon qu'il ne ressemble à aucun autre individu de sa classe, qu'il s'impose comme unique. *Idem* pour le style : « Quelle que soit la chose qu'on veut dire, il n'y a qu'un mot pour l'exprimer » (p. 55). Qui plus est, ce mot unique, apte à représenter l'objet comme unique, doit être un mot ordinaire auquel le travail d'écriture conférera son statut d'unique : « Efforçons-nous d'être des stylistes excellents plutôt que des collectionneurs de termes rares » (p. 56). Ici, on notera un enseignement important du manuscrit. Au lieu de « stylistes », Maupassant écrit d'abord « grammairiens », le biffe, puis il écrit « linguistes » : « Efforçons-nous d'être des linguistes excellents [1]. » Nous ignorons pour quelle raison « stylistes » est substitué à « linguistes » dans la version imprimée. Toujours est-il que pour Maupassant le style n'est pas une affaire de vocabulaire, ni même de rhétorique, mais de linguistique, ce qui revient à dire que n'importe quel mot – n'importe quoi, n'importe qui – peut être pourvu d'un statut d'unique.

RÉFLEXIONS SUR LE ROMAN (1876-1889)

« Il y aura, quand on réunira ses œuvres complètes, un beau volume d'essais à composer », écrit Paul Bourget à la mort de Maupassant [2]. La majeure partie de ces essais est consacrée à des romanciers et au roman. Souvent, on y rencontre les mêmes idées, les mêmes formules, que l'écrivain répète intentionnellement afin de les diffuser plus largement et de les élaborer mieux. « Le roman », seul écrit sur la littérature recueilli en volume par Maupassant, sera la somme des réflexions publiées auparavant. Pour le choix d'extraits que nous proposons, nous

---

1. Cf. « Le roman », p. 215, variante des lignes 543-544.
2. « Guy de Maupassant. Souvenirs personnels » [1893], *Études et portraits*, t. III, *Sociologie et littérature*, Plon-Nourrit, 1906, p. 308.

avons retenu l'ordre chronologique, de façon à ébaucher une perspective évolutive. De Flaubert à Flaubert, telle serait la trajectoire de cette évolution : le premier article publié par le débutant en 1876, comme le dernier essai littéraire de l'écrivain célèbre, paru en 1890 [1], sont consacrés au maître.

L'APPRENTI DE FLAUBERT

Dès son premier article, Maupassant préconise la primauté de la forme – c'est un principe qu'il emprunte à Flaubert – et pose la théorie du « mot unique », que l'on retrouvera jusque dans « Le roman » :

> Chez lui [Flaubert], la forme c'est l'œuvre elle-même : elle est comme une suite de moules différents qui donnent des contours à l'idée, cette matière dont sont pétris les livres. Elle lui fournit la grâce, la force, la grandeur, toutes ces qualités, qui, pour ainsi dire, dissimulées dans la pensée même, n'apparaissent que par le secours de l'expression. Variable à l'infini comme les sensations, les impressions et les sentiments divers, elle se colle sur eux, inséparable. Elle se plie à toutes leurs manifestations, leur apportant le mot juste et unique, la mesure, le rythme particulier pour chaque circonstance [...] [2].

Autre idée du débutant, qui, conçue dès 1880, reviendra plus tard, formulée presque à l'identique [3] : travailler la forme, ce n'est pas du raffinement, mais une épreuve de force. En témoigne l'exemple de Flaubert :

> Il travaille avec une obstination féroce, écrit, rature, recommence, surcharge les lignes, emplit les marges, trace des mots

---

1. « Gustave Flaubert », *L'Écho de Paris*, 24 novembre 1890. On ne tient pas compte de cet article, consacré expressément à l'homme, et non à l'écrivain.

2. « Gustave Flaubert », *La République des Lettres*, 22 octobre 1876, cité d'après Guy de Maupassant, *Chroniques*, éd. Hubert Juin, UGE, « 10/18 », 1980, t. I, p. 19.

3. Cf. « Gustave Flaubert » dans Gustave Flaubert, *Lettres à George Sand*, précédées d'une étude de Guy de Maupassant, Charpentier, 1884, p. LXIV-LXV.

en travers, et sous la fatigue de son cerveau il geint comme un scieur de long.

[....] la joue enflée, le front rouge, tendant ses muscles comme un athlète qui lutte, il se bat désespérément contre l'idée, la saisit, l'étreint, la subjugue, et peu à peu, avec des efforts surhumains, il l'encage, comme une bête captive, dans une forme solide et précise [1].

Conseils du maître au disciple en mal d'individualiser ses objets :

« Vous vous plaignez des femmes qui sont "monotones". Il y a un remède bien simple, c'est de ne pas vous en servir.

"Les événements ne sont pas variés." Cela est une plainte réaliste, et d'ailleurs qu'en savez-vous ? Il s'agit de les regarder de plus près. Avez-vous jamais cru à l'existence des choses ? est-ce que tout n'est pas une illusion ? Il n'y a de vrai que les *rapports* : c'est-à-dire la façon dont nous percevons les objets.

"Les vices sont mesquins ;"– mais tout est mesquin.

"Il n'y a pas assez de tournures de phrases ;" – cherchez et vous trouverez [2]. »

Est-ce que tout n'est pas une illusion ? L'idée de concevoir la vérité (la connaissance exacte de la réalité) comme illusion réapparaîtra dans « Le roman ».

LA DOCTRINE D'UN ROMANCIER HOSTILE À TOUTE DOCTRINE

Dès 1882, Maupassant esquisse une opposition entre roman objectif et roman psychologique. Le rejet de ce dernier, qu'il exprime ici, sera bientôt dépassé :

Les faits ne sont-ils pas les traductions immédiates des sentiments et des volontés ? [...] montrer les personnages si puissamment que tous leurs dessous soient devinés rien qu'à les voir [...], sans entreprendre en eux un voyage géographique

---

1. « Souvenirs d'un an. Un après-midi chez Gustave Flaubert », *Le Gaulois*, 23 août 1880.
2. « Gustave Flaubert d'après ses lettres », *Le Gaulois*, 6 septembre 1880.

avec la carte des désirs et des sentiments, ne serait-ce pas là faire du vrai roman [...] ?

Je vais plus loin. Je considère que le romancier n'a jamais le droit de qualifier un personnage, de déterminer son caractère par des motifs explicatifs. Il doit me le montrer tel qu'il est, non me le dire. Je n'ai pas besoin de détails psychologiques. Je veux des faits, rien que des faits, et je tirerai les conclusions tout seul [1].

La thèse de l'impartialité obligée du lecteur devant le roman véridique et le roman qui embellit la réalité est posée dès 1882 ; elle réapparaîtra, elle aussi, dans « Le roman ».

L'écrivain est et doit rester seul maître, seul juge de ce qu'il se sent capable d'écrire. [...] Il n'est justiciable du lecteur que pour l'exécution.

[...] Je n'ai pas le droit de reprocher à M. Feuillet de ne jamais analyser des ouvriers, ou à M. Zola de ne point choisir des personnages vertueux.

Il ne s'ensuit pas qu'il ne nous soit point permis de garder des préférences pour un certain ordre d'idées ou de sujets. [...]

Le romancier moderne cherche avant tout à surprendre l'humanité sur le fait. Ce qu'il a donc intérêt à dégager d'abord dans toute action humaine, c'est le mobile initial, l'origine mystérieuse du vouloir, et surtout les déterminants communs à toute la race, les impulsions instinctives.

Or, ce qui distingue principalement les gens du monde des catégories d'individus plus simples, c'est surtout une sorte de vernis de conventions, un badigeonnage d'hypocrisie compliquée.

Le romancier se trouve donc placé dans cette alternative : faire le monde tel qu'il le voit, lever les voiles de grâce et d'honnêteté, [...] ou bien se résoudre à créer un monde gracieux et conventionnel [...].

Non point qu'il faille attaquer et condamner le parti pris de ne dépeindre que les surfaces attrayantes, que les apparences aimables ; mais, quand un écrivain est doué d'un tempérament qui ne lui permet d'exprimer que ce qu'il croit être la

---

1. « Romans », *Gil Blas*, 26 avril 1882.

vérité, on ne le peut contraindre à tromper et à se tromper consciemment [1].

En 1883, dans une étude sur Zola, la conception de la vérité comme connaissance subjective de la réalité prend une forme plus claire, plus élaborée :

> [L]a théorie [de Zola] est celle-ci : Nous n'avons pas d'autre modèle que la vie puisque nous ne concevons rien au-delà de nos sens ; par conséquent, déformer la vie est produire une œuvre mauvaise, puisque c'est produire une œuvre d'erreur. [...]
> Donc, pour Zola, la vérité seule peut produire des œuvres d'art. Il ne faut donc pas imaginer ; il faut observer et décrire scrupuleusement ce qu'on a vu.
> Ajoutons que le tempérament particulier de l'écrivain donnera aux choses qu'il décrira une couleur spéciale, une allure propre, selon la nature de son esprit. Il a défini ainsi son naturalisme : « La nature vue à travers un tempérament » ; et cette définition est la plus claire, la plus parfaite qu'on puisse donner de la littérature en général. [...]
> Car la vérité absolue, la *vérité sèche*, n'existe pas, personne ne pouvant avoir la prétention d'être un miroir parfait. [...] Prétendre faire vrai, absolument vrai, n'est qu'une prétention irréalisable, et l'on peut tout au plus s'engager à reproduire exactement ce qu'on a vu, tel qu'on l'a vu, à donner les impressions telles qu'on les a senties, selon les facultés de voir et de sentir, selon l'impressionnabilité propre que la nature a mise en nous [2].

En 1884, la distinction entre le roman objectif et le roman psychologique apparaît non seulement plus nuancée et bien plus solidement assise qu'auparavant, mais Maupassant fait preuve d'une ouverture remarquable en appréciant désormais le second type de roman que deux ans avant il rejetait encore :

> [...] la recherche des seuls phénomènes psychologiques a préoccupé de tout temps les chercheurs. [...] Aujourd'hui, ce

---

1. « Chronique », *Le Gaulois*, 9 juillet 1882.
2. « Romanciers contemporains. – M. Émile Zola », *Revue politique et littéraire*, 10 mars 1883, p. 291-292.

sont surtout les romanciers observateurs qui s'efforcent de pénétrer et d'expliquer l'obscur travail des volontés, le profond mystère des réflexions inconscientes, les déterminants tantôt plus instinctifs que raisonnés, et tantôt plus raisonnés qu'instinctifs ; d'indiquer la limite insaisissable où le vouloir réfléchi se mêle, pour ainsi dire, à une sorte de vouloir matériel sensuel, à un vouloir animal ; de noter les actions de l'un sur l'autre, etc. [...]

C'est ce domaine mystérieux qu'explorent aujourd'hui les romanciers, avec des méthodes très différentes.

Les uns, qui sont purement des *objectifs*, au lieu de mettre au jour la psychologie des personnages en des dissertations explicatives, la font simplement apparaître par leurs actes. [...]

Les autres, comme M. Paul Bourget, font pour ainsi dire la géographie morale des gens qu'ils présentent au lecteur et ils entrent jusqu'au profond de leur âme pour dévoiler les mobiles de leurs actions. On pourrait appeler ceux-ci des métaphysiciens, et ceux-là des metteurs en scène.

Mais il faut encore distinguer parmi les romanciers deux grandes tendances générales. L'une qui pousse les analystes à simplifier l'âme humaine observée ; à faire, en quelque sorte, la somme des nuances de même nature pour frapper le lecteur par un trait typique, par une note unique et caractéristique ; l'autre qui les détermine au contraire à saisir et à montrer une à une les plus vagues, les plus fugitives sensations de la pensée, les plus obscures évolutions de la volonté, à ne négliger aucun détail d'aucune nature, aucune nuance d'aucune sorte.

Ces derniers auraient donc, au contraire une propension à compliquer. On les pourrait appeler les subtils [1].

Héritage de Flaubert, le refus des écoles littéraires est à la base de l'impartialité obligée de la critique, grand thème du « Roman » :

Lorsque *Madame Bovary* parut, le public, accoutumé à l'onctueux sirop des romans élégants, ainsi qu'aux aventures invraisemblables des romans accidentés, a classé le nouvel écrivain parmi les réalistes. C'est là une grossière erreur et une lourde bêtise. Gustave Flaubert n'était pas plus réaliste

---

1. « Les subtils », *Gil Blas*, 3 juin 1884.

parce qu'il observait la vie avec soin que M. Cherbuliez n'est idéaliste parce qu'il l'observe mal.

Le réaliste est celui qui ne se préoccupe que du fait brutal, sans en comprendre l'importance relative et sans en noter les répercussions. Pour Gustave Flaubert, un fait par lui-même ne signifiait rien. [...]

Il s'irritait beaucoup de cette épithète de réaliste qu'on lui avait collée au dos et prétendait n'avoir écrit sa *Bovary* que par haine de l'école de M. Champfleury.

Malgré une grande amitié pour Émile Zola, une grande admiration pour son puissant talent qu'il qualifiait de génial, il ne lui pardonnait pas le *naturalisme* [1].

Autre idée héritée de Flaubert : le prosateur est artiste, le styliste est grammairien. Ce sera le thème final du « Roman ».

Cette question du rythme de la prose le lançait parfois en des dissertations passionnées : « [...] Quand on sait manier cette chose fluide, la prose française, quand on sait la valeur exacte des mots, et quand on sait modifier cette valeur selon la place qu'on leur donne, quand on sait attirer tout l'intérêt d'une page sur une ligne, mettre une idée en relief entre cent autres, uniquement par le choix et la position des termes qui l'expriment ; quand on sait frapper avec un mot, un seul mot, posé d'une certaine façon, comme on frapperait avec une arme ; quand on sait bouleverser une âme, l'emplir brusquement de joie ou de peur, d'enthousiasme, de chagrin ou de colère, rien qu'en faisant passer un adjectif sous l'œil du lecteur, on est vraiment un artiste, le plus supérieur des artistes, un vrai prosateur [2]. »

« L'ÉVOLUTION DU ROMAN AU XIXe SIÈCLE »

À partir de 1885, la production des chroniques et, avec elles, des écrits sur la littérature va en décroissant. En 1887, Maupassant publie « Le roman », et, en 1889,

---

1. « Gustave Flaubert », dans Gustave Flaubert, *Lettres à George Sand, op. cit.*, p. XV-XVII.
2. *Ibid.*, p. LXVI-LXVII.

« L'évolution du roman au XIXᵉ siècle », importante étude d'orientation historique :

> À côté de cette école des amuseurs [...] qui a dû son triomphe [à] ce volcan en éruption de livres, qui se nommait Dumas, se déroula dans notre pays une chaîne de romanciers philosophes dont les trois ancêtres principaux, bien différents de nature, sont : Lesage, J.-J. Rousseau et l'abbé Prévost.
>
> De Lesage descend la lignée des fantaisistes spirituels qui, [...] psychologues souriants, plus ironiques qu'émus, nous ont montré, avec de jolis dehors d'observation et des élégances de style, de fringantes marionnettes. [...]
>
> De J.-J. Rousseau descend la grande famille des écrivains-romanciers-philosophes, qui ont mis l'art d'écrire [...] au service des idées générales.
>
> [...] peu précis et peu observateurs, mais prêcheurs éloquents, artistes et séducteurs, ces romanciers n'ont plus guère de représentants parmi nous.
>
> Mais de l'abbé Prévost nous arrive la puissante race des observateurs, des psychologues, des véritalistes. C'est avec *Manon Lescaut* qu'est née l'admirable forme du roman moderne. [...]
>
> Sous la Révolution et sous l'Empire, la littérature sembla morte. [...]
>
> La résurrection fut éclatante. Une légion de poète surgit, [...] et deux romanciers apparurent, de qui date la réelle évolution de l'aventure imaginée à l'aventure observée, ou mieux à l'aventure racontée comme si elle appartenait à la vie.
>
> Le premier de ces hommes, grandi pendant les secousses de l'Épopée Impériale, se nomma Stendhal, et le second, le géant des lettres modernes, aussi énorme que Rabelais, ce père de la littérature française, fut Honoré de Balzac.
>
> Stendhal gardera surtout une valeur de précurseur : c'est le primitif de la peinture des mœurs. [...] [Il] a fait couler dans ses livres un flot de pensées nouvelles, mais [...] il a tellement méconnu la toute-puissance du style qui est la forme inséparable de l'idée, et confondu l'emphase avec la langue artiste, qu'il demeure, malgré son génie, un romancier de second plan.
>
> [...] Balzac a l'énergie fécondante, débordante, immodérée, stupéfiante d'un dieu, mais avec les hâtes, les violences, les imprudences, les conceptions incomplètes, les disproportions

d'un créateur qui n'a pas le temps de s'arrêter pour chercher la perfection.

On ne peut dire de lui qu'il fut un observateur, ni qu'il évoqua exactement le spectacle de la vie, comme le firent après lui certains romanciers, mais il fut doué d'une si géniale intuition et il créa une humanité tout entière si vraisemblable, que tout le monde y crut et qu'elle devint vraie. [...]

Derrière lui, une école se forma bientôt, qui s'autorisant de ce que Balzac écrivait mal, n'écrivit plus du tout, et érigea en règle la copie précise de la vie. M. Champfleury fut un des plus remarquables chefs de ces réalistes [...].

C'est alors qu'un jeune homme, doué d'un tempérament lyrique, [...] et armé aussi d'un œil admirable d'observateur, [...] qui sait deviner les intentions secrètes tout en jugeant la valeur plastique des gestes et des faits, apporta dans l'histoire de la littérature française un livre d'une impitoyable exactitude et d'une impeccable exécution : *Madame Bovary*.

C'est à Gustave Flaubert qu'on doit l'accouplement du style et de l'observation modernes.

Mais la poursuite de la vérité, ou plutôt de la vraisemblance, amenait peu à peu la recherche passionnée de ce qu'on appelle aujourd'hui le document humain.

Les ancêtres des réalistes actuels s'efforçaient d'inventer en imitant la vie ; les fils s'efforcent de reconstituer la vie même, avec des pièces authentiques qu'ils ramassent de tous les côtés. Et ils les ramassent avec une incroyable ténacité. Ils vont partout, furetant, guettant, une hotte au dos, comme des chiffonniers. Il en résulte que leurs romans sont souvent des mosaïques de faits arrivés en des milieux différents et dont les origines, de nature diverse, enlèvent au volume où ils sont réunis le caractère de vraisemblance et l'homogénéité que les auteurs devraient poursuivre avant tout.

[...] Pour les débutants qui apparaissent aujourd'hui, au lieu de se tourner vers la vie avec une curiosité vorace, [...] ils ne regardent plus qu'en eux-mêmes, [...] et proclament que le roman définitif ne doit être qu'une autobiographie.

[...]

Nous arrivons donc à la peinture du *moi*, du *moi* hypertrophié par l'observation intense [...].

Cette tendance vers la personnalité étalée – car c'est la personnalité voilée qui fait la valeur de toute œuvre, et qu'on nomme génie ou talent – cette tendance n'est-elle pas une preuve de l'impuissance à observer, à absorber la vie éparse autour de soi, comme ferait une pieuvre aux innombrables bras ?

Et cette définition derrière laquelle se barricada Zola dans la grande bataille qu'il a livrée pour ses idées, ne sera-t-elle point toujours vraie, car elle peut s'appliquer à toutes les productions de l'art littéraire et à toutes les modifications qu'apporteront les temps : Un roman, c'est la nature vue à travers un tempérament [1].

---

1. « L'évolution du roman au XIXᵉ siècle », *Revue de l'Exposition universelle de 1889*, Ludovic Baschet, 1889, t. II, p. 245-248.

*Du roman de mœurs
au roman psychologique*

Disciple de Flaubert, compagnon de route de Zola, Maupassant commence sa carrière de romancier par des œuvres que la critique conservatrice juge peu convenables parce que les mobiles sociaux et économiques des actes s'y trouvent explicités[1]. L'héroïne d'*Une vie* (1883) est noble, elle épouse un noble, mais la question d'argent est débattue tout au long du roman. Dans *Bel-Ami* (1885), l'argent est le moteur de toute l'action, des escroqueries comme des amours. Si la critique de l'époque ne trouve pas les personnages de ces romans assez « complexes », raffinés, distingués, c'est que leur vie intérieure est présentée telle qu'elle est déterminée par leurs rapports avec le monde extérieur. Dans le roman psychologique à la Bourget, au contraire, seuls importent les mobiles et les combats intérieurs.

Mont-Oriol (1886-1887) est un mélange des deux types de roman : l'argent y est lourdement présent, mais il semble ignoré par les deux protagonistes, préoccupés uniquement par le drame amoureux qu'ils traversent. Telle est tout au moins l'apparence, que certaines réalités ne manqueront pas de réfuter : rappelons seulement que l'héroïne, une aristocrate pauvre, est l'épouse d'un homme d'affaires richissime, et que son amant la quittera pour une opulente héritière. *Pierre et Jean*, on le sait, est une œuvre de transition. Dans *Fort comme la mort* (1889) et *Notre cœur* (1890), romans de la haute société, toute détermination socio-économique semble absente, les personnages vivent, dirait-on, de l'air du temps.

C'est cette évolution que nous proposons d'illustrer par le choix d'extraits qui suit.

---

1. Cf. Présentation, p. 9-10.

UNE VIE

Représentation du passage de l'Ancien au Nouveau Régime, *Une vie* commence sous la Restauration et se termine au milieu du XIXe siècle. C'est l'histoire d'une déchéance, celle d'une famille de noblesse campagnarde, en rapports paternalistes avec les paysans, mais aux prises, d'une façon de plus en plus dramatique, avec l'argent.

Une conversation style Ancien Régime entre la baronne Le Perthuis de Vauds, mère de l'héroïne, et son futur gendre, le vicomte Julien de Lamare :

> « Dites-moi, vicomte, avez-vous entendu parler des Saunoy de Varfleur ? Le fils aîné, Gontran, avait épousé une demoiselle de Coursil, une Coursil-Courville, et le cadet, une de mes cousines, Mlle de la Roche-Aubert qui était alliée aux Crisange. Or M. de Crisange fut l'intime de mon père et a dû connaître aussi le vôtre.
>
> – Oui, madame. N'est-ce pas ce M. de Crisange qui émigra et dont le fils s'est ruiné ? [...] »
>
> Et des noms appris et retenus dès l'enfance dans les conversations des vieux parents revenaient. Et les mariages de ces familles égales prenaient dans leurs esprits l'importance des grands événements publics. Ils parlaient de gens qu'ils n'avaient jamais vus comme s'ils les connaissaient beaucoup ; et ces gens-là, dans d'autres contrées, parlaient d'eux de la même façon ; et ils se sentaient familiers de loin, presque amis, presque alliés, par le seul fait d'appartenir à la même classe, à la même caste, d'être d'un sang équivalent [1].

Mais Julien, malgré son orgueil de noble, est intéressé en premier lieu par l'argent. Pauvre, il a épousé Jeanne pour sa fortune. À leur départ en voyage de noces, la baronne remet à sa fille une bourse de deux mille francs : « C'est pour tes petites dépenses de jeune femme [2]. » Julien propose de garder cet argent dans sa ceinture. À la fin du voyage, Jeanne voudrait s'en servir.

---

1. *Une vie*, éd. Antonia Fonyi, GF-Flammarion, 1995, p. 74-75.
2. *Ibid.*, p. 106.

« Mon chéri, veux-tu me rendre l'argent de maman parce que je vais faire mes emplettes ? »

Il se tourna vers elle avec un visage mécontent.

« Combien te faut-il ? »

Elle fut surprise et balbutia :

« Mais... ce que tu voudras. »

Il reprit : « Je vais te donner cent francs ; surtout ne les gaspille pas. »

Elle ne savait plus que dire, interdite et confuse.

Enfin elle prononça, en hésitant : « Mais... je... t'avais remis cet argent pour... »

Il ne la laissa pas achever.

« Oui, parfaitement. Que ce soit dans ta poche ou dans la mienne, qu'importe, du moment que nous avons la même bourse. Je ne t'en refuse point, n'est-ce pas, puisque je te donne cent francs [1]. »

Les rapports entre les époux se refroidissent. Pourtant, Jeanne, qui voudrait un deuxième enfant, se rapproche de son mari.

Mais elle remarqua bientôt que les caresses de son mari semblaient différentes de jadis. Elles étaient plus raffinées peut-être, mais moins complètes. Il la traitait comme un amant discret, et non plus comme un époux tranquille.

Elle s'étonna, observa, et s'aperçut bientôt que toutes ses étreintes s'arrêtaient avant qu'elle pût être fécondée.

Alors une nuit, la bouche sur la bouche, elle murmura : « Pourquoi ne te donnes-tu plus à moi tout entier comme autrefois ? »

Il se mit à ricaner : « Parbleu, pour ne pas t'engrosser. »

Elle tressaillit : « Pourquoi donc ne veux-tu plus d'enfants ? »

Il demeura perclus de surprise : « Hein ? tu dis ? mais tu es folle ? Un autre enfant ? Ah ! mais non, par exemple ! C'est déjà trop d'un pour piailler, occuper tout le monde et coûter de l'argent. Un autre enfant ! merci [2] ! »

Jeanne finit par rester seule. Son fils, à Paris, se lance dans des affaires douteuses qui se soldent à chaque fois

---

1. *Ibid.*, p. 121.
2. *Ibid.*, p. 213-214.

par une demande d'argent adressée à sa mère. Celle-ci continue à se dépouiller, jusqu'au jour où Rosalie, son ancienne bonne, à présent une fermière aisée, revient auprès d'elle et prend la situation en main.

> Et elle [Rosalie] expliqua ses calculs, ses projets, ses raisonnements.
>
> Une fois les Peuples [1] et les deux fermes attenantes vendues à un amateur qu'elle avait trouvé, on garderait quatre fermes situées à Saint-Léonard, et qui, dégrevées de toute hypothèque, constitueraient un revenu de huit mille trois cents francs. On mettrait de côté treize cents francs par an pour les réparations et l'entretien des biens ; il resterait donc sept mille francs sur lesquels on prendrait cinq mille pour les dépenses de l'année ; et on en réserverait deux mille pour former une caisse de prévoyance.
>
> Elle ajouta : « Tout le reste est mangé, c'est fini. Et puis c'est moi qui garderai la clef, vous entendez [...] [2]. »

BEL-AMI

Jeune ambitieux de trempe balzacienne, mais plus mesquin et plus cynique que ses modèles, Georges Duroy, *alias* Du Roy, fait son ascension sociale par le journalisme qui lui assure une participation au pouvoir politique, et par les femmes qu'il séduit, dépouille et, dès que son intérêt le conduit ailleurs, rejette.

Premier échelon de l'ascension, sortir de la misère :

> Sa maison haute de six étages était peuplée par vingt petits ménages ouvriers et bourgeois, et il éprouva, en montant l'escalier, dont il éclairait avec des allumettes-bougies les marches sales où traînaient des bouts de papiers, des bouts de cigarettes, des épluchures de cuisine, une écœurante sensation de dégoût et une hâte de sortir de là, de loger comme les hommes riches, en des demeures propres, avec des tapis. Une odeur lourde de nourriture, de fosse d'aisances et d'humanité,

---

1. Le manoir familial.
2. *Une vie, op. cit.*, p. 258.

une odeur stagnante de crasse et de vieille muraille, qu'aucun courant d'air n'eût pu chasser de ce logis, l'emplissait du haut en bas.

Sur son petit lit de fer, où la place de son corps avait fait un creux, il aperçut ses habits de tous les jours jetés là, vides, fatigués, flasques, vilains comme des hardes de la Morgue. [...]
Cela sentait la misère honteuse, la misère en garni de Paris. Et une exaspération le souleva contre la pauvreté de sa vie [1].

Soirée dans la bonne société, théâtre du triomphe de Duroy, où les plaisirs crèvent la surface hypocrite :

Ce fut le moment des sous-entendus adroits, des voiles levés par des mots, comme on lève des jupes, le moment des ruses de langage, des audaces habiles et déguisées, de toutes les hypocrisies impudiques, de la phrase qui montre des images dévêtues avec des expressions couvertes, qui fait passer dans l'œil et dans l'esprit la vision rapide de tout ce qu'on ne peut pas dire, et permet aux gens du monde une sorte d'amour subtil et mystérieux, une sorte de contact impur des pensées par l'évocation simultanée, troublante et sensuelle comme une étreinte, de toutes les choses secrètes, honteuses et désirées de l'enlacement. On avait apporté le rôti, des perdreaux flanqués de cailles, puis des petits pois, puis une terrine de foie gras accompagnée d'une salade aux feuilles dentelées, emplissant comme une mousse verte un grand saladier en forme de cuvette. Ils avaient mangé de tout cela sans y goûter, sans s'en douter, uniquement préoccupés de ce qu'ils disaient, plongés dans un bain d'amour [2].

Ayant réussi à se séparer de sa première femme qui lui a appris le métier d'écrire, l'a introduit dans le monde, et à qui il a extorqué une somme d'argent considérable, Duroy décide de faire un grand mariage : épouser la fille du puissant et richissime directeur du journal où il est employé. Lui-même fils de ses œuvres, le père finit par reconnaître la valeur du maître chanteur qui vient de lui voler sa fille.

---

1. *Bel-Ami*, éd. Adeline Wrona, GF-Flammarion, 1999, p. 75 et 76-77.
2. *Ibid.*, p. 116.

George ne disait plus rien. Il songeait : Donc, si cette petite avait un peu d'audace, il allait réussir, enfin ! Depuis trois mois, il l'enveloppait dans l'irrésistible filet de sa tendresse. Il la séduisait, la captivait, la conquérait. Il s'était fait aimer d'elle, comme il savait se faire aimer. Il avait cueilli sans peine son âme légère de poupée.

[...] Il venait d'obtenir qu'elle s'enfuît avec lui. Car il n'y avait pas d'autre moyen. [...]

Mais une fois qu'il tiendrait la petite au loin, il traiterait de puissance à puissance, avec le père [1].

Le père et la mère s'aperçoivent de la fuite de la jeune fille :

[...] il gémit :

« C'est fait, il la tient. Nous sommes perdus. »

Elle ne comprenait pas : « Comment perdus ?

– Eh ! oui, parbleu. Il faut bien qu'il l'épouse maintenant. »

Elle poussa une sorte de cri de bête :

« Lui ! jamais ! Tu es donc fou ? »

Il répondit tristement : « Ça ne sert à rien de hurler. Il l'a enlevée, il l'a déshonorée. Le mieux est encore de la lui donner. En s'y prenant bien, personne ne saura cette aventure. »

Elle répéta, secouée d'une émotion terrible : « Jamais ! jamais il n'aura Suzanne ! Jamais je ne consentirai ! »

Walter murmura avec accablement :

« Mais il l'a. C'est fait. Et il la gardera et la cachera tant que nous n'aurons pas cédé. Donc, pour éviter le scandale, il faut céder tout de suite.

[...] Ah ! le gredin, comme il nous a joués... Il est fort tout de même. Nous aurions pu trouver beaucoup mieux comme position, mais pas comme intelligence et comme avenir. C'est un homme d'avenir. Il sera député et ministre [2]. »

MONT-ORIOL

Les deux fils de l'intrigue, une histoire économique, celle de la construction d'une ville d'eaux, et une histoire

1. *Ibid.*, p. 351.
2. *Ibid.*, p. 355-356.

d'amour, tout en nuances psychologiques, courent parallèlement.

Andermatt, l'homme d'affaires juif, est le représentant du monde moderne capitaliste :

> « Ah ! vous ne comprenez pas, vous autres, comme c'est amusant, les affaires, non pas les affaires des marchands ou des commerçants, mais les grandes affaires, les nôtres ! Oui, mon cher, quand on les entend bien, cela résume tout ce qu'ont aimé les hommes, c'est en même temps la politique, la guerre, la diplomatie, tout, tout ! il faut toujours chercher, trouver, inventer, tout comprendre, tout prévoir, tout combiner, tout oser. Le grand combat, aujourd'hui, c'est avec l'argent qu'on le livre. [...] Et je me bats, sacrebleu ! je me bats du matin au soir contre tout le monde, avec tout le monde. Et c'est vivre, cela, c'est vivre largement, comme vivaient les puissants de jadis. Nous sommes les puissants d'aujourd'hui, voilà, les vrais, les seuls puissants ! Tenez, regardez ce village, ce pauvre village ! J'en ferai une ville, moi, une ville blanche [...]. Et je réussirai, parce que je tiens le moyen, le seul moyen. [...] J'en ai maintenant pour trois ans de plaisir avec ma ville [1]. »

Passation des pouvoirs de la noblesse aux nouveaux riches : Andermatt persuade son beau-frère, le comte de Ravenel, un viveur cynique, d'épouser une paysanne bien dotée.

> « [...] Écoutez-moi : Vous avez mangé la part de fortune qui vous revenait de votre mère. N'en parlons plus.
>
> – N'en parlons plus.
>
> – Quant à votre père, il possède trente mille francs de rente, soit un capital de huit cent mille francs environ. Votre part sera donc, plus tard, de quatre cent mille francs. Or, vous me devez, à moi, cent quatre-vingt-dix mille francs. Vous devez en outre à des usuriers [...] à peu près autant. [...]
>
> Vous ne pouvez vous tirer de là que par un mariage. Or, vous êtes un parti déplorable, malgré votre nom qui sonne bien, sans être illustre. Enfin, il n'est pas de ceux qu'une héritière, même israélite, paye d'une fortune. Donc, il vous faut

---

1. *Mont-Oriol*, éd. Daniel Leuwers, GF-Flammarion, 1990, p. 74-75.

trouver une femme acceptable et riche, ce qui n'est pas très commode... »

Gontran l'interrompit :

« Nommez-la tout de suite, ça vaut mieux.

– Soit : une des filles du père Oriol, à votre choix. [...] [1] »

L'amour idéal de Christiane, l'épouse d'Andermatt, et de Paul Brétigny, s'oppose aux relations d'intérêt qui se nouent autour d'eux. Mais ce rêve ne dure qu'un été. L'année d'après, Christiane, heureuse de porter l'enfant de son amant, ne parvient pas à pénétrer la raison profonde du subit éloignement de celui-ci. C'est l'auteur qui analyse les motifs de son personnage :

> Elle ne comprenait pas qu'il était, cet homme, de la race des amants, et non point de la race des pères. Depuis qu'il la savait enceinte, il s'éloignait d'elle et se dégoûtait d'elle, malgré lui. Il avait souvent répété, jadis, qu'une femme n'est plus digne d'amour qui a fait fonction de reproductrice. Ce qui l'exaltait dans la tendresse, c'était cet envolement de deux cœurs vers un idéal inaccessible, cet enlacement de deux âmes qui sont immatérielles, c'était tout le factice et irréalisable mis par les poètes dans la passion. Dans la femme physique, il adorait la Vénus dont le flanc sacré devait conserver toujours la forme pure de la stérilité. [...] La maternité faisait une bête de cette femme [2].

Car ce sont des nuances infimes qui commandent les destins :

> Christiane songeait à Tazenat [3]. C'était la même voiture ! c'étaient les mêmes êtres, mais ce n'étaient plus les mêmes cœurs ! Tout semblait pareil... et pourtant ?... pourtant ?... Qu'était-il donc arrivé ? Presque rien !... Un peu d'amour de plus chez elle !... un peu d'amour de moins chez lui !... presque rien !... la différence du désir qui naît au désir qui meurt !... presque rien !... l'invisible déchirure que la lassitude fait aux tendresses !... oh ! presque rien, presque rien !... et le regard des yeux changé, parce que les mêmes yeux ne voient

---

1. *Ibid.*, p. 195-196.
2. *Ibid.*, p. 198-199.
3. Lieu d'un grand bonheur amoureux, un an auparavant.

plus de même le même visage !... Qu'est-ce qu'un regard ?...
Presque rien [1] !

FORT COMME LA MORT

Histoire de deux amants guettés par la vieillesse, mais
dont les cœurs ne savent pas vieillir, *Fort comme la mort*
est une tragédie intime qui se déroule dans l'élite sociale
dont le pouvoir se fonde sur le mariage de la particule et
du capital – c'est indiqué, par quelques phrases –, mais
dont les membres ont le loisir de s'occuper exclusivement
de leurs sentiments.

Écrivain psychologue, Maupassant est un précurseur
de Proust : la sensation – la « madeleine » – déclenche
chez son personnage le travail de la mémoire. Ou, en
termes d'histoire littéraire : *À la recherche du temps perdu*
est issu d'une lignée de romans psychologiques, dont ceux
de Maupassant.

> Bertin sentait en lui s'éveiller des souvenirs, ces souvenirs
> disparus, noyés dans l'oubli et qui soudain reviennent, on ne
> sait pourquoi. Ils surgissaient rapides, de toutes sortes, si
> nombreux en même temps, qu'il éprouvait la sensation d'une
> main remuant la vase de sa mémoire.
> Il cherchait pourquoi avait lieu ce bouillonnement de sa vie
> ancienne [...]. Il existait toujours une cause à ces évolutions
> subites, une cause matérielle et simple, une odeur, un parfum
> souvent. [...] Au fond des vieux flacons de toilette, il avait
> retrouvé souvent aussi des parcelles de son existence ; et
> toutes les odeurs errantes, celles des rues, des champs, des
> maisons, des meubles, les douces et les mauvaises, les odeurs
> chaudes des soirs d'été, les odeurs froides des soirs d'hiver,
> ranimaient toujours chez lui de lointaines réminiscences,
> comme si les senteurs gardaient en elles les choses mortes
> embaumées, à la façon des aromates qui conservent les
> momies.

---

1. *Mont-Oriol*, *op. cit.*, p. 237-238.

[...] Était-ce à son œil qu'il devait cette alerte ? Qu'avait-il vu ? Rien. Parmi les personnes rencontrées, une d'elles peut-être ressemblait à une figure de jadis, et, sans qu'il l'eût reconnue, secouait en son cœur toutes les cloches du passé.

N'était-ce pas un son, plutôt ? Bien souvent un piano entendu par hasard, une voix inconnue, même un orgue de Barbarie jouant sur une place un air démodé, l'avaient brusquement rajeuni de vingt ans, en lui gonflant la poitrine d'attendrissements oubliés [1].

Dire l'indicible, les bonheurs et les tourments indicibles de l'amour, telle est l'une des visées du roman psychologique moderne :

« [...] vous aimez en moi, comme vous le disiez fort bien avant dîner, une femme qui satisfait les besoins de votre cœur, une femme qui ne vous a jamais fait une peine et qui a mis un peu de bonheur dans votre vie. Cela, je le sais, je le sens. Oui, j'ai la conscience, j'ai la joie ardente de vous avoir été bonne, utile et secourable. Vous avez aimé, vous aimez encore tout ce que vous trouvez en moi d'agréable, mes attentions pour vous, mon admiration, mon souci de vous plaire, ma passion, le don complet que je vous ai fait de mon être intime. Mais ce n'est pas moi que vous aimez, comprenez-vous ! [...] »

Il eut un petit rire amical :

« Non, je ne comprends pas trop bien. [...] »

Elle s'écria :

« Oh, mon Dieu ! Je voudrais vous faire comprendre comment je vous aime, moi ! Voyons, je cherche, je ne trouve pas. Quand je pense à vous, et j'y pense toujours, je sens jusqu'au fond de ma chair et de mon âme une ivresse indicible de vous appartenir, et un besoin irrésistible de vous donner davantage de moi. Je voudrais me sacrifier d'une façon absolue, car il n'y a rien de meilleur, quand on aime, que de donner, de donner toujours, tout, tout, sa vie, sa pensée, son corps, tout ce qu'on a [...]. Je vous aime, jusqu'à aimer souffrir pour vous, jusqu'à aimer mes inquiétudes, mes tourments, mes jalousies [...]. J'aime en vous quelqu'un que seule j'ai découvert, un vous qui n'est pas celui du monde, celui qu'on admire, celui qu'on connaît, un vous qui est le mien, qui ne peut plus

---

1. *Fort comme la mort*, éd. Gérard Delaisement, Gallimard, « Folio », 1983, p. 116-117.

changer, qui ne peut pas vieillir, que je ne peux pas ne plus aimer [...]. Mais on ne peut pas dire ces choses. Il n'y a pas de mots pour les exprimer [1]. »

Trait caractéristique du roman psychologique de Maupassant, entre le psychique et le physiologique, la frontière n'est pas étanche :

> Elle se sentait une âme vivace et fraîche, un cœur toujours jeune, l'ardeur d'un être qui commence à vivre, un appétit de bonheur insatiable, plus vorace même qu'autrefois, et un besoin d'aimer dévorant.
> Et voilà que toutes les bonnes choses, toutes les choses douces, délicieuses, poétiques, qui embellissent et font chérir l'existence, se retiraient d'elle, parce qu'elle avait vieilli ! C'était fini ! [...] La hantise de cette décadence était attachée à elle, devenue presque une souffrance physique.
> L'idée fixe avait fait naître une sensation d'épiderme, la sensation du vieillissement, continue et perceptible comme celle du froid ou de la chaleur. Elle croyait, en effet, sentir, ainsi qu'une vague démangeaison, la marche lente des rides sur son front, l'affaissement du tissu des joues et de la gorge, et la multiplication de ces innombrables petits traits qui fripent la peau fatiguée [2].

NOTRE CŒUR

Roman mondain, *Notre cœur* est peuplé de personnages qui ne savent que dépenser de l'argent sans compter, dans le seul but de s'entourer de jolis décors. La psychologie est à l'avenant : les « satisfactions insuffisantes [3] » sont au centre des préoccupations.

Autoportrait de Michèle de Burne, héroïne « in-sexuelle [4] » :

---

1. *Ibid.*, p. 174-175.
2. *Ibid.*, p. 249-250.
3. *Notre cœur*, éd. Nadine Satiat, GF-Flammarion, 1991, p. 167.
4. *Ibid.*, p. 107.

Michèle de Burne, les mains croisées sur ses genoux, les yeux au loin, cherchait à voir dans son âme, à travers un brouillard impénétrable et pâle comme celui des sables.

[...] « Qu'est-ce que j'aime ? qu'est-ce que je désire ? qu'est-ce que j'espère ? qu'est-ce que je veux ? qu'est-ce que je suis ? »

À côté du plaisir d'être elle et du besoin profond de plaire, dont elle jouissait vraiment beaucoup, elle ne s'était jamais senti au cœur autre chose que des curiosités vite éteintes. Elle ne s'ignorait point d'ailleurs, ayant trop l'habitude de regarder et d'étudier son visage et toute sa personne pour ne pas observer aussi son âme. [...]

Et cependant, chaque fois qu'elle avait senti naître en elle le souci intime de quelqu'un, [...] elle avait trouvé à ces faux départs de l'amour une émotion bien plus ardente que le seul plaisir du succès. Mais cela ne durait jamais. Pourquoi ? Elle se fatiguait, elle se dégoûtait, elle voyait trop clair peut-être. [...]

Pourquoi cela ? Était-ce leur faute à eux, ou bien sa faute à elle ? [...] Il lui semblait par moments que le cœur de tout le monde doit avoir des bras comme le corps, des bras tendres et tendus qui attirent, étreignent et enlacent, et que le sien était manchot. Il avait seulement des yeux, son cœur [1].

Michèle de Burne vue par André Mariolle, l'homme qui se défend de l'aimer :

Avec une obstination infatigable, il cherchait toujours à l'analyser, à éclairer ce fond d'obscur d'âme féminine, cet incompréhensible mélange [...], tous ces contradictoires penchants réunis et coordonnés pour former un être anormal, séducteur et déroutant.

[...] il rencontrait en celle-là quelque chose d'inattendu, une sorte de primeur de la race humaine excitante par sa nouveauté, une de ces créatures qui sont le commencement d'une génération, qui ne ressemblent pas à ce qu'on a connu, et qui répandent autour d'elles, même par leurs imperfections, l'attrait redoutable d'un éveil [2].

Les souffrances de l'amant insatisfait :

---

1. *Ibid.*, p. 126-127.
2. *Ibid.*, p. 104.

Mais quelque chose souffrait en lui, dans cette espèce de caverne obscure du fond de l'âme où sont blotties les sensibilités délicates.

Il avait tort sans doute, et il avait toujours eu tort ainsi depuis qu'il se connaissait. Il passait dans le monde avec trop de prudence sentimentale. La peau de son âme était trop tendre. De là l'espèce d'isolement dans lequel il avait vécu, par crainte des contacts et des froissements. [...]

Il savait d'ailleurs fort bien que toute la vie est faite d'à-peu-près, et il s'y était jusqu'ici résigné, cachant son mécontentement des satisfactions insuffisantes sous une sauvagerie volontaire. Mais il avait pensé cette fois [1] qu'il allait obtenir enfin le « tout à fait » sans cesse espéré, sans cesse attendu. Le « tout à fait » n'est point de ce monde.

[...] comme il ne laissait en lui rien d'inexploré, il chercha les moindres origines des malaises nouveaux de son cœur. Ils poussaient, s'en allaient, revenaient, comme de petits souffles de vent glacé, éveillant en son amour une souffrance encore faible, lointaine, mais inquiétante à la façon de ces vagues névralgies que fait naître un courant d'air, menaces du mal aux horribles crises [2].

---

1. Lorsque Michèle de Burne est devenue sa maîtresse.
2. *Notre cœur, op. cit.*, p. 167-168.

Le rapport entre mère et fils constitue rarement le thème majeur d'une œuvre littéraire, probablement parce qu'il touche à la configuration incestueuse la plus sévèrement condamnée. À la fin du XIXe siècle, cette sévérité semble s'atténuer quelque peu − exemple éloquent, Freud proposera bientôt la théorie du complexe d'Œdipe, fondée en premier lieu sur l'interdit de l'inceste entre mère et fils −, ce qui pourrait expliquer la fréquence accrue de ce thème dans la littérature.

Dans *Pierre et Jean*, le conflit entre Pierre et Mme Roland est formulé en termes œdipiens très clairs − on l'a vu : trop clairs [1] −, avant que les racines plus lointaines du malheur du fils soient découvertes. Mais *Pierre et Jean* est le seul récit de Maupassant où ce rapport, rare dans son œuvre, soit présenté du point de vue du fils qui en souffre. *Une vie*, *Rencontre* et *Humble drame* [2] sont focalisés sur la souffrance de la mère : elle est abandonnée par son fils, parti très jeune pour faire ses études, puis marié, expatrié. Dans *Le Testament* [3], les fils apprennent l'adultère de la mère après sa mort. C'est elle-même qui le révèle dans un récit émouvant, couché par écrit et déposé chez le notaire : femme mal mariée, elle a passé les seuls moments heureux de sa vie avec son amant. Ses fils légitimes sont consternés, tandis que le fils adultérin chérira le souvenir de la morte et assumera sa naissance au point de prendre le nom de son père naturel.

---

1. Cf. Présentation, p. 30.
2. Nouvelles parues respectivement dans *Le Gaulois*, le 26 mai 1882, et dans *Gil Blas*, le 2 octobre 1883. Comme le sujet dont elles traitent est développé dans *Une vie*, Maupassant ne les recueille pas en volume.
3. *Gil Blas*, 7 novembre 1882 ; nouvelle recueillie dans *Contes du jour et de la nuit*.

L'Attente[1] aussi est l'histoire d'une femme mal mariée. Restée veuve avec un fils, elle devient la maîtresse de l'homme, marié à présent, qu'elle avait aimé avant son mariage, mais que ses parents l'avaient empêchée d'épouser. Un soir, le fils surprend sa mère et l'amant qui s'embrassent, il se précipite hors de la pièce et disparaît à jamais. Dès lors, la vie de la mère n'est qu'une attente sans fin. C'est elle-même qui raconte son histoire sur son lit de mort, adressant à son fils cet ultime message :

> Mon enfant, mon cher, cher enfant, sois moins dur pour les pauvres créatures. La vie est déjà assez brutale et féroce ! Mon cher enfant, songe à ce qu'a été l'existence de ta mère, de ta pauvre mère, à partir du jour où tu l'as quittée. Mon cher enfant, pardonne-lui, et aime-la, maintenant qu'elle est morte, car elle a subi la plus affreuse des pénitences.

Dans la littérature de l'époque, deux romans fondés sur le thème du rapport entre mère et fils, présenté sous l'optique de ce dernier, se laissent rapprocher de *Pierre et Jean* : *André Cornélis* de Paul Bourget (1887) et *Un simple* d'Édouard Estaunié (1891)[2]. Nous en proposons une rapide relecture, pour mieux éclairer le traitement du thème à la fin du XIXe siècle.

PAUL BOURGET, *ANDRÉ CORNÉLIS*

Dans *André Cornélis*, comme dans *Pierre et Jean*, le fils enquête sur le passé de la mère. L'objet de l'enquête est l'assassinat du père, survenu dans des circonstances mystérieuses, lorsque André avait sept ans. À cette époque, la mère cachait la vérité devant l'enfant qui apprit le meurtre de son père de ses camarades d'école. Il en fut bouleversé.

---

1. *Le Gaulois*, 11 novembre 1883 ; nouvelle non recueillie par Maupassant.
2. Cf. Présentation, p. 22.

Il eût été naturel que je questionnasse ma mère, mais le fait est que je me sentis incapable de lui répéter ce que mes deux bourreaux inconscients m'avaient dit. Chose étrange ! Dès cette époque, cette femme que j'aimais pourtant de tout mon cœur exerçait sur moi une influence paralysante. Elle était si belle dans sa pâleur, si royalement belle et fière ! Non, je n'aurais jamais osé lui montrer le doute [...] sur le récit qu'elle m'avait fait [1].

Deux ans plus tard, le deuil terminé, la mère épouse M. Termonde, un ami proche du défunt et d'elle-même. C'est alors que les tourments d'André commencent.

[...] je ne me sentais plus en sa présence [2] le cœur ouvert [...]. Quand ce malaise avait-il commencé ? Je n'aurais pu le dire ; mais je le trouvais trop souvent entre ma mère et moi. J'en étais jaloux, pour tout avouer, de cette jalousie inconsciente des enfants, qui me faisait, quand il était dans la chambre, prodiguer les caresses à maman pour lui montrer qu'elle était ma mère et qu'elle ne lui était rien, à lui. Avait-il reconnu ce sentiment ?... Qui sait ? L'avait-il partagé ? Toujours est-il que je trouvais maintenant dans son regard, malgré sa voix toujours flatteuse et ses manières toujours polies, une antipathie pareille à la mienne [3].

Bientôt, la jalousie se mue en haine :

Tout petit garçon, et une fois que je souffrais d'une rage de dents, j'avais fermé les yeux, ramené mon âme sur elle-même et forcé mon esprit à se représenter une scène heureuse dont je fusse le héros. J'avais pu ainsi aliéner ma sensation présente au point de ne plus me douter de mon mal. Maintenant, chaque fois que je souffre, je fais de même, et ce procédé me réussit presque toujours. – Je l'emploie en vain lorsqu'il s'agit de maman. Au lieu du tableau de félicité que j'évoque, l'autre tableau se présente, celui de l'intimité de l'être que j'aime le plus au monde avec l'homme que je hais le plus. Car je le hais, animalement, et sans que j'en puisse donner d'autre

1. *André Cornélis*, Lemerre, 1887, p. 17.
2. En la présence de M. Termonde.
3. *André Cornélis*, op. cit., p. 37-38.

motif, sinon qu'il a pris la première place dans ce cœur qui fut tout à moi [1].

La haine que l'enfant voue au beau-père compromet sa relation avec sa mère :

> Oui, elle m'aimait et elle aimait en même temps son mari. C'était à moi de lui expliquer la sorte de peine qu'elle me causait, en unissant dans son cœur et en mélangeant ces deux tendresses. Elle m'aurait compris, elle m'aurait épargné cette suite de petits chagrins muets qui ont fini par nous rendre impossible toute explication intime. Ces matins de mes jours de sortie [2], [...] elle attendait de moi un élan, une effusion, comment eût-elle su que la présence de son mari me paralysait [...] ? C'était un mystère inintelligible pour elle que cette incapacité absolue de montrer mon âme, cette atonie qui m'accablait aussitôt que nous n'étions plus seuls, elle et moi, moi et elle, – et nous ne l'étions jamais. [...] Je ne lui ai pas écrit une lettre qu'elle ne l'ait montrée à son mari [...]. En ai-je déchiré de ces billets où j'essayais de lui raconter le détail des troubles parmi lesquels je vivais ! Oui, j'aurais dû lui parler tout de même, m'expliquer un peu, confesser ma peine, ma folle jalousie, mon ombrageuse tristesse, le besoin d'avoir dans sa pensée un coin à moi seul, ne fût-ce qu'une pitié... et je n'osais pas [3].

Les années passent. Le jeune homme devient indépendant, maître de sa fortune et de ses volontés. Rien ne l'empêche plus de mettre en œuvre son ancien projet de percer le mystère de la mort de son père et de le venger. Mais il ne découvre aucun indice nouveau, et, tout en se reprochant son inactivité, il est sur le point de renoncer à trouver l'assassin, lorsqu'une liasse de lettres adressées par son père à une tante le met sur la voie. Dans ces lettres, son père se plaint des assiduités de son ami Termonde auprès de son épouse et craint de devoir lui fermer bientôt sa porte. D'où ce soupçon : sa mère avait trompé son père, elle avait été la maîtresse de Termonde, là gisait

---

1. *Ibid.*, p. 58-59.
2. De sortie du collège.
3. *André Cornélis*, *op. cit.*, p. 70-71.

le secret de l'assassinat. L'enquête s'impose sur ce passé. Pourtant, André hésite : non seulement Termonde a un alibi solide, mais accuser sa mère lui semble une action criminelle.

> Concevoir cela comme seulement possible, c'était commettre un parricide moral, c'était la grande, l'inexpiable faute envers celle qui m'avait tiré de sa chair et porté dans son sein. J'avais toujours tant aimé ma mère, si tristement, si tendrement. Jamais, non, jamais, je ne l'avais jugée. [...] En définitive, et avant que ces fatales lettres n'eussent fait sur moi leur œuvre de désenchantement, de quoi était-elle coupable à mes yeux ? De s'être remariée ? D'avoir voulu, demeurée veuve à moins de trente ans, refaire sa vie ? Rien de plus légitime. De n'avoir pas compris les relations de l'enfant qui lui restait avec l'homme qu'elle avait choisi ? Rien de plus naturel. Elle était plus épouse que mère, et puis, les êtres un peu chimériques et frêles, comme elle, répugnent aux luttes quotidiennes. [...] J'avais admis, d'instinct d'abord, à la réflexion ensuite, toutes ces explications de l'attitude de ma mère à mon égard. Quelle source d'indulgence jaillit en nous, chaude, profonde, inépuisable, pour ceux qui nous tiennent vraiment à la racine du cœur, et cette source venait de tarir tout à coup, et à sa place je sentais s'épancher en moi un flot empoisonné des plus odieux, des plus abominables soupçons... [1].

Mais aussitôt, André se repent :

> J'étais un fou d'avoir laissé une pareille hypothèse dessiner son image monstrueuse devant mes yeux, une seule minute. J'étais un infâme [...]. Déjà et sans preuve aucune que l'expression [2] d'une jalousie qui s'avouait elle-même déraisonnable, j'en étais arrivé [...] à cette extrémité d'outrage envers ma mère de croire qu'elle avait été la maîtresse de Termonde [3].

André est ainsi ballotté continuellement entre le soupçon, qu'il ressent comme agression contre sa mère, et le remords qu'entraîne cette agression. Pourtant, il n'aban-

---

1. *Ibid.*, p. 145-146.
2. Dans les lettres du père.
3. *André Cornélis, op. cit.*, p. 147.

donne pas son enquête. Il finit par tendre un piège à l'accusée : il la fait venir dans les lieux où elle avait été heureuse avec son premier mari, et observe son comportement. Elle se révèle innocente. Il est heureux :

> C'était là cette femme que je me représentais [...] comme une criminelle chargée du poids du plus lâche assassinat !... Oui, j'avais été fou, j'avais ressemblé au cheval emporté qui galope après son ombre. Mais quel apaisement de constater cette folie, quelle détente ! [...] Je tenais la main de ma mère, j'avais envie de lui demander pardon, de baiser le bas de sa robe, de lui répéter que je l'aimais, que je la vénérais. Elle voyait bien mon émotion, elle l'attribuait au malheur dont je venais d'être frappé [1]. Elle me plaignait. À plusieurs reprises, elle me dit : « Mon André... » C'était si rare que je la sentisse ainsi, toute à moi, et juste dans la nuance du cœur que réclamait ma sensibilité malade [2] !

> Oui, je peux me rendre cette justice qu'à partir de ce moment je n'ai plus traversé une seule crise de ces doutes à l'égard de ma mère. Ni pendant le reste de la nuit qui suivit cet entretien [...], ni pendant les jours qui succédèrent, et quand elle m'eut quitté, je n'entendis de nouveau la voix honteuse, celle qui m'avait parlé si fort contre celle que j'aurais dû être le dernier, que j'avais été le premier à juger coupable [3].

Il n'en va pas de même pour le beau-père, dont André se promet, sans hésitation, de prouver la culpabilité. Mais il se heurte à un nouvel obstacle : si Termonde est convaincu d'assassinat, que ressentira sa mère ?

> J'apercevais ma mère, maintenant, à la minute où l'on arrêtait son mari. Elle serait là, dans la chambre, auprès de lui. « Et de quel crime est-il accusé ?... », demanderait-elle et elle devrait entendre la terrible réponse. Et j'en serais la cause volontaire, moi qui avais, depuis mon enfance et pour lui épargner une tristesse, tout étouffé de mes plaintes [...]. Je ne pouvais pas te porter ce coup, Être fragile, Être si cher [4] !

---

1. La mort de la tante très aimée.
2. *André Cornélis, op. cit.*, p. 155-156.
3. *Ibid.*, p. 166-167.
4. *Ibid.*, p. 208-209.

Cependant, d'indice en indice, l'enquêteur parvient à reconstituer les événements : Termonde avait un frère que ses mœurs dissolues ont entraîné dans la misère, puis au bord de la criminalité ; c'est par cet homme, en le payant grassement, qu'il a fait tuer le mari de celle qu'il aimait. André achète au meurtrier les preuves du crime, et le laisse courir : ce n'est pas l'instrument qu'il veut punir, mais celui qui a ourdi le forfait. Seulement, comment faire ? Comment éviter que sa mère apprenne qu'elle a été, pendant de longues années, l'épouse d'un assassin ? La seule solution est d'obtenir de Termonde, malade et se sachant condamné, qu'il se suicide.

> Il se tuera... Ma mère le pleurera... Mais je saurai l'art d'essuyer ses larmes... Son cœur saignera, mais sur cette blessure je poserai le baume de ma tendresse... Toutes les heures douces que l'assassin nous a volées, nous les vivrons ensemble quand il ne sera plus là, quand je pourrai lui montrer, à elle, comment je l'aime. Les caresses que je ne lui ai pas données, lorsque j'étais enfant, parce que l'autre me glaçait de sa seule présence, je les lui donnerai. Les mots que je ne lui ai pas fait entendre, les tendres phrases qui se sont arrêtées sur le bord de mon cœur et de mes lèvres, je les prononcerai. Nous quitterons Paris et ses tristes souvenirs. Nous nous retirerons dans quelque endroit perdu, bien loin, où elle n'aura que moi, où je n'aurai qu'elle... Je me consacrerai à sa vieillesse. Qu'ai-je besoin d'autres amours, d'une autre famille [1] ?...

La scène de la vengeance se passe dans le bureau de Termonde. Il refuse de se tuer, tente d'échapper à son destin. Alors André saisit le poignard que son beau-père utilise comme coupe-papier et l'enfonce dans sa poitrine. Avec ses dernières forces, Termonde atteste par écrit qu'il s'est donné la mort : il innocente son meurtrier afin d'épargner à son épouse la connaissance de la vérité. André a vengé son père et restera impuni. Mais il ne réalisera pas ses rêves de bonheur : sa mère vivra désormais enfermée dans le logis qu'elle habitait avec son second mari et entretiendra le souvenir du mort.

---

1. *Ibid.*, p. 326.

C'est le mort dont je retrouve l'influence invincible dans la pâleur de son teint, dans les rides de ses paupières, dans les touffes blanchies de ses cheveux. Il me la dispute du fond de sa bière, il me la reprend, heure par heure, et je ne peux rien contre cet amour. Je voudrais tout lui dire, depuis le crime hideux qu'il avait commis jusqu'à l'exécution que j'ai accomplie. C'est moi qu'elle haïrait pour l'avoir frappé, lui. Elle vieillira ainsi, et je la verrai le pleurer toujours, toujours. – À quoi bon avoir fait ce que j'ai fait, puisque je ne l'ai pas tué dans son cœur [1] ?...

Pour le héros de Bourget, l'assassinat de son père n'était, dirait-on, qu'une bonne raison, sinon un prétexte, pour éliminer en bonne conscience son rival auprès de sa mère. Pourtant, son désir d'avoir celle-ci toute à lui ne sera pas assouvi. Hamlet moderne, il survit au meurtre qu'il a perpétré, mais sa vie, qui avait été une perpétuelle hésitation avant le meurtre, sera désormais le perpétuel ressassement de son malheur.

ÉDOUARD ESTAUNIÉ, *UN SIMPLE*

Édouard Estaunié affirme, rappelons-le, avoir traité dans *Un simple*, qu'il dédicacera « À Guy de Maupassant », le même sujet que celui-ci dans *Pierre et Jean* [2]. En fait, les deux ouvrages n'ont en commun que le thème de l'enquête menée par le fils sur la vie amoureuse de la mère. Encore ce thème est-il traité différemment par les deux écrivains : chez Maupassant, les amours de la mère sont cantonnés dans le passé, tandis que chez Édouard Estaunié, Mme Deschantres renoue avec un amant d'autrefois dans le présent du roman, littéralement sous les yeux de son fils. Sous ses yeux non encore dessillés : il est le héros éponyme, pourrait-on dire, d'*Un simple*.

---

1. *Ibid.*, p. 348.
2. Cf. Présentation, p. 22.

Il avait alors dix-huit ans, l'âge des enthousiasmes, des chimères qui hantent, de l'éveil de l'être à l'inconnu de la vie, mais on aurait cru que rien de pareil ne l'eût encore touché du bout de l'aile [...].

[...] Point de moustaches, seulement au-dessus des lèvres un duvet blanc à peine visible, et sur tout le visage un air non fini, une apparence d'inertie faisant aussitôt penser qu'il devait être très bon mais très naïf, peut-être très tendre, peut-être aussi très malheureux [1].

La mère, restée veuve, se jette dans une dévotion outrée :

[...] sa piété s'émaillait parfois de paroles crues, lancées dans l'obscurité du soir avec une expression bizarre qui donnait à penser. À certaines intonations, à des gestes imperceptibles, on devinait que cette froideur était un leurre, une comédie jouée pour dépister des curiosités ou de mauvais vouloirs.

Comédie aussi, avec son fils, passant sans rime ni raison, d'effusions ridiculement outrées, à des colères injustifiées [...].

Les jours de migraine surtout étaient féconds en orages. Ils arrivaient presque chaque semaine ! Mme Deschantres restait alors au lit, se faisant servir par lui [Stéphane] comme par un domestique. S'il apportait le thé tiède, s'il mettait moins d'empressement à accomplir ses volontés, elle avait des mots durs, des violences de langage dont il ressentait vaguement l'injustice sans oser s'en défendre [2].

L'été qui suit l'obtention du baccalauréat, Stéphane Deschantres et sa mère partent pour le village où habite un cousin du père mort, Marc Ferramus, avec sa famille. À leur arrivée, Stéphane est ravi de la beauté de la campagne, et, comble du bonheur, sa mère vient lui dire bonsoir dans son lit. Le baiser maternel du soir tant chéri par le jeune Marcel dans le premier volume d'*À la recherche du temps perdu* n'est pas loin :

1. *Un simple*, Perrin, 1891, p. 3-4.
2. *Ibid.*, p. 6-7.

[...] ces bonsoirs de sa mère étaient une rareté, une fête délicieuse dont l'impression le ravissait encore de longues journées après qu'elle était passée.

Seulement, cette fois,

en recevant les derniers embrassements de sa mère – des embrassements hachés, multipliés, dont elle couvrait son front avec une sorte d'emportement – il leur trouvait une saveur inconnue et troublante, comme à des brûlures ou des caresses jamais encore goûtées [1].

En effet, ces baisers s'adressent à un autre, et les racontars sur sa mère ne tarderont pas à arriver aux oreilles du fils. Il ne veut pas y croire.

Pas une seconde, il n'avait douté ; cette calomnie lâche ne l'avait même pas effleuré ; sa propre naïveté le gardait du soupçon... Cependant ce choc le laissait sous le coup d'une angoisse indéfinissable. [...]
Sa mère ! Elle, si parfaite en l'accomplissement du devoir, si haute en sa vertu qu'une froideur s'en répandait autour d'elle, sa mère, si au-dessus du réel et des bassesses du monde qu'elle coudoyait sans s'y salir, elle, l'expression la plus pure de la loi saintement accomplie et gardée, on osait en parler [2] !...

Bientôt, pourtant, commence l'escalade du doute. D'abord, celui-ci n'entre dans l'âme de Stéphane que pour de brefs moments : près de sa mère, « tout s'effac[e] ». Les racontars et le doute lui apparaissent alors

comme une sorte de non-sens, une de ces tentations impures par lesquelles l'âme parfois est assaillie. En même temps il retrouvait pour sa mère ses adorations, il se trouvait si bas qu'il aurait dû s'enfoncer dans le sol pour lui demander pardon. [...]
« Oh ! maman, fit-il doucement, laissez-moi vous embrasser.

---

1. *Ibid.*, p. 86.
2. *Ibid.*, p. 143-144.

« – Qu'as-tu donc aujourd'hui ? » demanda Mme Deschantres.

Mais sans répondre, il la couvrit de baisers. À ce pur contact, il se reprenait lui-même ; il lui semblait effacer jusqu'aux traces des visions qui l'avaient hanté [...] [1].

Peu après, le doute revient, plus fort, plus tenace :

Un doute horrible, raffiné, qui n'était plus la résultante d'un nervosisme exalté, l'œuvre d'une imagination surexcitée, mais un doute conscient, raisonné [...].

C'était à cela qu'il était voué désormais : épiloguer sans but des événements futiles, des nuances, des riens, être résolu de n'en rien admettre, et cependant être pris par eux, au point d'en faire l'aliment unique de sa pensée.

Plus il avançait, plus le doute grandissait.

[...] Maintenant, il était aux prises avec ce supplice inouï : craindre de ne plus respecter sa mère !

[...] Des audaces de pensées, comme des éclairs, traversaient son imagination, lui mettant le rouge au front ; puis de brusques élans, pour se sortir de ces turpitudes, le prenaient avec des désespoirs de devenir vil au contact de ces images viles...

[...]

C'était une marche fatale, l'obligation d'une chute nouvelle après les autres : lui qui pas une seconde n'avait accepté ces infamies, arrivait à admettre leur vraisemblance [...]. Savoir, devenait pour lui une nécessité absolue, la condition nécessaire à l'apaisement de l'être [2].

Suit l'enquête, la mise en acte du doute :

Alors il espionna...

Un espionnage pitoyable, qui n'avait pour prétexte ni le salut d'une patrie, ni une sauvegarde d'existence, où tout était infâme, avilissant et lâche [...] !

Et ce ne fut d'abord chez lui qu'un acte instinctif, purement inconscient : une folie animale l'y pliait irrésistiblement. On eût dit qu'un devoir impérieux l'attachait à sa mère ; il ne pouvait se résigner à la quitter [...].

---

1. *Ibid.*, p. 155-157.
2. *Ibid.*, p. 165 et 168-170.

Une amertume indicible l'étrangla. Sa conscience saignait. Il n'était même pas aveuglé par la colère : point de passion pour lui forger des prétextes ou une excuse. C'était une déchéance irrémédiable qui pesait sur lui [...].

Et l'horrible de la situation, c'est qu'il n'éprouvait point de remords. Il aurait voulu se frapper la poitrine, demander pardon de cette insulte à sa mère, la plus haute, la plus pure des femmes, et rien en lui ne résonnait. Il était changé en pierre, sa tête seule agissait. C'était une lutte effrayante, sa volonté criant merci et le flagellant ; son cœur restant fermé sans un mouvement de regret ni de réparation[1] !

Pour le fils, il est d'autant plus difficile d'accepter l'idée de la vie sexuelle de la mère qu'il mêle ses propres désirs aux fantasmes des déportements maternels :

[...] l'idée que sa mère avait un amant était un problème auquel il ne s'accoutumait point. Chaque fois qu'il y pensait, il en revenait aux révoltes primordiales, trop humilié par cette chute possible, sentant qu'il en serait éclaboussé à n'oser plus lever la tête !

[...]

Cependant, sous l'impulsion de l'idée fixe, ses pudeurs une à une s'effaçaient. Maintenant, des images infâmes le poursuivaient. Il s'y accoutumait, perdant sa chasteté d'esprit si étrangement gardée, et c'était une chose inouïe, ces premières révélations de l'amour à un cœur d'homme vierge, allant des hontes de l'adultère pressenti à l'évocation de brutalités sensuelles. Même comme les ignorants, il en exagérait les bassesses humiliantes, mêlant au peu qu'il en savait les sourdes excitations de sa chair et, à travers ses dégoûts, il arrivait à être mordu, lui aussi, par un vague désir de choses défendues...[2].

Enfin, l'espion touche au but : une nuit, Stéphane entend des bruits, voit de la lumière chez sa mère, va écouter à sa porte, et acquiert la certitude qu'elle a pour amant le cousin Marc Ferramus, avec qui elle avait autrefois une liaison adultère.

---

1. *Ibid.*, p. 177 et 191-192.
2. *Ibid.*, p. 196-198.

Donc sa mère était tombée là !

Son cœur se brisait. Il souffrait autant que s'il l'eût perdue à la suite de quelque catastrophe inouïe. Elle qui avait rempli sa vie, était sa lumière, son maître, sa pensée unique, elle, si adorée ! mise si haut qu'elle lui semblait d'essence supérieure et qu'il n'osait point l'embrasser, elle était perdue... morte !

Mon Dieu, si elle n'avait été que morte, mais abaissée là, croulée dans une pareille ordure[1] !...

Stéphane voudrait convaincre sa mère de partir, de quitter l'amant en quittant le village. Elle refuse, et, devant l'obstination de son fils, elle se met à l'accuser d'avoir pour maîtresse la femme de Ferramus, de son amant à elle.

« Misérable ! J'ai deviné ! c'est pour elle que tu découches ! »

Il s'était reculé, anéanti, ne comprenant pas :

« Moi ! Moi ! »

[...]

Et elle lui jetait des injures, à la pelletée, ne retrouvant même plus les mots :

« Dégoûtation ! Saloperie ! avoue, puisque je sais maintenant : avoue que c'est ça le résultat de mes exemples ! »

Lui, portant, s'était ressaisi :

« Vos exemples ! »

Il n'y voyait plus, ne savait plus ce qu'il disait, semblait emporté par un délire, et, comme elle continuait, lui criant :

« Sale coureur ! »

Il eut enfin un éclat de voix terrible, lâchant son secret :

« Quand vous allez avec le mari, vous croyez donc que j'irais prendre la femme ! »

[...]

Il y eut une seconde de silence effrayant [...] : ils avaient les yeux dans les yeux, la face figée, les traits tendus comme s'il se fût agi entre eux d'un duel à mort...

Et tout à coup Mme Deschantres, la première, avança vers lui, les bras levés : sa figure venait de se contracter dans une colère effroyable. [...] Stéphane sentait que c'était fini : elle allait le tuer, ou il fallait qu'il la tue[2].

---

1. *Ibid.*, p. 234.
2. *Ibid.*, p. 273-274.

Il parvient à sortir de la pièce et se met à courir...

> Une course inconsciente, désordonnée, [...] vers l'eau qui là-bas l'attendait pour le bercer...
> Mourir, quelle joie !
> [...]
> Ni doutes ! ni espionnages ! ni certitude infâme, ni mépris filial, ce supplice sans nom ! La mort allait culbuter tout dans son fossé, jetant son voile de sommeil derrière lequel on ne voit plus rien [1].

Dans *Un simple*, dans *André Cornélis*, comme dans *Pierre et Jean*, si la mère est convaincue d'adultère, son image idéalisée devra s'effondrer. Notons que la sexualité maternelle n'est culpabilisée et considérée comme souillure que dans les relations extraconjugales, les rapports sexuels avec l'époux, le père du fils légitime qui mène l'enquête sur sa mère, étant conçus comme chastes, c'est-à-dire comme désérotisés – mieux : inexistants. Ce clivage entre la sexualité conjugale et l'extraconjugale, entre le mariage et l'amour, est monnaie courante à l'époque [2]. Par là s'explique que dans *André Cornélis*, l'image idéalisée de la mère sera préservée : bien qu'elle soit amoureuse de son second époux, elle ne s'est pas donnée à lui avant le mariage. André, qui n'a pas détruit cette image, survit. Le héros d'*Un simple*, en revanche, ayant perdu la sécurité morale et psychique que garantit la pureté de la mère, se précipite dans le néant. Rappelons Pierre Roland : après la découverte de l'adultère maternel, il passera sa vie en état de déréliction.

La mise en jeu de l'idéalisation de la mère au centre de ces trois romans ne correspond qu'à un aspect du rapport entre mère et fils. D'autres, liés également à la désidéalisation de la figure maternelle – à la transgression de la norme qui veut qu'une mère soit pure et bonne –, apparaissent aussi dans la littérature de la fin du siècle. Qu'il suffise d'évoquer un seul exemple, iconoclaste entre tous : *Poil de Carotte*, de Jules Renard (1894).

---

1. *Ibid.*, p. 275.
2. Cf. Présentation, p. 16.

CHRONOLOGIE

	VIE DE MAUPASSANT	REPÈRES HISTORIQUES ET CULTURELS
1846	9 novembre : mariage de Gustave de Maupassant (né en 1821) et de Laure Le Poittevin (née en 1821), précédé, quelques mois auparavant, de l'obtention par le futur époux du droit de porter la particule. La mariée est la sœur d'Alfred Le Poittevin, ami proche de Flaubert.	
1848		Révolution de février, révolution de juillet. Fin de la monarchie de Juillet, IIᵉ République.
1850	5 août : naissance de Henry René Albert Guy de Maupassant, au château de Miromesnil, commune de Tourville-sur-Arques, près de Dieppe, ou dans une maison bourgeoise à Fécamp, rue Sous-le-Bois. On a avancé l'hypothèse, dépourvue de fondement, qu'il était le fils de Flaubert.	18 août : mort de Balzac. Richard Wagner, *Lohengrin*.
1851		2 décembre : coup d'État de Louis Napoléon Bonaparte.
1852		2 décembre : proclamation du second Empire. Grand succès au théâtre de *La Dame aux camélias* d'Alexandre Dumas fils. Leconte de Lisle, *Poèmes antiques*. Théophile Gautier, *Émaux et camées*.
1853		Giuseppe Verdi, *La Traviata*. Début des travaux d'Haussmann.
1853-1856		Guerre de Crimée.
1854	Les Maupassant s'installent au château de Grainville-Ymauville (Seine-Maritime).	Publication en France des *Mémoires d'un seigneur russe* d'Ivan Tourgueniev. Gérard de Nerval, *Les Filles du feu. Les Chimères.*

CHRONOLOGIE

1855		Exposition universelle à Paris.
1856	19 mai : naissance d'Hervé de Maupassant, le frère de l'écrivain.	
1857		Procès de *Madame Bovary* de Flaubert et des *Fleurs du mal* de Baudelaire, accusés d'outrage à la morale publique.
1858	Début de la séparation des époux Maupassant ; elle sera officialisée en 1863. Gustave de Maupassant vivra à Paris, Laure avec ses deux fils à Étretat, dans sa maison Les Verguies.	
1859		Victor Hugo, *La Légende des siècles.* Charles Darwin, *De l'origine des espèces.* Jean-François Millet, *L'Angélus.*
1862		Victor Hugo, *Les Misérables.* Gustave Flaubert, *Salammbô.* Ivan Tourgueniev, *Pères et fils.* Eugène Fromentin, *Dominique.* Dominique Ingres, *Le Bain turc.*
1863		Théophile Gautier, *Le Capitaine Fracasse.* Ernest Renan, *La Vie de Jésus.* Salon des refusés. Édouard Manet, *Le Déjeuner sur l'herbe.*
1863-1868	Maupassant est élève à l'Institution ecclésiastique d'Yvetot ; à cause d'une pièce de vers jugée immorale, il finira par être reconduit chez sa mère. Au cours des vacances de 1866, il fait la connaissance du poète anglais Algernon Charles Swinburne.	

	REPÈRES HISTORIQUES ET CULTURELS
	Hippolyte Taine, *Histoire de la littérature anglaise.*
	L'aventure mexicaine.
	Edmond et Jules de Goncourt, *Germinie Lacerteux.* Claude Bernard, *Introduction à l'étude de la médecine expérimentale.* Édouard Manet, *Olympia.*
	Léon Tolstoï, *Guerre et paix.*
	Fedor Dostoïevski, *Crime et châtiment.*
	Émile Zola, *Thérèse Raquin.* Henrik Ibsen, *Peer Gynt.* Karl Marx, *Le Capital.*
	Dr Prosper Lucas, *Traité philosophique et physiologique de l'hérédité.*
	Gustave Flaubert, *L'Éducation sentimentale.* Alphonse Daudet, *Lettres de mon moulin.* Comte de Lautréamont, *Les Chants de Maldoror.* Auguste Renoir, *La Grenouillère.* 17 novembre : inauguration du canal de Suez.

	VIE DE MAUPASSANT
1864	
1864-1867	
1865	
1865-1869	
1866	
1867	
1868	
1868-1869	Maupassant est élève au lycée de Rouen. Il est reçu par le poète Louis Bouilhet (mort en 1869) et par Gustave Flaubert.
1869	27 juillet : baccalauréat. Octobre : Maupassant s'inscrit à la faculté de droit de Paris.

1870

Maupassant est appelé comme soldat. Il est affecté à la deuxième division de Rouen, dans l'Intendance. Il ne sera démobilisé qu'à l'automne 1871.

19 juillet : déclaration de la guerre entre la France et la Prusse.
2 septembre : défaite de Sedan, Napoléon III prisonnier.
4 septembre : proclamation de la République.
Paul Verlaine, *La Bonne Chanson.*

1871

18 janvier : Guillaume, roi de Prusse, est proclamé empereur allemand à Versailles (naissance de l'Allemagne).
28 janvier : armistice.
18 mars-21 mai : Commune de Paris.
10 mai : traité de paix de Francfort, fin de la guerre.
Émile Zola, *La Fortune des Rougon*, premier volume des *Rougon-Macquart.*

1872

En mars, Maupassant entre au ministère de la Marine.

Émile Zola, *La Curée.*

1873

Maupassant est appointé 125 francs par mois, avec une gratification annuelle de 150 francs.
Il passe son temps libre à canoter sur la Seine, en joyeuse compagnie.

Arthur Rimbaud, *Une saison en enfer.*
Alphonse Daudet, *Contes du lundi.*
Émile Zola, *Le Ventre de Paris.*
Claude Monet, *Impression soleil levant.*
Instauration du gouvernement dit de l'« ordre moral » de Mac-Mahon.

1874

Maupassant assiste aux dimanches de Flaubert, rue Murillo, où il rencontre Edmond de Goncourt, Zola, Daudet, Tourgueniev ; chez Zola, il fait la connaissance de Cézanne, Céard, Alexis, Huysmans.

Gustave Flaubert, *La Tentation de saint Antoine.*
Jules Amédée Barbey d'Aurevilly, *Les Diaboliques.*
Première exposition des impressionnistes à l'atelier de Nadar.

	VIE DE MAUPASSANT	REPÈRES HISTORIQUES ET CULTURELS
1875	En février, première publication de Maupassant : *La Main d'écorché* paraît dans *L'Almanach lorrain de Pont-à-Mousson*. 19 avril : représentation de *La Feuille de rose, maison turque*, pièce pornographique. Flaubert et Tourgueniev y assistent.	Georges Bizet, *Carmen*.
1875-1893		Hippolyte Taine, *Les Origines de la France contemporaine*.
1876	Maupassant publie des poèmes dans *La République des Lettres* et des articles sur la littérature dans *La Nation*.	Stéphane Mallarmé, *L'Après-midi d'un faune*. Mark Twain, *Les Aventures de Tom Sawyer*. Invention du téléphone par Alexander Graham Bell.
1877	Premiers signes de la syphilis chez Maupassant. 16 avril : dîner au restaurant Trapp, réunissant autour de Flaubert, Goncourt et Zola leurs jeunes disciples, Alexis, Céard, Hennique, Huysmans, Maupassant, Mirbeau. Août : Maupassant obtient un congé de deux mois et part pour une cure à Loëche-les-Bains. 3 novembre : *Le Donneur d'eau bénite* paraît dans *La Mosaïque*. Premier projet d'*Une vie*.	Gustave Flaubert, *Trois Contes*. Émile Zola, *L'Assommoir*. Edmond de Goncourt, *La Fille Élisa*. Invention du phonographe par Thomas Alva Edison.
1878	Maupassant quitte la Marine pour l'Instruction publique.	
1879	19 février : première au Théâtre-Français d'*Histoire du vieux temps*, pièce de Maupassant.	Émile Zola, *Nana*. Henrik Ibsen, *Une maison de poupée*. Fin du régime de « l'ordre moral ». Invention de l'ampoule électrique par Thomas Alva Edison.

1880

8 mai : mort de Flaubert.
Émile Zola, *Le Roman expérimental.*
Paul Verlaine, *Sagesse.*
Fedor Dostoïevski, *Les Frères Karamazov.*
Arthur Schopenhauer, *Pensées, maximes et fragments*, traduction française par J. Bourdeau.
Le 14 juillet devient fête nationale.
Amnistie des communards.
Expulsion des jésuites.

Janvier : Maupassant, accusé d'outrage à la morale publique suite à la publication de son poème *Une fille*, est cité devant le tribunal d'Étampes. Le procès se termine par un non-lieu.
16 avril : publication de *Boule de suif* dans *Les Soirées de Médan*, considéré comme « le manifeste naturaliste ». La nouvelle de Maupassant a un succès retentissant.
25 avril : publication de *Des vers.*
Mai : Maupassant commence une collaboration régulière au *Gaulois*, qui durera jusqu'en 1888.
Juin : il obtient au ministère un congé avec traitement, puis sans traitement, qui sera renouvelé jusqu'en 1882, lorsqu'il quittera définitivement l'administration.
Septembre : voyage en Corse, en compagnie de sa mère.
Migraines, troubles oculaires et cardiaques tout au long de l'année.

1881

Anatole France, *Le Crime de Sylvestre Bonnard.*
Auguste Renoir, *Le Déjeuner des canotiers.*
Édouard Manet, *Le Bar des Folies-Bergère.*
Henry James, *Un portrait de femme* ; *Washington Square.*
Loi sur la gratuité de l'enseignement primaire.

Mai : *La Maison Tellier.*
Juillet-septembre : voyage en Algérie, comme envoyé du *Gaulois.*
Octobre : début de la collaboration de Maupassant à *Gil Blas.*
Troubles de santé durant toute l'année. Ils iront en s'aggravant jusqu'à sa mort.

	VIE DE MAUPASSANT	REPÈRES HISTORIQUES ET CULTURELS
1882	Mai : *Mademoiselle Fifi*. Juillet : voyage en Bretagne.	Joris-Karl Huysmans, *À vau-l'eau*. Auguste Rodin, *Le Penseur*. Richard Wagner, *Parsifal*. Création de la première chaire mondiale de neurologie, pour Jean Martin Charcot. Loi sur l'enseignement laïque et obligatoire. Krach de l'Union générale.
1883	Janvier : Maupassant est soigné par le Dr Landolt qui entrevoit l'évolution de la maladie. Avril : *Une vie*. Juin : *Contes de la bécasse*. Juillet-août : cure à Châtelguyon. 1er novembre : François Tassart entre au service de Maupassant et y restera jusqu'à la mort de son maître ; il publiera deux volumes de Mémoires. Novembre : *Clair de lune*. Maupassant commence la construction de sa villa, *La Guillette*, à Étretat.	3 septembre : mort d'Ivan Tourgueniev. Auguste de Villiers de L'Isle-Adam, *Contes cruels*. Ferdinand Brunetière, *Le Roman naturaliste*.
1883-1885		Friedrich Nietzsche, *Ainsi parlait Zarathoustra*.
1884	Janvier : *Au soleil*. Mai : *Miss Harriet*. Juillet : *Les Sœurs Rondoli*. Octobre-novembre : *Yvette*. Maupassant emménage au 10, rue Montchanin, dans un hôtel particulier, signe d'ascension sociale. Correspondance avec Marie Bashkirtseff.	Joris-Karl Huysmans, *À rebours* ; l'auteur prend ses distances par rapport aux naturalistes. Edmond de Goncourt ouvre son « Grenier ». Loi sur le rétablissement du divorce.

CHRONOLOGIE

1885

Mars : *Contes du jour et de la nuit.*
Avril-mai : voyage en Italie, en Sicile.
Mai : *Bel-Ami.*
Été : cure à Châtelguyon.
Décembre : *Monsieur Parent.*
La fréquentation des femmes du monde (Hermine Lecomte Du Nouÿ, Marie Kann, Emmanuelle Potocka, Geneviève Straus) prendra désormais une place de plus en plus importante dans la vie de Maupassant.

Émile Zola, *Germinal.*
Paul Bourget, *Cruelle Énigme* ; triomphe du roman psychologique.
Mort de Victor Hugo.
Mort de Jules Vallès.
Pasteur met en utilisation le vaccin contre la rage.

1886

Janvier : *Toine.*
Mai : *La Petite Roque.*
Juillet : cure à Châtelguyon.
Août : séjour en Angleterre.

Émile Zola, *L'Œuvre.*
Arthur Rimbaud, *Illuminations.*
Jean Moréas, *Manifeste du symbolisme.*
15 mai-15 juin : dernière exposition des impressionnistes.
Eugène de Vogüé, *Le Roman russe.*
Friedrich Nietzsche, *Par-delà le bien et le mal.*
Richard von Krafft-Ebing, *Psychopathia sexualis.*
Édouard Drumont, *La France juive.*

1887

Janvier : *Mont-Oriol.*
Mai : *Le Horla.*
8-9 juillet : voyage en ballon.
Été : premiers signes de la maladie d'Hervé de Maupassant.
Octobre-décembre : voyage en Afrique du Nord.

Émile Zola, *La Terre.*
Manifeste antinaturaliste des Cinq.
Fondation du Théâtre-Libre d'Antoine.
Gabriel Fauré, *Requiem.*
Anton Tchekhov, *Ivanov.*
Giuseppe Verdi, *Otello.*
Début du mouvement boulangiste.

	VIE DE MAUPASSANT	REPÈRES HISTORIQUES ET CULTURELS
1888	Janvier : *Pierre et Jean*. Juin : *Sur l'eau*. Septembre-octobre : cure à Aix-les-Bains. Octobre : *Le Rosier de Madame Husson*. Novembre-décembre : voyage en Afrique du Nord.	Maurice Barrès, *Sous l'œil des barbares*. August Strindberg, *Mademoiselle Julie*. Theodor Fontane, *Dédale*.
1888-1896		Gustave Mahler, *Première Symphonie*.
1889	Février : *La Main gauche*. Mai : *Fort comme la mort*. Août : Maupassant fait interner son frère Hervé à l'asile de Lyon-Bron. Août-octobre : croisière sur la Méditerranée à bord de son yacht *Bel-Ami*. 13 novembre : mort d'Hervé.	Gerhart Hauptmann, *Avant le lever du soleil*. Henri Bergson, *Essai sur les données immédiates de la conscience*. Construction de la tour Eiffel.
1890	Mars : *La Vie errante*. Avril : *L'Inutile Beauté*. Juin : *Notre cœur*. Juillet : cure à Plombières. Préparation de *L'Âme étrangère*. Troubles de santé de plus en plus graves.	Émile Zola, *La Bête humaine*. Paul Claudel, *Tête d'or*. William James, *Principes de psychologie*.
1891	Mars : immense succès de *Musotte*, au Gymnase. La pièce sera jouée partout en France et à l'étranger. Maupassant essaie d'écrire *L'Angélus*, mais ses tentatives restent inabouties. Forte dégradation de sa santé, désormais les facultés intellectuelles aussi sont affectées. Cures à Divonne et à Champel-les-Bains. 14 décembre : Maupassant rédige son testament.	André Gide, *Les Cahiers d'André Walter*. Oscar Wilde, *Le Portrait de Dorian Gray*.

CHRONOLOGIE

1892

La nuit du 1er au 2 janvier, Maupassant tente de se trancher la gorge.

8 janvier : sombré dans la psychose, Maupassant est interné à la clinique du Dr Blanche où il ne reprendra sa lucidité que pour de courts instants.

Émile Zola, *La Débâcle.*

1893

6 mars : *La Paix du ménage* est représentée par la Comédie-Française. Alexandre Dumas fils a surveillé les répétitions.

6 juillet : mort de Maupassant, à quarante-trois ans.

8 juillet : inhumation au cimetière du Montparnasse.

José Maria de Heredia, *Les Trophées.*

BIBLIOGRAPHIE

ÉDITIONS

Œuvres complètes de Maupassant

Œuvres complètes illustrées, Paris, Ollendorff, 1899-1904 et 1912, 29 vol. ; édition reprise par Albin Michel, 1921-1925.

Œuvres complètes, avec une étude de Pol Neveux, Paris, Louis Conard, 1907-1910, 29 vol.

Œuvres complètes illustrées, préface, notices et notes de René Dumesnil, Paris, Librairie de France, 1934-1938, 15 vol.

Œuvres complètes, texte établi et annoté par Gilbert Sigaux, Lausanne, Rencontre, 1961-1962, 16 vol.

Œuvres complètes, avant-propos, avertissement et préface par Pascal Pia, chronologie et bibliographie par Gilbert Sigaux, Évreux, Le Cercle du Bibliophile, 1969-1971, 17 vol. À cette édition s'ajoutent 3 volumes de *Correspondance*, établie par Jacques Suffel, 1973 ; Paris, M. Gonon, 1979, 17 vol.

Œuvre complète, Paris, Jean de Bonnot, 1980, 12 vol.

Romans de Maupassant

Romans, texte définitif établi et augmenté de notices introductives par Albert-Marie Schmidt, Paris, Albin Michel, 1959.

Romans, édition établie par Louis Forestier, Paris, Gallimard, « Bibliothèque de la Pléiade », 1987, rééd. 1991.

Romans, apparat critique d'Alain Deshaies, Paris, Nouvelle Librairie de France, 1999.

Éditions de Pierre et Jean *du vivant de Maupassant*

Pierre et Jean, Paris, Ollendorff, 1888. (Édition originale.)
Pierre et Jean, illustré par Ernest Duez et Albert Lynch, Paris, Boussod, Valadod et Cie, 1888.

Éditions critiques de Pierre et Jean

Pierre et Jean, éd. Pierre Cogny, Paris, Garnier Frères, 1959 ; éd. augmentée, 1966.
Pierre et Jean, éd. G. Hainsworth, Londres, Toronto, Wellington, Sidney, George G. Harrap, 1966.

Éditions commentées de Pierre et Jean

Pierre et Jean, présentation, notes et dossier par Bernard Pingaud, Paris, Gallimard, « Folio », 1982, rééd. 1999.
Pierre et Jean et autres récits, préface, commentaires et dossier par Mireille Sacotte, Paris, Pocket, « Pocket Classiques », 1989, rééd. 1998.
Pierre et Jean, notes, questionnaires, bilans et documents par Anne-Marie Cléret et Brigitte Réauté, Paris, Hachette, « Classiques Hachette », 1998, rééd. 2005.
Pierre et Jean, préface, commentaire et notes par Marie-Claire Ropars-Wuillemier, Paris, Librairie générale française, « Le Livre de poche », 1999.
Pierre et Jean, présentation et notes par Joël Planque, Paris, Larousse, « Petits Classiques Larousse », 2000.
Pierre et Jean, notes, questionnaires et synthèses par Claudine Grossir, Paris, Hachette Éducation, « Bibliolycée », 2002.
Pierre et Jean, notes et dossier par Sophie Picon, Paris, Hatier, « Classiques et Cie », 2004.
Pierre et Jean, dossier et notes par Arnaud Rochelois, lecture d'image par Valérie Lagier, Paris, Gallimard, « Folioplus classiques », 2005.

ADAPTATIONS CINÉMATOGRAPHIQUES ET AUDIOVISUELLES DE *PIERRE ET JEAN*

Pierre et Jean, film de E.B. Donatien, 1924.

Bara en danserska (« Seulement une danseuse »), film d'Olof Molander, Suède, 1926.

Pierre et Jean, film d'André Cayatte, 1943.

Una mujer sin amor, film de Luis Buñuel, Mexique, 1951.

Pierre et Jean, téléfilm de Michel Favart, 1973.

Pierre et Jean [images animées], adaptateurs Michel Favart et Françoise Verny, réalisateur Michel Favart, Institut national de l'audiovisuel, 2002.

The Legacy, film Dan Ireland, Canada/Grande-Bretagne, 2003.

Pierre et Jean, téléfilm de Daniel Jeanneau, 2003.

Pierre et Jean [enregistrement sonore], lu par Bernard Petit, Villefranche-du-Périgord, Le Livre qui parle, 2003, 4 cassettes audio.

SUR MAUPASSANT

Bibliographies

ARTINIAN Artine, *Maupassant Criticism in France 1880-1940 : with an Inquiry to his Present Fame and a Bibliography*, New York, Russel and Russel, 1941, rééd. 1969.

PLACE Georges, PLACE Joseph, TALVART Hector, *Bibliographie des auteurs modernes de langue française*, Paris, La Chronique des Lettres françaises, t. XIII, 1956, p. 247-325.

DELAISEMENT Gérard, *Maupassant journaliste et chroniqueur, suivi d'une bibliographie générale de l'œuvre de Maupassant*, Paris, Albin Michel, 1956.

MONTENS Frans, *Bibliographie van geschriften over Guy de Maupassant*, Leyde, Bange Duivel, 1976.

ARTINIAN Robert Willard, *Maupassant Criticism. A Centennial Bibliography 1880-1979*, Jefferson et Londres, Mac Farland, 1982.

FORESTIER Louis, « Bibliographie », dans *Maupassant, Contes et Nouvelles*, Paris, Gallimard, « Bibliothèque de la Pléiade », t. II, 1979, p. 1725-1745, et « Bibliographie », dans *Maupassant, Romans*, Paris, Gallimard, « Bibliothèque de la Pléiade », 1987, rééd. 1991, p. 1689-1697.

BENHAMOU Noëlle, *Bibliographie Guy de Maupassant*, publication évolutive sur le site Maupassantiana : http://www.perso. wanadoo.fr/maupassantiana/bibliographie/bibliographie.html

Sites Internet

Maupassantiana, site et revue électronique, par Noëlle Benhamou, http://perso.wanadoo.fr/maupassantiana
Maupassant par les textes, site de l'Association des amis de Guy de Maupassant, par Thierry Selva, http://maupassant.free.fr
Guy de Maupassant, site espagnol, par José Manuel Ramos, http://www.iesxunqueira1.com/maupassant/
Autour de Maupassant, site japonais par Kazuhiko Adachi, http://www.let.osaka-u.ac.jp/france/maupassant/

Études générales, biographiques et critiques

ARTINIAN Artine, *Pour et contre Maupassant, enquête internationale. 147 témoignages inédits*, Paris, Nizet, 1955.
BANCQUART Marie-Claire, *Maupassant conteur fantastique*, Paris, Minard, « Lettres modernes », 1976.
BAYARD Pierre, *Maupassant, juste avant Freud*, Paris, Minuit, 1994.
BESNARD-COURSODON Micheline, *Étude thématique et structurale de l'œuvre de Maupassant : le piège*, Paris, Nizet, 1973.
BIENVENU Jacques, *Maupassant inédit. Iconographie et documents*, Aix-en-Provence, Édisud, 1993.
BONNEFIS Philippe, *Comme Maupassant*, Presses universitaires de Lille, 1981, rééd. 1985 et 1993.
–, *Parfums : son nom de Bel-Ami*, Paris, Galilée, 1995.
–, *Sept Portraits perfectionnés de Guy de Maupassant*, Paris, Galilée, 2005.
BOREL Pierre, FONTAINE Léon, *Le Destin tragique de Guy de Maupassant, d'après des documents originaux*, Paris, Éditions de France, 1927.
BROCHIER Jean-Jacques, *Maupassant, jeudi 1er février 1880*, Paris, J.-C. Lattès, 1993.
BURY Mariane, *La Poétique de Maupassant*, Paris, SEDES, 1994.
CASTELLA Charles, *Structures romanesques et vision sociale chez Maupassant*, Lausanne, L'Âge d'Homme, 1972.
COGNY Pierre, *Maupassant, l'homme sans Dieu*, Bruxelles, La Renaissance du Livre, 1958.
DANGER Pierre, *Pulsion et désir dans les romans et les nouvelles de Guy de Maupassant*, Paris, Nizet, 1993.

DELAISEMENT Gérard, *La Modernité de Maupassant*, Paris, Rive droite, 1995.

DEMONT Bernard, *Représentations spatiales et narration dans les contes et nouvelles de Guy de Maupassant*, Paris, Honoré Champion, 2005.

DONALDSON-EVANS Mary, *A Woman's Revenge : the Chronology of Dispossession in Maupassant's Fiction*, Lexington, French Forum, 1986.

DUMESNIL René, *Guy de Maupassant*, Paris, Armand Colin, 1933 ; Paris, Tallandier, 1947.

DUSSART Delphine, HERVÉ-MONTEL Catherine, *Maupassant romancier*, Paris, Ellipses, « Bac blanc », 1999.

FONYI Antonia, *Maupassant 1993*, Paris, Kimé, 1993.

FRATANGELO Antonio et Mario, *Guy de Maupassant scrittore moderno*, Florence, Olschki, 1976.

GENEVOIX Maurice, « Le réalisme de Guy de Maupassant », *Le Bel-Ami. Bulletin de l'Association des amis de Guy de Maupassant*, 1954, p. 18-22.

GIACCHETTI Claudine, *Maupassant : espaces du roman*, Genève, Droz, 1993.

GICQUEL Alain, *Maupassant tel un météore*, Bègles, Le Castor astral, 1993.

GREGORIO Lawrence A., *Maupassant's Fiction and the Darwinian View of Life*, New York, Peter Lang, 2005.

HARRIS Trevor Anthony Le Voire, *Maupassant in the Hall of Mirrors : Ironies of Repetition in the Works of Maupassant*, Londres, Macmillan, 1990.

HAZELWINDT Bernard P.R., *Guy de Maupassant : de l'anecdote au conte littéraire*, Amsterdam, Rodopi, 1993.

JAMES Henry, *Sur Maupassant*, précédé de *L'Art de la fiction*, préface d'Évelyne Labbé, trad. É. Labbé, M. Sibon, M. Zéraffa, Bruxelles, Complexe, 1987.

LANOUX Armand, *Maupassant le Bel-Ami*, Paris, Fayard, 1967, rééd. 1983 et 1995.

LEMOINE Fernand, *Guy de Maupassant*, Paris, Éditions universitaires, 1957.

LETHBRIDGE Robert, « Maupassant : a centenary état présent », dans *Maupassant conteur et romancier*, actes du colloque du Van Mildert College (Durham, 1993), éd. Christopher Lloyd et Robert Lethbridge, University of Durham, 1994, p. 185-201.

LUMBROSO Albert, *Souvenirs sur Maupassant. Sa dernière maladie. Sa mort*, Rome, Bocca, 1905 ; Genève/Paris, Slatkine, 1981.

MAC NAMARA Matthiew, *Style and Vision in Maupassant's Nouvelles*, Berne, Francfort, New York, Peter Lang, 1986.

MARCOIN Francis, *Lecture d'une œuvre. Les romans de Maupassant : six voyages dans le bleu*, Paris, Éditions du Temps, 2000.

MAYNIAL Édouard, *La Vie et l'Œuvre de Guy de Maupassant*, Paris, Mercure de France, 1906.

MORAND Paul, *Vie de Guy de Maupassant*, Paris, Flammarion, 1941, rééd. 1958, 1993 et 1998.

PARIS Jean, « Maupassant et le contre-récit », dans *Univers parallèles*, t. II, *Le Point aveugle, Poésie, Roman*, Paris, Le Seuil, 1975.

RÉDA Jacques, *Album Maupassant*, Paris, Gallimard, « Bibliothèque de la Pléiade », 1987.

SALEM Jean, *Philosophie de Maupassant*, Paris, Ellipses, 2000.

SATIAT Nadine, *Maupassant*, Paris, Flammarion, « Grandes Biographies », 2003.

SAVINIO Alberto, *Maupassant et l'« Autre »*, trad. Michel Arnaud, Paris, Gallimard, 1977.

SCHMIDT Albert-Marie, *Maupassant par lui-même*, Paris, Le Seuil, 1962, rééd. 1987.

STEEGMÜLLER Francis, *Maupassant. A Lion in the Path*, Londres, Collins, 1950.

SULLIVAN Edward D., *Maupassant the Novelist*, Princeton, Princeton University Press, 1954.

TASSART François, *Souvenirs sur Guy de Maupassant, par François, son valet de chambre*, Paris, Plon-Nourrit, 1911.

–, *Nouveaux Souvenirs intimes sur Guy de Maupassant (inédits)*, texte établi, annoté et présenté par Pierre Cogny, Paris, Nizet, 1962.

THORAVAL Jean, *L'Art de Maupassant d'après ses variantes*, Paris, Imprimerie nationale, 1950.

THUMEREL Thérèse et Fabrice, *Maupassant*, Paris, Armand Colin, « Thèmes et œuvres », 1992.

TOGEBY Knud, *L'Œuvre de Maupassant*, Copenhague, Danish Science Press ; Paris, PUF, 1954.

TROYAT Henri, *Maupassant*, Paris, Flammarion, « Grandes Biographies », 1989 ; Paris, Le Grand Livre du Mois, 1989 ; Paris, France Loisirs, 1990.

VIAL André, *Guy de Maupassant et l'art du roman*, Paris, Nizet, 1954, rééd. 1994.

–, *Faits et significations*, Paris, Nizet, 1973.

WILLI Kurt, *Déterminisme et liberté chez Guy de Maupassant*, Zurich, Juris, 1972.

Ouvrages collectifs

Le Bel-Ami. Bulletin de l'Association des amis de Maupassant, 1951-1958.

Europe, numéro spécial *Maupassant*, juin 1969.

Colloque de Cerisy, *Le Naturalisme*, Paris, UGE, « 10/18 », 1978.

Magazine littéraire, numéro spécial *Maupassant*, janvier 1984.

Flaubert et Maupassant écrivains normands, Rouen, Presses universitaires de Rouen ; Paris, PUF, 1981.

Bérénice, numéro spécial *Maupassant et il « Fantastico »*, anno V (1984), n° 11.

Colloque de Cerisy, *Maupassant, miroir de la nouvelle*, Saint-Denis, Presses universitaires de Vincennes, 1988.

Lendemains, dossier *Maupassant dénaturé*, n° 52, 1989.

Colloque de Fécamp, *Maupassant et l'écriture*, Paris, Nathan, 1993.

L'École des Lettres II, numéro spécial *Maupassant I*, t. LXXXIV, n° 13 (1er juin 1993).

Europe, numéro spécial *Maupassant*, août-septembre 1993.

Magazine littéraire, numéro spécial *Maupassant*, mai 1993.

Revue des Deux Mondes, dossier *Guy de Maupassant*, juin 1993.

Bulletin Flaubert-Maupassant, depuis 1993.

L'École des Lettres II, numéro spécial *Maupassant II. Autour du Horla*, t. LXXXV, n° 12, 15 juin 1994.

Études normandes, numéro spécial *Maupassant. Du réel au fantastique*, 1994, n° 2.

Colloque du Van Mildert College, *Maupassant conteur et romancier*, University of Durham, 1994.

Revue d'histoire littéraire de la France, numéro spécial *Maupassant*, 1994, n° 5.

Revue des sciences humaines, numéro spécial *Imaginer Maupassant*, 1994, n° 3.

Colloque de Toulouse, *Maupassant multiple*, Toulouse, « Les Cahiers de littératures », Presses universitaires du Mirail, 1995.

Rencontre internationale de Marseille, *Maupassant au pays du soleil*, Paris, Klincksieck, 1999.

SUR *PIERRE ET JEAN*

Études critiques

AUBÉRY Pierre, « Images du Havre dans *Pierre et Jean* de Guy de Maupassant », *Le Bel-Ami. Bulletin de l'Association des amis de Guy de Maupassant*, juin 1958, n° 7, p. 13-22.

CABANÈS Jean-Louis, « Ressassement et progression narrative dans *Pierre et Jean* », dans *Maupassant et l'Écriture*, Paris, Nathan, 1993, p. 187-196.

CARLIER Christophe, *Pierre et Jean. Guy de Maupassant*, Paris, Hatier, « Profil bac », 1999.

DONALDSON-EVANS Mary, « Maupassant *ludens* : a re-examination of *Pierre et Jean* », *Nineteenth-Century French Studies*, printemps-été 1981, p. 204-219.

FRANÇOIS Corinne, *Guy de Maupassant, « Pierre et Jean »*, Rosny-sous-Bois, Bréal, « Connaissance d'une œuvre », 1999.

FREIMANIS Dzintars, « More on the meaning of *Pierre et Jean* », *French Review*, janvier 1965, p. 326-331.

GIACCHETTI Claudine, « Déficits métaboliques. Sommeil et nutrition dans *Pierre et Jean* de Maupassant », *French Review*, avril 1994, p. 767-775.

GRANT Eliott M., « On the meaning of Maupassant's *Pierre et Jean* », *French Review*, avril 1963, p. 469-473.

GRIEVE James, « Intimations of mortality : another on the meanings of Maupassant's *Pierre et Jean* », *Australian Journal of French Studies*, mai-août 1982, p. 133-147.

GUIDO Pierre, « Quelques éléments de réflexion à propos de *Pierre et Jean* », *Le Bel-Ami. Bulletin de l'Association des amis de Guy de Maupassant*, juin 1958, n° 7, p. 22-25.

JAUNET Claire-Neige, *Étude sur Guy de Maupassant, Pierre et Jean*, Paris, Ellipses, « Résonances », 1999.

LAJARRIGE Michèle, *Maupassant, « Pierre et Jean ». 40 questions, 40 réponses, 4 études*, Paris, Ellipses, « 40/4 », 1999.

LETHBRIDGE Robert, *Maupassant, Pierre et Jean*, Londres, Grant & Cutler, « Critical Guides to French Texts », 1984.

–, « Maupassant, Scylla and Charybdis », *French Studies Bulletin*, hiver 1983-1984, p. 6-8.

–, « Bourget, Maupassant and Hamlet », *New Comparison*, automne 1986, p. 58-68.

MOUGENOT Michel, *Pierre et Jean. Maupassant*, Paris, Bertrand Lacoste, « Parcours de lecture », 1992.

NIESS Robert, « *Pierre et Jean* : some symbols », *French Review*, mai 1959, p. 511-519.

PONTALIS Jean-Bertrand, *Frère du précédent*, Paris, Gallimard, NRF, 2006, p. 63-68 et 77-81.

ROPARS-WUILLEMIER Marie-Claire, « Lire l'écriture », *Esprit*, décembre 1974, p. 800-833.

SACHS Murray, « The meaning of Maupassant's *Pierre et Jean* », *French Review*, janvier 1961, p. 244-250.

WOLFZETTEL Friedrich, « Funktion und Problematik des "Helden" in Maupassants Roman *Pierre et Jean* », *Romanische Forschungen*, 1974, p. 359-378.

WOOLLEN Geoff, « "Roland furieux" and "Le roman d'analyse pure" », *French Studies Bulletin*, été 1983, p. 10-11.

Quelques critiques de Pierre et Jean *dans la presse contemporaine*

CÉARD Henry, « Guy de Maupassant », *Revue illustrée*, 1er avril 1888.

FRANCE Anatole, « M. Guy de Maupassant, critique et romancier », *Le Temps*, 15 janvier 1888.

GAUCHER Maxime, « Causeries littéraires. *Pierre et Jean* », *La Revue bleue*, 14 janvier 1888.

HERVIEU Paul, « Le docteur Pierre Roland », *Le Figaro. Supplément littéraire*, 28 janvier 1888.

HEURTEAU André, « *Pierre et Jean* », *Journal des Débats*, 11 février 1888.

LEMAITRE Jules, « Guy de Maupassant », *La Revue bleue*, 29 juin 1889.

LEPELLETIER Edmond, « *Pierre et Jean* », *L'Écho de Paris*, 16 janvier 1888.

ROSNY J.-H., « Ceux de Médan. – III. Guy de Maupassant », *Le Figaro. Supplément littéraire*, 12 mai 1888.

SCHERER Edmond, « L'artiste et le critique », *Le Temps*, 24 février 1888.

[Attribué à VERHAEREN Émile], « Une préface », *Art moderne*, 22 janvier 1888.

VIGNIER Charles, « *Pierre et Jean* », *L'Événement*, 19 janvier 1888.

TABLE

—

Composition et mise en page

NORD COMPO
m u l t i m é d i a

N° d'édition : L.01EHPN000103.N001
Dépôt légal : mars 2008
Imprimé en Espagne par Novoprint (Barcelone)